L'AMORE DELLA STREGA

LE STREGHE DI KEATING HOLLOW, VOLUME 6

DEANNA CHASE

Traduzione di
ERNESTO PAVAN

TRAMA

Benvenuti a Keating Hollow, il paese incantato pieno di amore, magia e seconde occasioni.

Hope "Luna" Scott non desiderava altro che una nuova vita. Dopo essere cresciuta in una serie di case affidatarie, non ha famiglia né legami con nessuno... fino a quando non si trasferisce a Keating Hollow e decide di fare amicizia con le sorelle Townsend. Ma Luna ha dei segreti che potrebbero rovinare tutto e quando l'uomo che le ha spezzato il cuore tre anni prima si ripresenta, ben più che il suo cuore è messo a rischio.

Chad Garber ha perso tutto ciò che è mai stato importante per lui. Ora è tornato a Keating Hollow e sta cercando di ricominciare. Ma quando trova la ragazza che non è riuscito a salvare tre anni prima, deve affrontare il proprio passato e sistemare alcune cose... sempre che lei glielo permetta.

CAPITOLO 1

*L*una Scott sedeva a un tavolo sul retro dell'Incantation Café, con le lacrime agli occhi per la fatica mentre sorseggiava il suo caffelatte. Non dormiva da tre giorni e andava avanti a zucchero e caffeina.

"Hai bisogno di un rabbocco?" chiese Hanna Pelsh.

Luna sollevò lo sguardo sulla bellissima donna e le rivolse un netto cenno del capo. "Fammelo doppio, questa volta. E potresti portarmi un altro scone alla vaniglia e formaggio cremoso?"

"Certo." La comproprietaria del bar le lanciò un'occhiata preoccupata. "Ti senti bene? Sei un po' pallida."

"Sto bene." Luna mosse una mano. "Ho solo bisogno di dormire un po'. Devo riprendermi prima del primo appuntamento." Luna era massoterapista presso A Touch of Magic, la spa di lusso di Keating Hollow.

"Sembrerebbe che ne abbia bisogno anche tu." Hanna si sedette di fronte a lei. "Che succede? Lavori troppo? Sono sicura che Faith capirebbe se tu avessi bisogno di un giorno libero per ricaricare le batterie." Hanna era amica per la pelle

1

del capo di Luna, Faith Townsend, la titolare di A Touch of Magic. Rivolse a Luna un sorriso complice. "Potrei dirle che ho bisogno di te per una giornata fra donne. È da un po' che vorrei portarti a pranzo per ringraziarti."

Luna avvampò e si rimproverò in silenzio per quell'imbarazzo. Sapeva di non aver nulla di cui vergognarsi, ma era ancora strano che qualcuno la guardasse e la vedesse come qualcosa di diverso da un disastro. "Non devi ringraziarmi, Hanna. Lo sai. Ho fatto solo quello che avrebbe fatto qualunque brava persona con le mie capacità."

"Beh, hai anche preso in affitto la mia casa. Che è una gran cosa di per sé." Hanna ammiccò. "L'assicurazione cominciava a innervosirsi perché era vuota e l'unico altro interessato era quel tizio di Eureka che puzzava di pesce."

Luna ridacchiò. "Non era pescatore?"

"Sì, ma mi faceva venire le lacrime agli occhi. Non riuscivo a pensare ad altro che a quel puzzo che impregnava le pareti." La donna fece una smorfia e rabbrividì, ma poi sorrise. "Invece, tu probabilmente farai sì che la casa odori di vaniglia e lavanda."

"Vero," disse Luna mentre uno sbadiglio prendeva di nuovo il sopravvento su di lei. Era una massoterapista che non lesinava con gli olii profumati.

"Ti porto quel caffelatte doppio che mi hai chiesto." Hanna si alzò e tornò dietro al bancone.

"Non dimenticare lo scone," le ricordò Luna.

"Giornata dura?" chiese una donna dalla voce calda.

Luna sollevò lo sguardo e vide la bella rossa che gestiva la cioccolateria del paese. Indossava un top rosso aderente, una minigonna nera e stivali scamosciati rossi. Tutto, di lei, gridava sofisticatezza. Dal canto suo, Luna indossava jeans lisi e una maglietta macchiata con le parole *Unicorno Sfacciato* stampate sul petto. Luna rivolse alla donna l'ombra di un sorriso. "Ehi, Shannon."

La bellona le si sedette di fronte con un bicchierone di caffè in mano. "Sei un mostro."

"Grazie." Luna rivolse alla sua nuova amica una smorfia poco sentita. Shannon era l'unica persona in paese con cui lei aveva legato davvero. Faith e Hanna le piacevano; erano entrambe donne dolci. Ma Shannon aveva un lato cinico simile a quello di Luna.

"Hai bisogno di un giorno di riposo," disse Shannon.

"Ho bisogno di trovare il tempo per traslocare a casa di Hanna."

Hanna scelse proprio quel momento per arrivare con il caffelatte doppio e lo scone. Dopo averli messi di fronte a Luna, si portò le mani sui fianchi e si accigliò. "Hai bisogno di un paio di braccia in più? Posso aiutarti a fare gli scatoloni dopo il lavoro."

"Nah. La maggior parte della mia roba è già inscatolata. Devo solo trovare un giorno per trasferirla. Grazie, comunque." La verità era che Luna non aveva molta roba. Solo un paio di borsoni pieni di vestiti e qualche mobile. "Quello che mi servirebbe davvero sarebbe un camion. E un po' di muscoli."

"Beh, conosco la persona giusta," disse Hanna. E poi, manco a farlo apposta, Hanna e Shannon si voltarono e guardarono dalla parte opposta del bar.

Luna seguì il loro sguardo e raggelò quando vide l'oggetto della loro attenzione. "No. Assolutamente no. Non posso−"

"Sì che puoi," la interruppe Shannon. "È un tipo servizievole e generoso."

"E ha un furgone," aggiunse Hanna.

3

Ma Luna scosse la testa. "Chad Garber non è interessato a spostare i miei mobili."

L'uomo in questione scelse proprio quel momento per sollevare la testa e incrociare lo sguardo di Luna. Lentamente, un sorriso si impadronì delle sue labbra e i suoi occhi parvero scintillare.

Porca miseria. Luna strinse i denti. Quella era la stessa occhiata calorosa che l'aveva fatta innamorare di lui tre anni prima. Quella che le aveva spezzato il cuore perché lei sapeva che non avrebbe mai ricambiato i suoi sentimenti. Non quando lui era un popolare pianista professionista di poco più di vent'anni che era semplicemente gentile con la diciassettenne disastrata in affidamento qualche casa più in là. A ogni modo, Luna aveva superato il cuore spezzato, ma ciò che non riusciva ad affrontare era il fatto che lui conosceva il suo passato – un passato che lei si era lasciata alle spalle tre anni prima e che non aveva intenzione di riesumare.

"Sembrerebbe interessato a qualcosa," disse Shannon, continuando a guardare Chad. "Il modo in cui ti guarda è decisamente eloquente, Luna mia."

Hanna ridacchiò. "Proprio così… Guarda, sta arrivando."

Luna afferrò il caffelatte e lo scone mentre si alzava. "È meglio che vada al lavoro. Non voglio fare tardi."

"Hai ancora parecchio tempo," disse Hanna, lanciando un'occhiata all'orologio sulla parete.

Aveva ragione e dato che Luna veniva al bar quasi tutte le mattine prima di andare a lavorare, Hanna conosceva benissimo i suoi orari. Aprì la bocca per inventare la scusa che doveva andare a un appuntamento anticipato, ma prima che potesse farlo, arrivò Chad.

"Buongiorno, signore," disse Chad, il cui sguardo si

soffermò su Luna. "Ho per caso sentito che qualcuno ha bisogno di un furgone?"

"No. Stavamo solo–" esordì Luna.

"Sì," disse Shannon, rivolgendo all'uomo uno dei suoi lenti sorrisi seducenti. Era il genere di sorriso progettato per far sì che gli uomini facessero qualunque cosa lei volesse. Luna fu combattuta fra la gelosia e il divertimento. Il fatto era che lei vedeva Chad come suo, nonostante egli non fosse mai stato altro che un vicino premuroso. Shannon appoggiò una mano sul braccio di Chad e proseguì: "Luna ha bisogno di qualcuno che la aiuti a traslocare le sue cose a casa di Hanna. Finalmente, ha deciso di trasferirsi dal suo appartamento temporaneo di Eureka a Keating Hollow. Fare la pendolare la sta uccidendo. E dato che tu hai un furgone, sei pieno di muscoli e sei libero molto spesso, sembreresti la scelta palese."

"Ah sì?" chiese ridacchiando l'uomo. "Cosa ti fa pensare che io sia libero?"

Shannon gli rivolse un'occhiata di biasimo. "Eddai, Chad. Sappiamo tutti che stai ancora cercando di convincere la signorina Maple a darti in affitto lo spazio commerciale accanto a A Spoonful of Magic. Non puoi lavorare sul tuo nuovo negozio fino a quando non trovi lo spazio. E poi, sei qui o al birrificio Townsend quasi tutti i giorni. Mi sa che è ora di perdere i tre chili che hai messo su da quando sei arrivato in paese qualche mese fa."

Chad abbassò per un attimo lo sguardo sul ventre piatto, quindi inarcò un sopracciglio. "Mi hai tenuto d'occhio, Shannon?"

La donna rise. "Chi non lo ha fatto?"

Bastava così. Luna sollevò una mano. "Shannon, lascia in pace Chad. Sono a posto. Grazie per la colazione, Hanna." Rivolse un cenno del capo alla sua amica, quindi salutò

Shannon. "Ci vediamo dopo." Incrociò lo sguardo con quello turbato di Chad e per poco non fece una smorfia. Sapeva di comportarsi come una pazza quando c'era lui, ma sembrava proprio che non riuscisse a controllarsi. L'uomo le riportava alla mente troppi ricordi sepolti. Si costrinse a incrociare lo sguardo dei suoi occhi azzurri e gli rivolse un sorriso fasullo mentre diceva: "È stato bello rivederti, Chad."

"Anche per me, Luna," disse sottovoce l'uomo.

Luna fece una breve pausa, fissandolo. Poi, prima che chiunque potesse aggiungere altro, mimò con le labbra *Grazie*. Lui le rivolse un breve cenno del capo e lei se ne andò, uscendo in fretta e furia dal bar. Le girava la testa e il cuore le batteva così forte che si chiese se sarebbe svenuta.

"Riprenditi, Luna," bisbigliò fra sé e sé una volta che si ritrovò sul marciapiede di quel paese da fiaba. Alle sue spalle, la vetrina era stata incantata con una scena di biscotti galleggianti a forma di cuore che riproducevano la scritta *Benvenuti a Keating Hollow*. Un caffelatte si trovava sotto i cuori e la *espresso art* nella tazza continuava a cambiare forma.

Era tardo maggio a Keating Hollow e tutto stava sbocciando. I fiori colmavano le fioriere lungo entrambi i lati delle strade mentre il sole scaldava la pelle gelata di Luna. Avrebbe dovuto essere entusiasta. Aveva un lavoro fantastico, nuove amiche, una bella casa in cui trasferirsi e la vita era migliore che mai. O almeno, lo era stata prima che Chad vi rientrasse.

Luna sospirò profondamente.

"Che succede, Hope – volevo dire, Luna?" Quella voce roca e familiare giunse bassa dalle sue spalle.

"Sai benissimo cosa succede, Chad," disse lei, senza nemmeno prendersi la briga di voltarsi. La presenza dell'uomo non l'aveva stupita. In realtà, Luna si era aspettata che lui la seguisse quando aveva lasciato la festa di fidanzamento di Hanna e Rhys, la settimana prima, quando Chad non lo aveva fatto, pur essendo stata fortemente scossa, Luna doveva ammettere di essere rimasta delusa.

L'uomo avvolse delicatamente la mano sinistra attorno alla sua e la attirò in modo che si trovasse di fronte a lui. Aveva le sopracciglia corrugate per la confusione mentre il suo sguardo scrutava negli occhi di lei. "No. Non lo so. Sei palesemente agitata perché mi hai visto, ma non so perché. Cosa ho fatto?"

"Nulla," rispose subito lei, abbassando lo sguardo sulle loro mani giunte. Sapeva che avrebbe dovuto liberare la mano. Era troppo piacevole e il suo cuore aveva accelerato i battiti mentre le farfalle si impadronivano del suo stomaco. Che le prendeva? Non lo vedeva da tre anni e anche allora, fra loro non c'era nulla. Chad era almeno di dieci anni più vecchio di lei e troppo onesto per prendere in considerazione l'idea di farsi la ragazzina disastrata in affidamento in fondo alla strada.

"Beh, buono a sapersi." Chad le diede una strizzata alla mano e la lasciò andare. Le sue labbra si arricciarono in un piccolo sorriso mentre aggiungeva: "Così, non c'è motivo per cui io non ti aiuti a spostare le tue cose nella casa nuova. Dimmi solo dove e quando."

Luna non riuscì a trattenere una risatina. "Ti è sempre piaciuto fare l'eroe."

Chad sbuffò una risata. "Può darsi. Ma una cosa è certa, Luna Scott: la ragazza che conoscevo non è mai stata una fanciulla indifesa."

Le sue parole la colsero alla sprovvista e lei non riuscì a trattenere un sorriso. "Verissimo."

"Ma ciò non significa che non le facciano comodo il furgone e i muscoli di un musicista disoccupato per trasferire alcune cose. Che ne dici di domani?"

Luna si limitò a fissarlo, non sapendo cosa dire. Non poteva evitarlo per sempre in quel piccolo paese magico, ma ciò non significava che fosse furbo fare di nuovo amicizia con lui. Le sue viscere stavano già ballando la macarena. Era una pessima idea. "Non penso–"

Chad scosse la testa. "Smettila di pensare, Luna. Che ne dici di lasciare che una vecchia conoscenza ti aiuti? Vedilo come il principio di una scusa per quello che è successo a Berkeley la sera in cui ci siamo visti l'ultima volta."

Lei sbuffò. "Di cosa devi scusarti? Sono io quella che è finita in galera."

L'uomo sussultò. "Lo so, ed è tutta colpa mia."

CAPITOLO 2

*H*ope... ehm, Luna lo guardò perplessa. Dannazione. Si sarebbe mai abituato a chiamarla con il suo nuovo nome? L'aveva conosciuta per anni come Hope, la *sua* Hope, ed effettuare quel cambiamento mentale si stava rivelando quasi impossibile.

L'espressione della donna si tramutò in puro scetticismo mentre sbuffava, somigliando proprio alla diciassettenne ribelle e orgogliosa che lo aveva conosciuto tre anni prima. "Per favore, Chad. Smettila di sentirti in colpa. Non ho bisogno anche di questo. Tu non c'entri nulla con il mio arresto."

Prima che lui potesse rispondere, la donna girò sui tacchi e si incamminò lungo il marciapiedi con la testa china e le spalle ingobbite.

"Aspetta, Luna!" esclamò lui, inseguendola.

La donna emise un piccolo sospiro, ma non disse nulla quando lui le si affiancò.

"Non credo che tu capisca," esordì Chad.

"Cosa c'è da capire? Ti senti in colpa perché non sei riuscito a salvarmi. Ho capito." La donna si fermò e lo fissò dritto negli occhi, lo sguardo che ardeva di una fierezza che lui aveva visto innumerevoli volte. "Ma non ho bisogno della tua compassione. Non ne ho mai avuto bisogno."

"Io non ti compatisco," disse automaticamente lui. Parole più vere non erano mai state pronunciate. Lui aveva detestato la sorte che le era toccata nella vita, le carte che le erano state distribuite. E non aveva desiderato altro che darle una mano per aiutarla a rialzarsi. Invece, aveva commesso un grave errore e la conseguenza diretta era stata che Luna aveva trascorso del tempo dietro le sbarre. "Io ti ammiro tremendamente, Luna. La tua forza... dèi del cielo. Ne hai in abbondanza e ne hai sempre avuta. Non c'è da stupirsi che tu abbia passato l'inferno e sia uscita dall'altra parte senza cicatrici visibili."

"Ne ho di cicatrici, Chad," disse lei, guardando alle sue spalle, lo sguardo perso nel vuoto come se fosse immersa nei ricordi.

"Ne sono certo. Ma questo non cambia il fatto che credo che tu sia probabilmente la persona più forte che io abbia mai conosciuto."

Luna scoppiò in una risata priva di allegria e incrociò le braccia sul petto, abbracciandosi come per allontanare il freddo. "Io? Forte? Ho solo fatto quello che dovevo."

"Lo so," mormorò Chad, detestando l'espressione tormentata sul volto della donna. Si allungò e le prese nuovamente la mano, chiudendo le dita attorno a quelle di lei. "Hai un momento? Ci sono alcune cose che vorrei chiarire."

Luna chiuse gli occhi e scosse la testa. "Devo andare a lavorare; e poi, mi sono lasciata il passato alle spalle molto tempo fa, Chad. Non voglio parlarne. Ti sarei grata se lasciassi perdere. Per favore."

Cosa poteva dire lui? Nulla. Luna lo stava praticamente

implorando di lasciare che lei voltasse pagina. Se quello era ciò di cui aveva bisogno in quel momento, lui avrebbe tenuto la bocca chiusa. Che altra scelta aveva, soprattutto quando Luna stava andando a lavorare? "Ma certo, Luna. Tutto quello che vuoi."

La donna esalò il respiro che doveva aver trattenuto e i suoi grandi occhi azzurri scavarono in quelli di Chad mentre diceva: "Grazie. Lo apprezzo."

"Non c'è bisogno di ringraziarmi," disse lui, continuando a tenerle la mano. Per qualche motivo, avrebbe voluto prenderla fra le braccia e stringerla il più possibile. Accidenti. Fece un mezzo passo indietro. *E questo da dove veniva?*

Luna chiuse la distanza e si sporse, la voce roca mentre chiedeva: "Chad, puoi farmi un favore?"

Fu il suo turno di incrociare le braccia, questa volta per assicurarsi di tenere le mani a posto. Toccarla era proibito. Vero? Una voce nel profondo della mente gli bisbigliò che ora Luna era una donna adulta. Perché lui non poteva abbracciarla? Si diede uno scossone mentale, cercando di scacciare quei pensieri. Affondò le dita nelle braccia e disse: "Certo. Quello che vuoi."

"Nessuno, qui, sa del mio passato. E vorrei che continuasse così." La donna deglutì visibilmente, quindi proseguì: "Ho lavorato sodo per voltare pagina. Non voglio che il mio capo e il resto del paese spettegolino su di me. Ti dispiacerebbe tenere per te quello che è successo allora?"

Per poco Chad non si lasciò andare a sua volta a una risata amara. L'ultima cosa che voleva era parlare con chiunque del loro passato condiviso. Le rivolse un sorriso gentile prima di tornare serio. "Non c'è bisogno che ti preoccupi. Non ho intenzione di rivivere il nostro periodo a Berkeley con gli abitanti del paese. È una storia che spetta a te raccontare, se vorrai farlo. Non a me."

Luna distolse lo sguardo intenso e fissò dietro le spalle di Chad. "Grazie."

"Non c'è bisogno di ringraziarmi. Sai che non tradirei mai la tua fiducia così."

Le labbra di Luna si curvarono nella sottilissima ombra di un sorriso. "Non sei cambiato."

Questa volta, Chad rise sul serio, grato di non udire alcuna amarezza nella sua risata. La settimana prima, forse l'avrebbe udita. "Credo che questo rimanga da vedersi, ma spero di essere ancora lo stesso uomo che hai conosciuto anni fa su quei gradini." Le ammiccò. "E dato che sembrava che ti fidassi abbastanza di quel tipo, perché non lasci che io ti aiuti a spostare le tue cose? Ne sarei felice, sai. E Shannon ha ragione. Fino a quando non riuscirò ad affittare uno spazio, non ho molto da fare."

La donna esitò.

Chad la fissò, desiderando con tutto se stesso che dicesse di sì. Non che fosse entusiasta al pensiero di spostare dei mobili, soprattutto con la mano lesionata. Voleva solo fare tutto il possibile per rimediare agli errori del passato. Un giorno, le avrebbe raccontato della sua parte in quella notte terribile in cui lei era finita in prigione, ma non prima che Luna fosse pronta ad ascoltare. Nel frattempo, era deciso a essere suo amico. "Dai, Luna. La mia magia dell'aria ti renderà tutto più facile. Per non parlare del fatto che possiedo già un furgone. Non devi fare per forza tutto da sola, sai."

Il sorriso della donna svanì e Chad avrebbe voluto prendersi a calci da solo. Aveva detto la cosa più sbagliata possibile e avrebbe dovuto saperlo. Se c'era un essere umano che era deciso a non fare affidamento su nessuno, era Hope

"Luna" Scott. Si schiarì la voce. "Volevo solo dire che hai della manovalanza gratuita a tua disposizione. Sarebbe assurdo dire di no, giusto?"

Luna si fissò i piedi per un momento e, quando sollevò la testa, la sua espressione si era finalmente intenerita. "La tua magia dell'aria e il tuo furgone tornerebbero molto utili."

Chad sentì le spalle rilassarsi quando le rivolse un sorrisetto. "Ah-ha. Suona sospettosamente simile a un sì."

La donna ridacchiò. "Sei davvero entusiasta di spostare dei mobili, Chad. Mi sa che devi uscire più spesso." I suoi occhi brillavano di malizia mentre aggiungeva: "Iscriviti a qualche app di incontri e vai fuori prima di diventare un vecchio zitello."

Perché mai dovrei usare una app quando la donna più bella che io abbia mai visto è proprio di fronte a me? Accidenti. Non andava bene. Luna era una bambina. O lo era stata quando lui l'aveva conosciuta. Ormai, doveva avere venti o ventun anni. Un'adulta con un lavoro a tempo pieno, che stava per trasferirsi in una casa tutta sua. *Piantala, Garber*, ordinò a se stesso. Luna Scott era proibita. "Cosa ti fa pensare che io non frequenti nessuno?" chiese, cercando di ostentare noncuranza.

Le sopracciglia della donna schizzarono verso l'alto. "Oh? Hai la ragazza?"

"No," ammise lui, stringendosi nelle spalle. "Mi chiedevo solo perché tu fossi così convinta che fossi un caso disperato."

Luna rise di nuovo. "Ma per favore. In questo paese? Se avessi portato fuori qualcuna, lo sapremmo tutti. I pettegolezzi scorrono a fiumi da queste parti." Fu il suo turno di ammiccare. "D'accordo, signor Servizievole. Domani alle nove? Vieni a prendermi al bar e andremo a spostare qualche mobile."

"Alle nove," ripeté lui con un cenno del capo, sorridendole

prima di allontanarsi, deciso a ottenere l'affitto di quel negozio di musica.

~

"MA SALVE, CHAD," disse la signorina Maple, accompagnandolo nel suo ufficio. Si levò una ciocca di riccioli grigi dagli occhi e si tolse il grembiule, rivelando una camicetta in stile contadino e una gonna fluente che sembravano risalire ai primi anni Settanta.

"Che cos'è?" chiese lui mentre la donna gli porgeva un bicchierino. Chad bevve un sorso ed emise un piccolo gemito di piacere quando la cioccolata saporita gli toccò la lingua.

"Cioccolata calda al caramello salato. Mi sa che abbiamo un vincitore." La donna prese posto sulla morbida sedia da ufficio e si mise comoda.

"Assolutamente. È meglio..." Chad avvampò mentre ingoiava le parole. Parlare di sesso con la signorina Maple, anche in senso figurato, sembrava inappropriato.

"Meglio di un dito in un occhio?" chiese la donna, gli occhi che luccicavano alla luce del sole che penetrava dalla finestra.

"Certo." Chad ridacchiò e posò il bicchiere sul bordo della scrivania mentre si sporgeva. "Sono pronto a fare un accordo per lo spazio qui accanto."

La donna inarcò un sopracciglio perfettamente sfoltito. "Davvero? Questo significa che accetterai il contratto di due anni?"

"Sì. Ci sto. Non appena il contratto sarà pronto, verrò a firmarlo," disse Chad. L'ultima volta che aveva parlato con la signorina Maple, aveva chiesto un contratto di un anno. Ma la donna aveva detto di essere disposta ad affittare lo spazio solo a chi avesse intenzione di mettere radici nella comunità. Aveva già fatto passare due affittuari forestieri negli ultimi tre anni, che si erano innamorati della pittoresca Keating Hollow, ma non erano pronti a investire sul serio nella comunità. Francamente, era stanca di gente che andava e veniva e della frustrazione dei paesani quando vedevano un'altra attività chiudere in seguito a tentativi poco sentiti di colmare una necessità all'interno di Keating Hollow.

La signorina Maple batté le mani. "Ottimo." Con un sorriso che si allargava sulle labbra, aprì un cassetto e tirò fuori un fascicolo, consegnandolo a Chad. "Sapevo che avresti capito il mio punto di vista."

Chad ridacchiò e scosse la testa. "Era proprio sicura, eh?"

"A volte ho delle intuizioni sulla gente." La donna si mise comoda e aspettò che Chad leggesse il contratto.

Quando lui ebbe finito, sollevò lo sguardo. "Manca l'anticipo del primo e dell'ultimo mese. E la caparra." Spinse il fascicolo verso di lei. "Li aggiunga e firmerò in giornata."

La signorina Maple spinse nuovamente il fascicolo verso di lui. "Hai accettato un contratto di due anni. Questo è il mio modo di venirti incontro. E poi, so come fare a rintracciarti," disse con un sorriso sbarazzino.

Chad sbuffò. Considerato che la sua matrigna viveva in paese ed era la sua unica parente ancora in vita, la donna non aveva torto. Tirò fuori la penna, firmò, scrisse la data e spinse nuovamente il contratto verso la signorina Maple. "Grazie."

La donna si allungò sopra la scrivania e gli coprì la mano con la propria. "Prego." Dopo aver fatto una copia del contratto d'affitto, consegnò a Chad i documenti e le chiavi.

Chad si mise le chiavi in tasca e si sentì il cuore un po' più leggero. Da quando si era rotto la mano, si sentiva alla deriva e completamente devastato dalle conseguenze della sua stupidità. Ma ora aveva un obiettivo e qualcosa da dare alla comunità che lo aveva già salvato una volta, quando ne aveva più bisogno. Rivolse un sorriso colmo di gratitudine alla donna matura mentre si allungava verso la maniglia della porta. "Ci vediamo presto."

"Chad?" disse la signorina Maple, fermandolo.

"Sì?"

"So che ti trovi a Keating Hollow in seguito a circostanze sfortunate."

Circostanze sfortunate. Per poco Chad non rise per quel modo di metterla giù. Se quello era il modo in cui la donna definiva aver riempito di botte la più grande carogna che lui avesse mai conosciuto, andava bene così. Avrebbe accettato quella versione.

"Credo che dovresti sapere che ti vogliamo qui e che Keating Hollow ha bisogno di te," disse la signorina Maple, l'espressione schietta. "Luna, in particolare, ha bisogno di te."

Le sue parole lo trafissero dritto al cuore e Chad si sentì ritirare in quel luogo oscuro che lo ingoiava per giorni interi. Avrebbe voluto discutere con la signorina Maple. Dirle senza possibilità di equivoco che si sbagliava. Invece, si limitò a un "Grazie per l'affitto." Senza aggiungere un'altra parola, lasciò l'ufficio della donna, chiudendosi silenziosamente la porta alle spalle.

CAPITOLO 3

*L*una ordinò un caffelatte al caramello grande, un cappuccino al latte scremato e due croissant al cioccolato mentre cercava di ignorare il nervosismo che le saltellava nello stomaco. *Calmati,* si disse. Non doveva mica uscirci, con Chad. L'uomo l'avrebbe solo aiutata a spostare le sue cose. Niente di più, niente di meno.

È una bugia. Luna avrebbe voluto ordinare quella voce nella sua testa di stare zitta, ma sapeva che era inutile. La sua coscienza aveva la bocca larga.

"Buon trasloco," disse allegramente Hanna. "Scommetto che sei contenta al pensiero di smettere di fare avanti e indietro tutti i giorni."

Luna le sorrise. "Puoi dirlo forte. Potrei persino comprare una bicicletta e andare al lavoro pedalando quando c'è il sole, ora che il tempo è volto al bello."

Hanna guardò fuori dalla finestra. "È un'ottima idea. Sappi solo che, da queste parti, il tempo può cambiare molto velocemente. Soprattutto in primavera. Prima c'è il sole e fa caldo e mezz'ora dopo arrivano le nubi temporalesche dall'oceano e il tempo si imbruttisce in fretta."

"Davvero? Finora ho visto soltanto un po' di nebbia e di pioggerella," disse Luna, lanciando un'occhiata al cielo limpido e soleggiato.

"È questo che ti frega." Hanna sorrise a Luna, quindi accennò con il capo alla porta d'ingresso del locale. "Divertiti."

Luna si voltò e vide Chad che entrava tutto tranquillo dalla porta. Le labbra dell'uomo si curvarono in un sorriso rilassato.

"Buongiorno," disse, osservandola con gli occhi azzurri.

Luna abbassò lo sguardo sui jeans skinny consunti e sulla maglietta sbiadita di seconda mano e fece spallucce. "Mi sono vestita comoda."

L'uomo spostò lo sguardo e scoppiò in una risatina. "Sembri uscita dalla copertina di *Rolling Stone*. Begli stivali."

"Ehm, grazie." Luna si sentì arrossire per l'imbarazzo mentre le farfalle le svolazzavano nello stomaco. Chad ci stava provando con lei? Sì. Ne era sicura. E sebbene lei sapesse che lasciarlo fare era un'idea terribile, non riusciva a non gradire le sue attenzioni. Abbassò lo sguardo sugli scarponcini neri. Non erano esattamente la scelta migliore per spostare dei mobili, ma la suola di una delle sue scarpe da ginnastica si era staccata la sera prima. La scelta era fra gli scarponcini e i sandali. Gli scarponcini erano più sicuri.

Chad ridacchiò. "Forza, Luna. Andiamo a traslocare." Salutò Hanna.

"Aspetta. La colazione," disse Hanna, spingendo verso loro due i caffè e il sacchetto con i croissant.

"Grazie. Sei gentile," disse Chad.

"È stata Luna a fare l'ordine." Gli occhi di Hanna brillarono di birbanteria quando ammiccò a Luna.

Con Chad alle sue spalle, Luna fece una smorfia a Hanna e mimò *comportati bene*.

Il sorriso di Hanna si allargò. "Buona giornata, voi due."

Luna prese il sacchetto e il bicchiere con il nome dell'uomo.

Dopo che lei glielo ebbe dato, Chad bevve un sorso e guardò Luna con un sopracciglio inarcato. "Ti sei ricordata."

"Hai ordinato sempre la stessa cosa per più di un anno. Ho pensato di andare sul sicuro," disse lei, rimproverandosi per l'imbarazzo che provava per aver ricordato un dettaglio su di lui.

"Hai fatto bene." Lui le premette una mano in fondo alla schiena mentre uscivano dal caffè.

Luna chiuse gli occhi, detestando quanto le piaceva la sensazione di quella mano. Accidenti. Non avrebbe dovuto andare in sollucchero per quell'uomo. Aveva quasi dieci anni più di lei. Di certo non la vedeva come qualcosa di più di una sorella minore. Oppure, più probabilmente, Luna era solo una persona bisognosa del suo aiuto. E lei lo odiava.

"Salta su," disse Chad, aprendo la portiera del passeggero del furgone.

"Grazie." Luna prese posto e qualche istante dopo loro due imboccarono la strada, diretti fuori da Keating Hollow. "Croissant?" chiese lei.

"Certo." Tacquero mentre oltrepassavano boschetti di sequoie e mordicchiavano i croissant al cioccolato. C'era poco traffico, dato che era la tarda mattinata di un giorno lavorativo, e Luna cominciò ad avere la sensazione che loro due fossero gli unici sulla statale. Era sconcertante, perché la sua nuova vita parve dissolversi e le sue mani si fecero sudate mentre cercava di non fissare il bell'uomo che aveva accanto. All'improvviso, aveva di nuovo diciassette anni ed era in soggezione di fronte all'uomo bellissimo che non era mai stato altro che gentile con lei.

"Allora," disse Chad, lanciandole un'occhiata. "Dimmi com'è andata la tua vita dall'ultima volta in cui ci siamo visti."

Lo stomaco di Luna fu smosso dal disagio e lei distolse lo sguardo, serrando le palpebre, cercando di cancellare i flashback di un'epoca che non avrebbe mai voluto ricordare né discutere con chiunque, tantomeno Chad.

"Luna?" chiese l'uomo, la preoccupazione evidente nel tono della voce. "Non volevo turbarti."

Accipicchia. Luna sospirò; detestava mostrare debolezza, di qualunque genere. "Non sono turbata," disse, guardando ora il fiume che serpeggiava accanto alla statale. "È solo che è strano parlarne. La maggior parte della gente non conosce il mio passato."

"Giusto." Il furgone rombò lungo la strada per altri tre chilometri prima che Chad aggiungesse: "Puoi parlarne con me, sai. Io non ti giudicherei mai e non tradirei mai la tua fiducia."

"Io non—"

"Ma non devi parlarne, se vuoi," disse lui, interrompendola. "Lo capisco. Mi hai mai sentito parlare del mio passato?"

La domanda attirò l'attenzione di Luna, che si voltò a guardare Chad in viso. L'espressione dell'uomo era cupa, ma le sue labbra erano strette in una linea decisa. "No. Mai. Le uniche cose che ho mai saputo di te sono che eri una specie di bambino prodigio del pianoforte e che hai trascorso del tempo a Keating Hollow, da piccolo, prima di essere ammesso al conservatorio."

"Ti ricordavi di Keating Hollow?" chiese lui.

Luna arrossì e si chiese se Chad sospettasse che parte del motivo per cui lei era finita in quel paesino era lui. Non che

Luna si fosse aspettata di incrociarlo. Per quanto ne sapeva, Chad girava ancora per il mondo per tenere concerti e aveva persino iniziato a scrivere musica per alcuni gruppi musicali. Non si era mai aspettata che tornasse al paese, tranne che per andare a trovare la matrigna. Era stato difficile credere che lo avrebbe incrociato sul serio.

No. Sperare di incontrarlo non era stato nei piani. Ma Chad aveva parlato della comunità di Keating Hollow con tanta nostalgia che lei aveva avuto sin dal principio la sensazione di conoscere quel posto. Per non parlare del fatto che Luna aveva avuto altri motivi per dirigersi verso nord. Non ultimo il fatto che c'era una posizione aperta presso una nuova spa e, quando lei aveva visto l'annuncio, aveva colto la palla al balzo.

"Sì," disse sottovoce. "Da come ne parlavi tu, sembrava un posto magico."

L'uomo rise, gli occhi pieni di ilarità.

Luna si ripeté mentalmente le proprie parole. Con una risatina imbarazzata, disse: "D'accordo, era ovvio e pure eufemistico. Volevo dire che il paese sembrava un paradiso rispetto alla città. E quando ho visto l'annuncio per il lavoro alla spa su un sito che frequentavo, non ci ho pensato due volte prima di candidarmi. Ero stanca della giungla di cemento e del ritmo frenetico della città. E poi, prima di trovare l'appartamento a Eureka facevo avanti e indietro più volte al mese per lavorare con la guaritrice Snow. Sono andata avanti così per quasi un anno. Ero stanca di fare tutta quella strada."

"Sembrerebbe che tu abbia trovato la situazione perfetta per te," disse l'uomo.

"Mi sa di sì." *Fino a quando non sei arrivato tu*, aggiunse silenziosamente Luna. Ma persino mentre le parole le attraversavano la mente, non le sembravano vere come la prima volta in cui lei aveva incrociato Chad, alla festa di fidanzamento di Rhys e Hanna. Aveva avuto il terrore che tutti scoprissero che aveva la fedina penale sporca e, a essere onesta, aveva temuto di dover affrontare il passato. Ma ora... Parlare con Chad era facile come lo era stato tre anni prima.

"Parlami del lavoro che fai con la guaritrice." Chad aveva lo sguardo fisso sulla strada, attento a un tratto particolarmente tortuoso, e lei fu lieta che non la stesse guardando quando pronunciò le parole successive.

"Ehm, sai che sono una strega della terra, vero?" chiese Luna.

L'uomo annuì, lo sguardo ancora fisso sulla strada.

Lei si schiarì la voce. "A quanto pare, sono abile nell'aiutare il corpo umano a guarire. Per cui, la guaritrice Snow mi ha chiesto se volessi partecipare ad alcune sperimentazioni e ora la aiuto a somministrare trattamenti di avanguardia che, onestamente, salvano la vita alla gente. È stato... davvero incredibile."

Chad le lanciò un'occhiata di pura meraviglia, ma poi tornò a concentrarsi subito sulla strada. Non disse nulla e i palmi di Luna si fecero ancora più sudati. Come mai non le faceva domande? Lo facevano sempre tutti e sebbene lei sapesse raramente come rispondere, sapeva che quello che faceva era raro e speciale, nonché causa di intensa curiosità. Ma Chad continuava a guidare come se lei gli avesse detto che si limitava a portare il caffè alla guaritrice Snow.

Proprio quando Luna era sul punto di sbuffare per il fastidio, il furgone uscì di strada per immettersi in una piazzola panoramica che dava sul fiume. Chad tirò bruscamente il freno a mano e si voltò verso di lei. Il suo sguardo era intenso quando chiese: "Hai un dono così potente da aiutare la guaritrice Snow a salvare delle vite?"

Una risatina nervosa le risalì gorgogliando la gola. "Ehm, non la metterei proprio in questi termini, ma sì. Quello che faccio ha contribuito a curare condizioni genetiche rare e a isolare geni problematici."

"Non la metteresti in quali termini?" chiese lui, che sembrava genuinamente confuso. "Che sei potente o che salvi delle vite?"

Come al solito, l'uomo le aveva appena rimproverato la modestia per quanto riguardava i suoi doni. Da che Luna aveva memoria, Chad era stato l'unico, durante gli anni della formazione, a vederla come una persona meritevole di lodi. Ora, la guaritrice Snow e i suoi clienti da A Touch of Magic mostravano palesemente il loro apprezzamento, ma era diverso. Loro non conoscevano la vera Luna. Quella che lei nascondeva a tutti, perché sapeva che avrebbero scoperto che non era meritevole per niente. Luna scosse la testa e si rimproverò per aver ceduto a quei pensieri distruttivi... di nuovo. Razionalmente, sapeva di essere degna di amore, rispetto e amicizia. Era solo che il suo cuore non era d'accordo. Aveva generato uno scudo e lei non era minimamente interessata a lasciare che nessun altro lo oltrepassasse.

"Che sono potente," disse stringendosi nelle spalle. "Non credo di avere più talento di altre streghe."

L'uomo sbuffò. "Va bene. Se lo dici tu."

Luna conosceva quel tono di voce. Palesemente, Chad non concordava con la sua affermazione, ma era disposto a lasciar correre. Era una delle cose che le piacevano di più di lui. Non nascondeva quello che pensava, ma non avvertiva nemmeno la necessità di discutere al solo scopo di avere ragione.

Chad reinserì la marcia e si immise in strada. "Come hai fatto a scoprire di avere l'abilità di curare la gente?"

Luna aveva previsto quella domanda e sebbene avesse

pensato che non avrebbe mai parlato di come aveva scoperto il suo dono, si scoprì desiderosa di raccontarglielo. Voleva che Chad sapesse che lei si era fatta forza nonostante tutto e che, sebbene la sua vita fosse stata uno schifo, non l'aveva piegata. "Ho avuto il primo sentore quando ero nel carcere minorile."

Le sue parole rimasero sospese nell'aria mentre aspettava che lui dicesse qualcosa, qualunque cosa. Ma quando Chad si limitò a rivolgerle un piccolo cenno di incoraggiamento, lei esalò il fiato, sentendo il dolore al petto che si allentava. "Una sera, hanno aggredito la mia compagna di cella. Sanguinava e aveva bisogno di punti, ma la guardia di turno nella nostra sezione non era una brava persona. Se lei fosse andata da lui, chissà che fine avrebbe fatto."

Chad prese bruscamente fiato e le lanciò un'occhiata con gli occhi tormentati.

Luna distolse lo sguardo. Detestava l'orrore e la compassione che vide. Aveva accettato molto tempo prima il ruolo da lei svolto nel crimine per il quale era finita in prigione. Se Chad voleva essere suo amico, avrebbe dovuto accettarlo a propria volta. Ma non spettava a lei aiutarlo a farlo. "Comunque, stavo pulendo al meglio delle mie possibilità un taglio sopra il suo occhio quando la mia magia è esplosa, come se non potessi controllarla. Il taglio guarì a sufficienza da smettere di sanguinare. Riuscii persino ad alleviare il livido sulla mascella della mia compagna di cella, in modo che non le facesse più male."

"È incredibile, Ho– voglio dire, Luna," disse l'uomo, lanciandole un sorriso di scuse. "Perdonami. Ci sto provando."

Lei ricambiò il suo sorriso con uno suo, piccolo. "Lo so. Non c'è problema."

Il sollievo lampeggiò negli occhi azzurri di Chad. "È

davvero incredibile. Sembrerebbe che il tuo dono sia saltato fuori quando ne avevi più bisogno. Cos'è successo dopo?"

Luna non sapeva se voleva percorrere fino in fondo il viale dei ricordi. C'erano troppe buche lungo quella strada. Per cui, saltò a piè pari i drammi e disse: "Una consulente per il reinserimento scoprì quello che sapevo fare e mi consigliò di studiare da guaritrice." Luna sbuffò. "Riesci a immaginare di essere nel carcere minorile, senza famiglia, senza amici, senza denaro, senza nulla a cui tornare, e cercare di capire non solo come farai a prenderti cura di te stessa una volta che sarai fuori, ma anche come farai a passare l'esame di ammissione al college, figurarsi a pagare la retta?"

"No," disse sottovoce l'uomo, imboccando la Statale 1 sud, diretto verso l'appartamento temporaneo di Luna. "Non riesco a immaginare quanto deve essere sembrato impossibile."

"Esatto. Comunque, il college non era una possibilità. Non avevo idea di cosa avrei fatto, a parte trovare un lavoro e tenermi il più lontano possibile da mia madre affidataria e da quel porco del suo ragazzo."

"Che cosa hai fatto?" chiese Chad. "Come hai fatto a diventare massoterapista?"

"Ah. Quello. Mi sono allontanata quanto più potevo da Berkeley con le poche risorse che avevo a disposizione. Alla fine, ho trovato una stanza in condivisione con un gruppo di studentesse e ho iniziato a lavorare in un bar. Avevo esperienza e potevo fare il turno della mattina. La responsabile era talmente disperata che mi ha assunta subito, senza nemmeno chiedermi le referenze." Luna fece spallucce. "Era un lavoro decente. Il fratello della mia responsabile passava tutte le mattine prima di andare a scuola di massoterapia e, a un certo punto, io ho deciso che quello era un lavoro buono come un altro e che il corso costava molto meno del college. Per cui, non appena ho avuto i soldi, mi sono iscritta. È là che ho conosciuto la guaritrice Snow. Era docente a contratto. Uno dei miei insegnanti le disse della mia abilità e lei venne a cercarmi. Il resto è storia."

Chad non disse una parola. Si limitò ad allungare una mano e a metterla sopra quella di Luna, stringendo delicatamente. Quel gesto, all'inizio, la sconcertò, ma la pelle dell'uomo era così calda, così estranea, ma anche così... giusta che lei ricambiò la stretta, grata per quella connessione umana che raramente sperimentava. Certo, lei toccava la gente di mestiere, ma nessuno toccava *lei* e la mano di Chad, avvolta attorno alla sua, le fece quasi venire le lacrime agli occhi. Luna le trattenne e, senza pensarci, accarezzò con il pollice il dorso della mano dell'uomo e si immobilizzò quando percepì, più che avvertirlo, il dolore che si irradiava da sotto la superficie della pelle.

"Chad?" chiese.

"Sì?"

Luna gli strinse delicatamente la mano. "È per questo che sei a Keating Hollow?"

L'uomo annuì e trasse un respiro profondo. "La mia carriera di pianista è finita."

CAPITOLO 4

Chad era sinceramente stupito che Luna non avesse saputo della sua caduta da pianista superstar a ex-musicista. Aveva detto il vero quando aveva parlato del giro di pettegolezzi a Keating Hollow. Non era un segreto che la sua carriera era conclusa o che quello era il motivo per cui era finito nel paesino con l'intento di aprire un negozio di musica. Se non poteva più suonare ad alto livello, poteva almeno insegnare e dare modo ad altri di esplorare i propri gusti musicali. "Non è la fine del mondo. È solo un cambiamento."

Luna emise una risata priva di allegria. La sua voce si abbassò mentre diceva: "Forse non è la fine del mondo, ma è sicuramente abbastanza grave da scuotere chiunque fosse nei tuoi panni, Chad."

"Scuotere" era una buona parola, decise lui. Descriveva il suo stato d'animo in più di un modo. Si era rovinato la mano e la carriera quando aveva perso la calma durante quell'alterco. Chad sapeva di essere stato imprudente. Avventato. Enormemente stupido. Ma quando lanciò un'occhiata a Luna e intravide la diciassettenne che era stata quando si prese il

27

labbro inferiore fra i denti, capì che non avrebbe cambiato nulla. Se Leo Mahoney avesse mai incrociato nuovamente la strada di Luna o la sua, lui sarebbe stato più che felice di usare la sua faccia come sacco da boxe... senza un singolo pentimento.

"Mi dispiace," disse Luna, distogliendo lo sguardo. "Sono certa che tu non voglia parlarne."

Chad fletté le dita, cercando di allungare i muscoli nonostante il dolore alla mano. "Non hai nulla di cui dispiacerti. È stato difficile, subito dopo essermi reso conto di aver buttato via la mia carriera. Ma l'ho accettato. A dire il vero, sono contento di fermarmi da qualche parte dopo tutti questi anni. Tutto quel tempo in viaggio non rende esattamente facile stabilire dei rapporti umani."

Luna inarcò le sopracciglia. "Stai dicendo che non hai una ragazza o una persona speciale?"

Chad sbuffò. "La vita in viaggio è solitaria. Non solo non ho una ragazza, ma la verità è che non ho nemmeno dei veri amici, a meno di non considerare tali il mio manager e il mio agente. Cosa che io faccio. Ma mi piacerebbe davvero sapere com'è avere nella vita qualcuno che non è lì solo per guadagnare del denaro grazie a te. Hai presente?"

Luna scosse leggermente la testa e Chad si rese conto di quanto era stupido aspettarsi che lei potesse capire la pressione del tour. Quella vita era sfavillante fino a quando la realtà non faceva presa. Chad adorava suonare il pianoforte, ma la sua vita era diventata una serie di collegamenti spezzati. Sperava che stabilirsi a Keating Hollow avrebbe cambiato le cose.

"I miei problemi di soldi sono sempre stati relativi al fatto di non averne abbastanza," disse la donna con una risatina nervosa. "Non so tu, ma credo che sarebbe bello avere il problema opposto per un po'."

Chad le rivolse un sorriso complice. "Già. Hai ragione."

Un silenzio amichevole cadde fra di loro per il resto del tragitto fino allo squallido appartamento di Luna a Eureka. Proprio mentre Chad parcheggiava, Luna si voltò verso di lui e disse: "Ehi. Non mi hai detto cosa è successo alla tua mano. Hai avuto un incidente?"

Chad si voltò e incrociò lo sguardo dei brillanti occhi verdi della giovane. Sapeva che avrebbe dovuto dirlo e basta. Era la sua occasione di essere onesto. Lei meritava di sapere. "Mi hanno provocato e−"

Toc, toc, toc.

Il forte bussare giunse dal finestrino del conducente e Chad sobbalzò, colto alla sprovvista dal rumore. "Porca l'oca," bisbigliò, abbassando il finestrino che lo separava dal ragazzo magro che aveva fatto un passo indietro dal furgone e ora si guardava attorno come se avesse il terrore che qualcuno potesse vederlo.

Luna ridacchiò. "Porca l'oca? Parli come un vecchio."

"Dopo l'infarto che mi è venuto, mi sento proprio così." Chad prese fiato e si voltò verso il ragazzo, notando che aveva i jeans sfilacciati e che le sue guance erano scavate come quelle di una persona che abitualmente non mangiava a sufficienza. "Come posso aiutarti?" chiese, usando un tono di voce amichevole. L'ultima cosa che voleva era spaventare il giovanotto.

"Ehm." L'adolescente fissò Chad dritto negli occhi, l'espressione determinata. "Mi chiedevo se ti servisse una mano con qualcosa. Posso fare delle commissioni in cambio di soldi. Posso lavarti il furgone o pulirti l'appartamento."

Distolse lo sguardo e disse con voce forzata: "O qualunque altra cosa per cui tu sia disposto a pagare."

Una rabbia allo stato puro colmò il petto di Chad quando si rese conto di cosa voleva dire il ragazzo. Avrebbe voluto urlargli contro, scendere dal furgone e scrollarlo per aver anche solo suggerito una cosa del genere, ma sapeva che la sua rabbia era indirizzata contro il bersaglio sbagliato. Era palese che il ragazzo viveva per strada e che stava solo cercando di sopravvivere. "Certo. Anzi, sei fortunato. Luna deve traslocare proprio oggi, per cui ci farebbe comodo una mano a portare le sue cose nel furgone. Ci stai?"

Gli occhi marrone scuro del giovanotto si illuminarono e questi annuì con entusiasmo.

"Quanto vuoi per un paio d'ore?" chiese Chad.

"Basta, ehm, quello che puoi."

Chad annuì. "D'accordo. Vanno bene venti all'ora?"

Il giovanotto rimase a bocca aperta per un momento. "Accidenti. Voglio dire, sì. Va bene."

"Mettiamoci al lavoro, allora." Chad scese dal furgone e tese la mano. "Io sono Chad Garber e lei è Luna Scott." Indicò la donna. "E tu sei?"

Il ragazzo esitò mentre spostava continuamente lo sguardo fra Luna e Chad. Dopo aver tratto un respiro profondo e aver stretto la mano a Chad, disse: "Levi."

"Piacere di conoscerti, Levi," disse Chad.

Luna si fece avanti, l'espressione curiosamente neutrale mentre stringeva a sua volta la mano del giovanotto. "Prima di cominciare, vado a prendere qualche sandwich per colazione. Preferisci bacon o salsiccia?"

Gli occhi del ragazzo si spalancarono prima di colmarsi di voglia. Ma invece di rispondere alla domanda, disse: "Non devi farlo per forza. Sono a posto."

L'espressione affamata sul suo viso contraddiceva le sue parole e Luna disse: "Beh, ti prendo comunque qualcosa, nel caso tu cambi idea. Spostare mobili stimola l'appetito."

La donna mantenne un tono di voce leggero, ma Chad vedeva benissimo che le si stava spezzando il cuore per il giovanotto. Per quanto ne sapeva lui, Luna non era mai stata una senzatetto, ma aveva vissuto in una situazione sufficientemente precaria da correre costantemente il rischio di diventarlo. La sua madre affidataria era davvero un bel tipo.

"Tieni." Luna porse a Chad una singola chiave. "L'appartamento è il 12. Primo piano. Io arrivo subito."

Mentre lei si incamminava attraverso il parcheggio e verso un fast-food, Levi esclamò: "Bacon."

"Capito," disse Luna senza nemmeno voltarsi.

"Beh, sembra che sia ora di cominciare, Levi," disse Chad, accennando con il capo alle scale che portavano all'appartamento di Luna. "Sei pronto a mostrarmi cosa sai fare?"

Il ragazzo gli rivolse un sorriso tremolante e annuì.

"Ottimo. Vediamo cosa c'è da spostare." Chad fece strada e dimenticò completamente che, prima che Levi lo interrompesse, era stato sul punto di aprire il cuore a Luna.

CAPITOLO 5

*L*a paura onnipresente con cui Luna aveva convissuto per la maggior parte della sua adolescenza l'aveva travolta nuovamente nel momento in cui si era resa conto che Levi era solo un ragazzo affamato e spaventato che stava cercando di guadagnare qualche soldo senza doversi vendere. Non riusciva a immaginare come doveva essere la sua vita, ma era palese che il giovanotto aveva bisogno di mangiare qualcosa. Aveva quell'aspetto malnutrito che lo faceva sembrare sul punto di svanire nel nulla.

Luna non avrebbe voluto far altro che abbracciarlo e dirgli che era al sicuro, adesso. Ma non lo era e nessuna buona intenzione avrebbe potuto cambiare la realtà. Non quel giorno, comunque. Ma lei poteva sfamarlo. Certo, il fast-food non era l'opzione migliore, ma era vicino e compatibile con il suo piccolo budget.

Dopo aver comprato cibo sufficiente per cinque persone, Luna tornò di corsa al suo appartamento e trovò Chad e Levi intenti a mettere via i piatti. Posò i sacchetti sul piano della cucina e disse: "Non dovete fare anche quello. Ci penso io mentre voi uomini caricate il furgone."

Chad e Levi scossero entrambi la testa. Chad lanciò un'occhiata al ragazzo e ridacchiò. "Sembra proprio che questo non sia il primo trasloco di Levi."

L'espressione di Levi era cupa e turbolenta prima che il giovane voltasse loro le spalle per concentrarsi sull'inscatolare i piatti. Luna conosceva quell'espressione. Era la stessa che faceva lei quando qualcosa le premeva tutti i pulsanti. Non dubitava che Levi avesse traslocato innumerevoli volte. E si chiese se i genitori del ragazzo non avessero finalmente perso la battaglia per conservare la casa e quello fosse il motivo per cui lui era in mezzo a una strada, o se fosse stato cacciato per qualche motivo. Quale che fosse la causa della situazione in cui si trovava, lei non era davvero nella posizione di aiutarlo, ma avrebbe tanto voluto farlo e la sua mente gridava che non poteva semplicemente voltare le spalle a quel giovanotto una volta che tutta la sua roba fosse stata caricata nel furgone. Ma sapeva meglio di chiunque altro che, per quanto volesse dare una mano, era possibile che il giovanotto non avrebbe accettato il poco che lei aveva da offrire. Probabilmente, era troppo diffidente. Lei lo era stata. Chad aveva impiegato mesi ad abbattere le sue barriere e ottenere la sua fiducia. Cibo per un giorno e la promessa di quaranta verdoni era probabilmente il meglio che loro potevano fare per Levi.

"D'accordo, perché non volete che io metta via la cucina?" chiese Luna, confusa.

Chad ridacchiò. "È meglio che tu pensi alla camera da letto."

Luna si accigliò, sapendo che tutto ciò che aveva erano qualche vestito e qualche articolo da toeletta. Niente di che. Ma poi entrò nella camera e gemette. Aveva completamente dimenticato di aver appeso la maggior parte dell'intimo tre giorni prima. Soggiornava da tempo nella casa di Keating Hollow, dormendo su un materasso ad aria perché non voleva fare avanti e indietro. Ora, Chad e Levi sapevano che lei indossava molti completi intimi di pizzo nero. Di quelli succinti, perché la facevano sentire ardita e potente quando, per il resto, era solo esausta.

A testa alta, Luna tornò nell'altra stanza e cominciò a togliere il cibo dei sacchetti. "Prima si mangia. Poi si carica."

Lo sguardo di Levi si posò sui sandwich da colazione avvolti nella carta e sulle frittelle di patate che Luna aveva messo su un piatto di plastica. Era immobile, lo sguardo fisso sul cibo.

Senza farne un caso nazionale, Luna gli porse con noncuranza piatto. "C'è anche della gazzosa," disse, prendendo a sua volta un piatto e sedendosi sul divano di seconda mano. Un attimo dopo, Chad la raggiunse. Nessuno dei due guardò Levi mentre attaccavano i sandwich.

Luna non aveva nemmeno fame, ma si costrinse comunque a ingoiare il sandwich; voleva assicurarsi che Levi non fosse a disagio a mangiare il cibo che lei gli aveva comprato. "C'è dell'altro nel sacchetto, Levi," disse. "Mangia pure a sazietà. Quando avevo la tua età, avevo sempre una fame da lupi." Era vero. Nella casa della sua famiglia affidataria non c'era mai cibo a sufficienza.

"Va bene così," disse il ragazzo.

Luna non insistette. Avrebbe convinto Levi a prendere qualunque cosa sarebbe avanzata dopo il trasloco. Il cibo non sarebbe stato fresco, ma sarebbe stato commestibile.

"D'accordo. Siamo pronti a lavorare?" chiese Chad, alzandosi dal divano.

"Sì. Io penso alla camera da letto," disse Luna, che aveva già superato l'imbarazzo per le mutande appese. Chad era un uomo adulto. Di certo, aveva già visto dell'intimo femminile in passato. "Dovrei metterci solo pochi minuti, quindi verrò ad aiutarvi con la cucina."

Luna impiegò meno di dieci minuti a mettere in valigia i vestiti e gli articoli da toeletta e a disfare il letto. Una volta terminato, raggiunse gli uomini in cucina. "La camera è fatta. Se voi due volete portare il letto nel furgone, io finisco con i piatti."

Levi mise con cura una tazza avvolta in carta di giornale in uno degli scatoloni. "La maggior parte degli armadietti è già vuota."

"Grazie." Luna gli sorrise.

Lui la ricompensò con un sorriso timido e Luna pensò che il suo cuore si sarebbe spezzato in due. Il ragazzo era dolce, non ancora indurito da qualunque cosa stesse accadendo nella sua giovane vita.

"Andiamo, giovanotto," disse Chad. "Ti mostrerò le meraviglie della mia magia dell'aria."

"Sei una strega?" chiese Levi, il viso illuminato dall'interesse.

"Certo. E lo è anche Luna, ma il suo talento è per la terra."

"Che figata." Levi passò lo sguardo fra loro due prima di chinare la testa e aggiungere: "Mi piacerebbe sapere che tipo di strega sono io."

Luna incrociò lo sguardo di Chad con le sopracciglia inarcate in una domanda. Come faceva a non saperlo? Gli elementi erano piuttosto semplici. Chad sollevò una spalla, a indicare che anche lui non ci capiva granché. "Che ne pensano i tuoi genitori?" chiese timidamente Luna.

Fu il turno di Levi di fare spallucce. "Non lo so. Mia

mamma non c'è più e mio papà non è magico. Non ha mai voluto sentirne parlare. Non gli piace."

Non c'è più. Voleva dire che sua madre era venuta a mancare? Proprio come la madre adottiva di Luna. Lei sentì il petto contrarsi e avrebbe voluto fargli un milione di domande, ma le tenne per sé. Invece, disse: "Ma sei sicuro di essere una strega? Cosa te lo fa pensare?"

Levi la stupì scoppiando in una risata sguaiata. Ma poi serrò la bocca e si guardò fisso i piedi mentre diceva: "Ho delle premonizioni. Si avverano sempre."

Luna prese bruscamente fiato.

Il ragazzo sollevò di scatto la testa. "Cosa c'è? Anche tu pensi che io sia un mostro? Credevo che le streghe fossero più tolleranti nei confronti dei poteri inusuali."

C'era del panico nel suo sguardo, ora, e Luna si affrettò a rassicurarlo. "No, no. Nulla del genere. Non sei un mostro, assolutamente." Avrebbe voluto allungarsi e stringergli la mano, rassicurarlo tramite il contatto fisico, ma era palese che il ragazzo era pronto a darsi alla fuga. Continuava a spostare lo sguardo fra il sacchetto con il cibo avanzato e la porta. Se non avesse avuto bisogno del denaro che gli aveva promesso Chad, probabilmente avrebbe preso il sacchetto e sarebbe scappato via. "Non sei un mostro," ribatté. "Sei speciale. Le streghe veggenti sono chiamate streghe dello spirito e sono rare."

Levi spalancò gli occhi e arrossì. "Probabilmente non sono..." Si schiarì la voce. "Probabilmente è difficile che io... Non credo di essere una strega dello spirito."

Luna non aveva visto il dono del ragazzo, per cui non poteva certo confutare le sue parole. Invece, disse: "Si vedrà col tempo. Sei pronto ad aiutare Chad a manovrare i mobili per le scale?"

"Certo." I due svanirono nella camera da letto mentre Luna finiva con la cucina.

Un paio d'ore dopo, la maggior parte delle poche cose di Luna era sul retro del furgone, mentre il resto era ficcato nella cabina. Luna diede a Levi i due sandwich avanzati mentre Chad gli metteva cinquanta dollari in mano.

"Grazie per l'aiuto," disse Chad.

La mano di Levi tremava mentre lui fissava il denaro che stringeva. Parve farsi forza prima di spingerlo di nuovo verso Chad. "È troppo. Non posso accettare."

"Sì che puoi," disse Chad senza batter ciglio. "Ti ho offerto venti dollari all'ora. L'accordo era quello e io sono un uomo di parola."

Luna lo guardò con le lacrime agli occhi. Sapeva che era una brava persona, ma Chad lo stava dimostrando di nuovo.

"Tieni i soldi, Levi," disse sottovoce Chad.

Levi annuì leggermente e si infilò le banconote nella tasca. "Grazie," disse, la voce leggermente rotta. Voltò la testa e quel rossore tornò prepotentemente.

"Levi?" chiese Luna, infilando il braccio sotto quello, sottilissimo, del ragazzo.

"Sì?"

"Posso chiederti una cosa?" Sapeva di essere su terreno difficile, ma doveva provare.

"Va bene."

Accompagnò il ragazzo di fuori e si sedette sul primo gradino delle scale, facendogli cenno di raggiungerla.

Levi lo fece, ma non disse nulla, limitandosi a fissare il furgone che avevano appena caricato con un'espressione triste.

"Hai un posto sicuro dove andare? Una famiglia che si prenda cura di te?" chiese Luna, pregando che la risposta fosse affermativa. Ma quando Levi esitò, capì qual era la risposta. "Sei in affidamento?"

Levi chinò la testa, ma tacque.

"Io sono stata in affidamento per molti anni," disse lei, mantenendo un tono di voce basso e neutro. "Non era sempre un contesto sicuro."

Il ragazzo sollevò di scatto la testa e la fissò con quei grandi occhi marroni. "Cosa facevi quando non era sicuro?"

Luna lanciò un'occhiata a Chad, ma si affrettò a distogliere lo sguardo. Lui le aveva permesso di dormire ogni tanto sul suo divano, ma il più delle volte, Luna aveva cercato rifugio dalle sue compagne di scuola. "Avevo un paio di amiche a cui non dispiaceva ospitarmi di tanto in tanto. Quando non potevo, cercavo di sparire in città per un po' e poi rientravo a casa quando sapevo che dormivano tutti."

Levi si alzò, continuando a tenere in mano il sacchetto che lei aveva insistito per fargli portare via. "Che schifo. Ma la mia situazione è diversa."

"Ne sono sicura. Ma se hai bisogno di aiuto, Chad e io siamo disposti a fare il possibile per migliorare la tua situazione."

Negli occhi del ragazzo lampeggiò il sospetto. "Non sarete mica dei pedofili, vero? Perché altrimenti, non capisco perché cerchiate di essere gentili con il primo ragazzo affamato che avete trovato."

"Levi–" esordì Luna.

Ma prima che lei potesse dar voce alla sua protesta, il ragazzo girò sui tacchi e si mise a correre lungo la ringhiera verso un'altra rampa di scale.

"Accidenti," borbottò Luna, sistemandosi i capelli. "Non è andata come previsto."

"Almeno ha preso il sacchetto," disse Chad.

"Quel cibo basta appena per questa sera," disse Luna, sentendo la collera che cresceva. "E domani? E il giorno dopo? E quando si ammalerà o qualcuno lo aggredirà per il solo fatto che esiste? In che modo quello che abbiamo fatto oggi per lui lo aiuterà?"

Chad le sorrise lentamente. "È a questo che servono il biglietto da visita e il messaggio."

"Quale biglietto da visita e quale messaggio?" chiese Luna, guardandolo con gli occhi stretti.

"Quelli che ho messo nel sacchetto. Sono sopra i sandwich. Li troverà quando comincerà a frugare."

Luna guardò Levi raggiungere il fondo delle scale e svanire dietro l'angolo. "Cosa c'è scritto nel messaggio?"

Chad le si mise accanto. "C'è scritto che sono preoccupato che lui non abbia un luogo sicuro dove vivere o di che sfamarsi e che, se dovesse avere bisogno di qualunque cosa, devi chiamare te o me. Sul mio biglietto da visita c'è il mio numero di cellulare; ho aggiunto a penna quello della spa."

Luna si voltò a guardarlo, lo stomaco un nodo di emozioni. Chad aveva sempre trovato dei modi non minacciosi per farle capire che era una persona su cui poteva contare quando aveva bisogno di qualcosa. Come quella volta in cui il ragazzo della settimana di sua madre aveva cominciato ad allungare un po' troppo le mani e invece di affrontarlo, sapendo che così facendo avrebbe solo peggiorato la situazione di Luna, Chad le aveva offerto un lavoro, invitandola a pulirgli la casa. Aveva detto che aveva bisogno che le pulizie venissero fatte entro il mattino dopo. L'offerta era perfetta. Ciò le aveva permesso di decidere se volesse o meno il suo aiuto, accettando o rifiutando di pulirgli la casa. Luna aveva colto la palla al balzo. Qualunque cosa era meglio di essere palpeggiata da quel pervertito.

Quando era arrivata a casa di Chad, Luna non aveva visto

un solo granello di polvere, ma lui l'aveva comunque pagata per pulire la sua casetta, sostenendo che era da settimane che nessuno passava l'aspirapolvere. Quando lei aveva finito, Chad le aveva dato denaro a sufficienza per pagarsi il pranzo per una settimana e le aveva assegnato l'incarico di riordinargli la casa una volta la settimana. Due settimane dopo, Luna aveva scoperto che Chad aveva una governante che si presentava tutti i lunedì, che la casa ne avesse bisogno o meno. Non gli aveva mai detto che conosceva il suo segreto e aveva finito con il lavorare per lui fino a quando non l'avevano trascinata in prigione.

Mentre i ricordi la attraversavano, le si inumidirono gli occhi. E prima che potesse trattenersi, buttò le braccia al collo di Chad, tuffò il viso contro la sua spalla e disse: "Grazie."

Le braccia dell'uomo si sollevarono e la circondarono con titubanza, attirandola in un abbraccio assolutamente soddisfacente. "Perché?" bisbigliò lui.

Luna accentuò la presa e disse: "Perché sei tu."

CAPITOLO 6

*C*had si fermò di fronte al bel cottage color crema con le ante rosse e spense il motore. "Bella casa. E sembra a un passo dalla Main Street."

Luna annuì. "È quasi perfetta per me." Fece una risatina sommessa. "A dire il vero, è molto meglio di quello a cui sono abituata. Non so esattamente perché mi servano due camere da letto, ma sono ansiosa di trovare una risposta. La casa più grande in cui abbia mai vissuto da sola era quell'appartamento che abbiamo appena lasciato."

"Te lo meriti, Luna," disse Chad, allungandosi a stringerle la mano. "Sono lieto che tu abbia trovato la strada di Keating Hollow."

Le labbra di Luna si curvarono nell'ombra di un sorriso. "Anch'io."

Chad era riluttante a lasciarle la mano e rimase lì dov'era, godendosi Luna per un momento.

Alla fine, lei sollevò lo sguardo a incrociare il suo e disse: "Probabilmente, dovremmo scaricare il furgone."

"Giusto." La voce di Chad era gonfia di emozione e lui

dovette riscuotersi. Che diavolo gli stava succedendo? *Ripigliati, amico,* si disse. *Lascia perdere. Sono successe troppe cose e lei non le conosce nemmeno tutte.*

Chad tolse la mano e saltò giù dal furgone.

Luna scese e trotterellò lungo il bel vialetto bordato di fiori per aprire la porta.

Chad ridacchiò fra sé. Nessuno chiudeva la porta a chiave, a Keating Hollow. Nessuno tranne Luna Scott. Lui sapeva il perché. Lei non aveva mai vissuto in un posto abbastanza sicuro da potersi fidare dei vicini. Chad era certo che non le sarebbe mai venuto facile fidarsi della gente.

Si misero al lavoro, scaricando il furgone. Quando venne il momento di scaricare il letto, Luna si appoggiò al cassone e trasse un lungo respiro. "Sarebbe stato davvero utile avere qui Levi."

Chad annuì, flettendo la mano dolorante. Era affaticato mentalmente dall'uso della magia dell'aria ed era ricorso al lavoro manuale per buona parte dello scaricamento. Sebbene il resto del suo corpo ce la stesse facendo, la sua mano si era arricciata in una sorta di artiglio e lui sapeva che ci sarebbe voluto qualche giorno prima che il dolore si attenuasse.

"Ti senti bene?" chiese Luna, lanciando un'occhiata alla sua mano.

"Sì. Mi serve solo un attimo prima di affrontare il letto." Chad flettè di nuovo la mano, cercando di allungare i muscoli e i tendini, ma un dolore acuto gli risalì lungo il braccio, strappandogli un sussulto.

Luna si avvicinò lentamente e gli prese con delicatezza la mano. "Ti dispiace se provo a fare una cosa?"

Lui la fissò negli occhi verdi, godendosi quella carezza gentile.

"Chad?"

"Sì?"

Lei rise. "Dov'eri finito?"

"Il tuo tocco. È piacevole sulle mie giunture doloranti."

"Posso fare di meglio," disse lei, passando tutte e quattro le dita sul dorso di quelle di Chad. "Ti dispiace se provo una cosa?"

"Certo che no." Chad chiuse gli occhi, quindi emise un sospiro soddisfatto mentre un formicolio magico si irradiava dalle dita di Luna e danzava sulla sua pelle. Un piccolo gemito di apprezzamento gli sfuggì dalle labbra prima che potesse trattenersi. "Accidenti. È davvero piacevole."

"Aspetta che mi impegni davvero," disse lei, la voce colma di ilarità.

"Se questo è solo un tentativo superficiale, quando ti impegni devi fare miracoli."

Gli occhi di Luna si illuminarono alla lode e Chad si ripromise di fare tutto il possibile per farle comparire di nuovo quello sguardo sul viso. "Rilassati," disse lei, e la sua magia cominciò a pulsare più intensamente.

"Non sono sicuro che sia possibile." Ma Chad chiuse comunque gli occhi, cercando di non pensare a come il tocco di Luna gli stava facendo venire voglia di prenderla e fondere le labbra con le sue. Il solo scorrere delle dita della donna sulla sua mano gli stava accendendo un fuoco dentro.

"Fai un bel respiro profondo," mormorò Luna. "Immaginati al pianoforte mentre suoni quella canzone che mi è sempre piaciuta. Quella che suonava come sole e felicità."

Il ricordo di lei seduta al suo pianoforte a Berkeley mentre lui suonava le note di una canzone che sua madre aveva scritto quando era bambino lo scaldò da dentro. Era il suo ricordo preferito di lei, una di quelle rare occasioni in cui gli era sembrata davvero in pace.

"Così," mormorò Luna. "Perfetto." Passò dall'accarezzargli la mano al massaggiarla leggermente, premendo le dita forti contro il palmo. La tensione parve dissolversi sotto il suo tocco. Ma Luna non si fermò lì. Dopo aver finito di lavorare sul palmo, passò a ciascuna delle dita, premendo e allungando e stimolando i muscoli e i tendini.

"Sei fantastica," disse Chad, trattenendo un altro gemito di piacere.

"Grazie. Dovresti proprio sottoporti a sedute regolari di massoterapia. Credo di poter fare molto per aiutarti con la flessibilità e la mobilità."

"Va bene. Certo." Sentì lo stomaco vibrare al pensiero di vederla regolarmente. Solo che, invece di cercare di sopprimere il suo affetto per lei come aveva fatto negli ultimi giorni, Chad le sorrise. "Prenderò appuntamento più tardi, quando arriverò a casa."

Luna trascorse qualche altro minuto massaggiandogli e curandogli la mano e, una volta finito, Chad avvertì a malapena i residui dell'indolenzimento con cui aveva convissuto per oltre tre mesi.

Fletté le dita con facilità e fissò sbalordito Luna. "Come hai fatto? La fisioterapia non è riuscita nemmeno ad avvicinarsi a quello che tu hai fatto in pochi minuti."

Lei gli rivolse un sorriso timido. "La preparazione aiuta, ma è soprattutto merito della magia della terra. Ripristinare muscoli, tendini e simili mi viene naturale. Non è niente di che."

Chad la fissò intensamente. "Al contrario, Luna. Devi sapere ciò che il tuo dono può significare per coloro che hanno subito lesioni gravi."

"Lo so." Luna distolse lo sguardo. "È solo che non mi piace

gridarlo ai quattro venti. E non faccio miracoli, Chad. Faccio solo quello che posso per aiutare la gente."

Le sue parole lo colpirono dritto al cuore. Luna era dolce, bellissima, e aveva il cuore più grande di tutti coloro che lui avesse mai incontrato. Non era semplicemente qualcosa di notevole; era un vero e proprio miracolo. Dopo l'infanzia difficile che aveva avuto, sarebbe stato facile per lei diventare una persona amareggiata. Ma non lo era. Era sinceramente gentile e amorevole. Il modo in cui si era messa subito in azione, comprando cibo in abbondanza quando si era resa conto che Levi era un giovane a rischio, e poi il modo in cui si era turbata quando lui era corso via, lo avevano commosso. A lei importava delle persone e si vedeva. "Sei diventata proprio una gran donna, lo sai?"

Gli intensi occhi verdi di Luna incrociarono lo sguardo dei suoi. "Tu dici? Ero sicura che mi vedessi ancora come quella ragazzina spaventata che ti stava sempre addosso."

"Beh, sì." Le labbra di Chad si sollevarono in un sorriso provocante e i suoi occhi brillavano di buonumore. "Ma poi ho visto tutto quel pizzo in camera tua."

Luna gemette. "Non ricordarmelo."

Ridendo, Chad fece strada fino al furgone. "Forza, bellezza. Portiamo il tuo letto in quella tua bella casetta in modo che tu abbia qualcosa di meglio di un materasso ad aria su cui dormire, questa notte."

Una volta che ebbero trasportato il letto su per le scale e lo ebbero rimesso assieme, Luna si mise al centro della camera padronale con le mani sui fianchi. "È tutto, giusto?"

"Sì. Il furgone è vuoto," confermò Chad.

"Perfetto." Luna lo raggiunse e tese la mano per stringergliela. "Grazie per l'aiuto. Ti sono molto grata."

Chad le prese la mano, ma invece di stringerla, attirò Luna

a sé per un abbraccio avvolgente. "Le strette di mano sono per i conoscenti, Luna. Non per i vecchi amici."

"È quello che siamo?" chiese lei, la voce leggermente soffocata dal petto di Chad.

Staccandosi, Chad abbassò lo sguardo sul suo bel viso. "Certo."

"Va bene, d'accordo." Luna premette il viso contro la sua spalla. Questa volta, fu lei ad attirarlo a sé, stringendolo così forte che per poco Chad non ebbe difficoltà a respirare. O forse era perché aveva il cuore in gola? Quella splendida creatura gli stava facendo danzare tutti i nervi. Avvertì al tempo stesso l'impulso a rimanere stretto per sempre in quell'abbraccio e quello a staccarsi, in modo da circondarle il viso con le mani e baciarla fino allo svenimento.

Accidenti. I baci non erano cosa da "vecchi amici." E Chad sapeva che, se avesse osato superare quel confine dopo un solo giorno trascorso a lavorare insieme, lei si sarebbe data probabilmente alla fuga. O lo avrebbe escluso. Non aveva accettato di permettergli di provarci con lei. Chad doveva darsi una calmata prima di fare qualcosa di cui si sarebbe pentito.

"È meglio che vada," disse Chad, costringendosi ad allontanarsi da lei. "Sono sicuro che tu voglia metterti comoda e riposare prima di domani."

Luna lanciò un'occhiata al telefono, controllando l'ora. "Probabilmente, non è una brutta idea."

"D'accordo." Chad si incamminò verso la porta della camera da letto.

"Chad?" chiamò Luna.

"Sì?"

"Grazie." Luna gli rivolse un sorriso di apprezzamento, lo sguardo addolcito dalla gratitudine. "Dicevo sul serio quando ho detto che ho apprezzato molto il tuo aiuto. Mi permetti di portarti a cena domani per ringraziarti?"

Le parole uscirono dalla bocca di Chad prima ancora che lui potesse riflettere sull'invito. "Sì. Assolutamente. Dove e quando?"

"Alle sette?" Luna si morse il labbro inferiore, attirando lo sguardo di Chad. "La birreria Townsend?"

"Certo. Alle sette. La birreria." Chad le sorrise e, un attimo prima di andarsene, aggiunse: "È un appuntamento."

CAPITOLO 7

È un appuntamento. Le parole riecheggiarono nella testa di Luna mentre lavorava sul collo e sulle spalle della signorina Betty, massaggiando delicatamente alcuni nodi per scioglierli. Da quando Chad aveva pronunciato quelle parole poco prima di uscire da casa sua, il giorno prima, lei era in uno stato di leggero panico. Lo aveva fatto davvero? Gli aveva chiesto di uscire?

No. Era solo una cena di ringraziamento. Nient'altro.

Allora perché era così stressata pensando a ciò che avrebbe indossato e chiedendosi se aveva il tempo di andare a farsi fare le unghie dopo il lavoro?

"Ahhhh," disse la signorina Betty, gemendo in segno di apprezzamento. "Avrei voluto conoscerti quarant'anni fa. Questa roba è meglio del sesso con il mio povero marito Gordy."

Luna rimase di stucco e abbassò lo sguardo sulla cliente. Ridacchiando, disse: "Ecco... credo che sarei vissuta bene anche senza saperlo, Betty."

"Sto solo dicendo la verità," disse l'anziana. "Le tue mani sono divine. Immagina se le usassi sulla mia–"

"Oh, no. Non immagino proprio un bel niente e, per la dea, non finisca quel pensiero o chiuderò la sessione prima di arrivare all'altra spalla."

"Guastafeste," disse Betty. Luna riuscì quasi a sentire la levata d'occhi nella voce della donna.

"Questo è un ambiente professionale, signorina Betty." Luna cercò di usare un tono di voce severo, ma non riuscì a trattenere la risatina divertita che la tradì.

"Certo, come se tu non avessi mai sbirciato sotto il lenzuolo quando un bel pezzo d'uomo viene a farsi fare le carezze." Il corpo della donna fu scosso da una risata. "Capita mai che ti sfugga un gemito quando vedi un bel culo?"

"Io non sbircio. Sono una professionista." Luna si versò dell'altro olio nel palmo della mano, godendosi il delicato profumo di arancia e zenzero che aveva scelto quella mattina.

"Seh. Vuoi dire che non daresti una sbirciatina al fondoschiena di Chad, se lui prenotasse una sessione con te?"

"No. Mai," insistette Luna.

"E il vostro appuntamento di questa sera?" disse l'anziana, la voce resa acuta dall'entusiasmo. "Hai intenzione di strappargli di dosso quei jeans aderenti? Scommetto che ha un culo stupefacente."

Luna abbassò lo sguardo sulla donna dai capelli grigi ed esitò. Trasse un respiro profondo, cercando di calmarsi i nervi. Dopo essere passata all'altra spalla della signorina Betty, chiese: "Come fa a sapere che… ehm, ceneremo insieme questa sera?"

"Oh, Luna, tesoro. È un paese piccolo. Tutti sanno tutto."

Luna si acciglià. Non aveva detto a nessuno del suo appuntamento con Chad. Giusto? Ma poi le venne in mente che lo aveva detto a Hanna quando era andata a prendere il caffè quella mattina, ma solo perché l'altra donna l'aveva invitata a una serata fra donne con le sorelle Townsend. A Luna era dispiaciuto dover rifiutare. Le piaceva passare del tempo con loro. Ma non poteva e non voleva cancellare l'appuntamento con Chad. La verità era che era ansiosa di vederlo. Era delusa che Hanna raccontasse agli altri i fatti suoi, ma d'altra parte, poteva darsi che qualcuno al bar avesse sentito la conversazione. Betty aveva ragione. Non c'erano segreti in quel paesino... tranne che il suo passato. Chad era l'unico a conoscere i suoi segreti. Lei si fidava che lui li tenesse al sicuro? Pensava di sì.

Un altro gemito di apprezzamento giunse dalla signorina Betty. "Quando avrai finito, avrò bisogno di qualcuno che mi riporti a casa."

Luna fece un sorrisetto. La signorina Betty viveva in una comunità di anziani ai confini del paese. Ma dava sempre l'impressione di essere ai limiti dell'autosufficienza, cosa che non poteva essere più lontano dal vero. La signorina Betty era mobile e capace quanto tutti gli altri abitanti del paese.

"C'è qualcuno del personale che potrebbe aiutarmi? Hunter, magari? Non mi dispiacerebbe essere avvolta dalle sue braccia muscolose. Premere il viso contro i suoi pettorali potrebbe bastarmi per settimane," disse l'anziana con voce roca.

"Non si faccia sentire da Faith a parlare così del suo uomo. A volte, è un po' gelosa," disse Luna. "Meglio evitare di scatenare una rissa subito dopo il massaggio, no?"

Betty scoppiò a ridere. "Faith mi fa un baffo. Sono cintura marrone, sai."

"Davvero?" chiese Luna, stupita.

"Beh, ho una cintura marrone. È stato mio marito a guadagnarla. Io tifavo e basta. Ma devo pur aver imparato qualcosa dopo aver passato tanti anni a fingere che mi interessasse il karate. Giusto?"

"Giusto, Betty." Luna ridacchiò. "Scommetto che conosce delle mosse che Faith non ha mai visto."

"Proprio così." La donna mosse il bacino, strappando un'altra risata a Luna.

"A me sembrano mosse di danza."

"Conosco anche quelle, Luna. Dovresti venire al nostro prossimo ballo in casa. Ti mostrerò il mio scatto d'anca segreto. Certo, poi potrei aver bisogno di fisioterapia, ma ne varrebbe la pena."

Betty continuò a incantare Luna con le sue storie per il resto del massaggio e, quando fu tutto finito e Luna la riaccompagnò al bancone, stavano entrambe ancora ridendo.

"Come mai così allegre?" chiese Lena, l'addetta all'accoglienza. I suoi capelli scuri erano raccolti sopra la testa in uno chignon elegante e aveva una matita dietro l'orecchio. Occhiali bordati di nero completavano la sua estetica, facendola assomigliare più a una bibliotecaria latino-americana che all'addetta all'accoglienza di una spa.

"Niente di che," disse la signorina Betty, sollevando le spalle. "Speravo solo di incrociare Hunter." L'anziana sollevò le mani e mimò il gesto di strizzare i bicipiti dell'uomo. "Giuro che quell'uomo mi fa un effetto assurdo. La settimana scorsa gli ho quasi pizzicato il sedere, ma Yvette, quella di Hollow Books, mi ha detto che sarebbe una molestia, per cui ci ho dato solo un colpetto. Avete idea di quanto sia sodo quell'arnese? Gli darei volentieri un morso—"

"Signorina Betty!" esclamò Faith mentre entrava nella lobby. I suoi lunghi capelli biondi erano raccolti in una treccia bassa e i suoi occhi verdi erano stretti mentre fissava l'anziana.

"Non si sarà appena vantata di aver molestato il mio fidanzato, vero?"

"Non l'ho pizzicato! Yvette ha detto−"

Faith sollevò una mano, zittendo la donna matura. "So cosa ha detto Yvette. I palpeggiamenti non sono meglio." Scosse la testa. "Le piacerebbe se io le afferrassi il sedere?"

Negli occhi della signorina Betty apparve un barlume di ilarità. "Ti ringrazierei. Sarebbe la cosa più eccitante che mi è capitata da quella festa di Capodanno nel Duemila, quando abbiamo tirato a sorte e ho finito col trascorrere la serata con quel magnifico ristoratore della città. Aveva un enorme−"

"Come non detto." Faith si tappò le orecchie con le mani e fu scossa da una risata silenziosa.

Luna adorava la signorina Betty. Quella donna doveva avere più di settant'anni e non aveva filtri. Sebbene Luna non volesse offendere nessuno con contatti fisici inappropriati, sperava che, quando avrebbe avuto l'età della signorina Betty, avrebbe abbracciato appieno la vita come faceva l'anziana. La signorina Betty aveva sempre il sorriso sulle labbra e non perdeva mai l'occasione di ridere. Era il segno di una vita ben vissuta, per quanto riguardava Luna.

La signorina Betty pagò il conto a Lena e, mentre usciva, strinse la mano di Luna e disse: "Goditi quell'uomo sexy. Prendi appunti. Durante la prossima sessione, voglio sapere tutto."

Luna fece una risatina divertita. "Buon pomeriggio, Betty."

"Ah, sì. Oggi viene il ragazzo a pulire la piscina. Devo tornare indietro prima che finiscano i posti buoni." Con un sorriso gigantesco, l'anziana corse fuori dalla porta, salì a bordo dell'auto da golf della Enchanted Dreams Retirement Community e salutò mentre il giovanotto seduto al posto di guida faceva retromarcia.

"Quella donna è pericolosa," disse sottovoce Faith.

"Io la trovo divertente," disse Luna, facendo spallucce e dirigendosi verso la sua saletta per prepararla per la cliente successiva.

"Aspetta, Luna. C'è una lettera per te," disse Faith.

Luna guardò il suo capo con la fronte aggrottata per la confusione. "Cosa?"

Faith, che nel frattempo si era messa a setacciare la posta, le tese una busta color crema. La sua espressione confusa era identica a quella di Luna. "Non c'è l'indirizzo del mittente, ma il timbro postale è di Redding. Hai parenti laggiù?"

Per poco Luna non si mise a ridere. Parenti. Quelli erano per gli altri. Si limitò a scuotere la testa e tornò al banco, prendendo la spessa busta dal suo capo. "Direi proprio di no. Deve essere qualche vecchio compagno di scuola o coinquilina."

Faith inarcò le sopracciglia. "Non hai famiglia?"

Accidenti. Perché aveva aperto bocca? Luna non parlava mai del fatto che non aveva nessuno. Il suo passato era semplicemente troppo deprimente. Invece, si teneva sempre sul vago. E funzionava. Di solito. "Non più. Mia madre è venuta a mancare ed eravamo solo noi due."

"Oh, Luna. Mi dispiace tanto," disse Faith, portandosi una mano al petto. "Non volevo intromettermi."

"Lo so. Va tutto bene."

Luna le rivolse un sorriso rassicurante prima di svanire nella sua saletta. Tenne la busta fra due dita e la fissò per un lungo istante. No. Non era pronta ad affrontare qualunque passato fosse tornato a tormentarla. Dopo essersi messa la busta nella tasca posteriore, se la levò dalla testa. Aveva una cliente in arrivo entro venti minuti. Era ora di tornare al lavoro.

Quando Luna ebbe finito gli appuntamenti del giorno, si fece strada lungo il corridoio fino all'ufficio di Faith. Dopo aver bussato una volta alla porta chiusa, udì un vago "Avanti."

Luna avrebbe voluto limitarsi a infilare la testa, ma proprio mentre apriva la porta, la linea personale di Faith squillò. Faith si allungò a rispondere, fece cenno a Luna di entrare e le indicò una delle poltroncine del salottino.

"Faith Townsend," disse al telefono. La sua espressione normalmente solare si incupì quando si accigliò. "No, Gabby. Ti ho già detto che non mi interessa."

Luna si appollaiò sul bordo del sedile, incerta se fosse il caso di restare lì, considerato che l'atteggiamento di Faith era completamente cambiato. Aveva le spalle ingobbite e la mascella serrata. Chiunque fosse all'altro capo della linea aveva fatto sì che lei si tendesse più di quanto Luna avesse mai visto.

"Beh, sono affari tuoi," proseguì Faith. "Farà anche parte del tuo programma per provare a fare ammenda, ma io non ho alcun dovere di facilitarti le cose." Vi fu una pausa e gli occhi di Faith lampeggiarono per la rabbia. "No, non ti sto punendo. Smettila di cercare di farmi sentire in colpa. Non sono pronta, va bene?"

Luna si alzò, essendosi resa conto che stava origliando una conversazione personale. "Aspetto fuori," bisbigliò.

Ma Faith coprì il ricevitore del telefono e scosse la testa. "Non serve. Dammi un secondo."

Dato che il suo capo aveva appena insistito perché restasse, Luna tornò a sedersi e cercò di non ascoltare. Non ci riuscì.

"Devo andare," disse Faith, la voce più brusca di quanto Luna l'avesse mai sentita. "No, non vengo… Non so se Abby o Yvette siano interessate." Faith si premette una mano sulla nuca. "No, dubito che verrà Noel. Adesso metto giù." Fece per abbassare la cornetta, ma Gabby doveva aver gridato qualcosa nel telefono, perché Faith se lo premette velocemente all'orecchio. "Cosa hai detto?"

Luna fissò la parete mentre un brivido si diffondeva lungo la sua pelle. Dopo gli spiacevoli anni trascorsi in affidamento, aveva sviluppato una forte avversione per i drammi familiari. E stare seduta in quell'ufficio, ascoltando Faith che aveva a che fare con qualcuno che faceva palesemente parte della sua famiglia, cominciava a farle prudere la pelle. Aveva bisogno di alzarsi e uscire da quella stanza. Avrebbe inventato una scusa. Non era così difficile. La gente lo faceva sempre.

"Che cosa?" Faith si alzò in piedi, gli occhi spalancati. "È impossibile. Hunter lo saprebbe... Non intendo stare ad ascoltare le tue menzogne. Addio, Gabby." Sbatté il telefono, si lasciò ricadere sulla sedia e si appoggiò le mani sulla fronte.

Luna rimase immobile, incerta sul da farsi. Avrebbe voluto lasciare a Faith un momento per assimilare ciò che aveva appena sentito, ma al tempo stesso voleva lasciarle intimità.

"Dea. Mi dispiace tanto, Luna." Faith sollevò lo sguardo dalle mani, gli occhi lucidi come se stesse trattenendo le lacrime. "È stato..." Faith trasse un respiro tremante. "Beh, è stato inaspettato." Raddrizzandosi, posò lo sguardo su Luna. "Cosa posso fare per te?"

Luna fece una risatina sommessa. "Mi stavo solo preparando ad andare a casa e sono passata per vedere se tu avessi bisogno di qualcosa."

La frustrazione e la tensione di Faith si allentarono, facendo sì che le sue spalle e la sua mascella si rilassassero leggermente. "Accidenti, sono stata proprio fortunata a trovarti, eh?" Il sorriso le illuminò completamente il viso mentre tirava fuori un foglio di carta e lo spingeva verso il bordo della scrivania. "Ho solo bisogno che tu firmi questo."

Luna si chinò e afferrò quello che sembrava un contratto. "Che cos'è?"

"È un contratto di lavoro a tempo indeterminato." Il sorriso di Faith si allargò. "Sei qui da un bel po'. È chiaro che sei adatta a noi, no?"

"Certo." Luna annuì, perché il suo lavoro le piaceva. Lavorare con Faith era una favola e i clienti erano fantastici.

"E ti sei appena trasferita in paese, per cui sei stabile. Non te ne andrai presto, vero?" chiese Faith.

"Sì. Mi sono appena trasferita e non me ne vado," confermò Luna.

"Ottimo. Perché ho deciso che il modo migliore per trattenere dei dipendenti fantastici è offrire loro la condivisione degli utili. La tua paga di base non cambierà. Beh, in realtà sì," disse annuendo Faith, "ma solo perché riceverai un aumento. È quello di cui abbiamo discusso quando sei stata assunta. Ma ora avrai anche dei bonus sulla base dell'andamento dell'attività. Che ne pensi?"

Luna era certa di aver sentito male. Bonus? Condivisione degli utili? Era lì da poco tempo. Sapeva di essere una dipendente stimata e di essere dannatamente brava nel suo lavoro. Ma non si era aspettata… quello. Si schiarì la voce. "Sei molto generosa, Faith. Sei sicura di volerlo fare? Non che mi lamenti, è solo che… non sono qui da molto."

Faith si spostò da dietro la scrivania alla sedia accanto a quella di Luna. Le rivolse uno sguardo gentile. "Senti, mi sono resa conto che non ti piace parlare del passato. Va benissimo. Anch'io ho delle cose che non ho esattamente voglia di rivivere." Accennò con la mano al telefono. "Ne hai avuto un'idea con quella telefonata inaspettata." Faith scosse la testa come per levarsi il ricordo dal cervello. "Comunque, so che hai detto di non avere parenti e non ho intenzione di impicciarmi."

Luna aprì la bocca, ma poi si rese conto che non aveva idea di cosa dire. Grazie? Ottimo? Lasciamo perdere?

"Voglio solo che tu sappia che io vedo tutti coloro che lavorano qui come una famiglia. E quando tu fai parte della mia famiglia, l'intero clan Townsend ti rivendica," disse Faith. "Se c'è una cosa che si può dire di noi Townsend è che ci prendiamo cura della famiglia. Anche quando la famiglia in questione non vuole che lo facciamo, per cui cerca di ignorare quello a cui hai appena assistito, d'accordo?"

Una gorgogliante risata stupita risalì la gola di Luna. "Farò del mio meglio."

"Non potrei chiedere altro." Faith si alzò e allargò le braccia. "Sarebbe inappropriato se chiedessi un abbraccio?"

"Sì," disse Luna, continuando a ridere. Ma si alzò dalla sedia e diede a Faith l'abbraccio che aveva chiesto. Luna affondò nell'abbraccio dell'altra donna. Era caldo e confortevole e, per la prima volta da sempre, lei non avvertì quella nota di panico che si sollevava e minacciava di strozzarla. Ma gli occhi le bruciarono per le lacrime prodotte da quel gesto inaspettato. "Grazie, Faith. Non hai idea di ciò che significa questo per me."

"Di nulla." Faith si staccò e le sorrise. "Ora vai. So che hai un appuntamento importante. Meglio non far aspettare quel bel musicista."

Luna rimase a bocca aperta. "Anche tu? Chi te lo ha detto?"

"Hanna. Perché, era un segreto?"

"No. Tanto, tutti ci vedranno a cena. È solo che la voce si è diffusa in fretta."

"Ah. Giusto." Faith le diede un colpetto sul braccio. "Non prendertela con Hanna. Lo ha menzionato solo dopo che Shannon ha cominciato a raccontare che aveva chiesto a Chad di uscire, ma lui aveva rifiutato. A quanto pare, stava infastidendo Chad mentre lui lavorava al negozio e l'ha fatto innervosire."

"Le ha detto di no?" Quella consapevolezza fece sobbalzare lo stomaco di Luna. "Ma Shannon è stupenda."

"Anche tu," disse Faith. "Ora vai. Ho alcune cose da sistemare prima di andare a cercare Hunter e assicurarmi che la signorina Betty non lo abbia rintracciato per palpeggiarlo di nuovo."

Luna stava ancora ridendo mentre usciva dalla porta. Era stata una giornata fantastica. Pregava solo di riuscire ad arrivare alla fine di quell'*appuntamento* senza rendersi ridicola.

CAPITOLO 8

*C*he cos'era il caso di indossare a un appuntamento in birreria? Probabilmente qualcosa di comodo, ma grazioso. Ciò significava jeans e una maglietta pulita, oppure gonna e scarpe carine? Luna frugò nel suo magro guardaroba e imprecò quando non riuscì a trovare la gonna che stava cercando – quella che le metteva in evidenza le gambe. Invece, trovò un capo nero che era un po' più "da strega" di quello che avrebbe voluto per un primo appuntamento, ma dato che erano trascorse meno di ventiquattr'ore dal trasloco e la maggior parte delle sue cose era ancora da spacchettare, si sarebbe accontentata di quello che aveva a portata di mano.

Dopo una doccia veloce, Luna indossò le calze a rete nere, la gonna – perlopiù di tulle – e un corsetto stretto in vita che dava l'impressione che avesse due taglie di meno. Si guardò allo specchio e capì che, siccome viveva a Keating Hollow, si sarebbe integrata alla perfezione. Ma le sembrava comunque un po' eccessivo per mangiare in un pub. Si diede un'altra occhiata e decise che andava bene così perché, accidenti, stava proprio bene.

Chad non avrebbe saputo cosa lo aveva colpito. Ridacchiando fra sé, Luna andò in bagno per sistemarsi i capelli e il trucco.

Stava scendendo le scale quando sentì bussare alla porta e si sentì per la prima volta in imbarazzo dal momento in cui aveva messo insieme quel completo. Era nervosa e avevano cominciato a sudarle le mani.

"Rilassati, Hope," bisbigliò fra sé. "È solo Chad." La verità era che l'uomo l'aveva vista nel momento peggiore e lei voleva correggere quella situazione. Per pura soddisfazione personale, nonostante ciò suonasse molto banale.

Il bussare giunse di nuovo. Con la testa alta, Luna andò ad aprire la porta. E quello che trovò fu un uomo assolutamente adorabile, con pantaloni eleganti stirati e una camicia a maniche corte, che teneva in mano un bouquet di tulipani viola.

"Salve, splendore," disse l'uomo, i cui occhi brillavano di interesse. "Bel vestito."

Luna ridacchiò. "È una gonna, ma ci siamo quasi. Entra pure." Luna fece strada fino alla piccola cucina, dove si mise a cercare qualcosa in cui mettere i tulipani. "Mi sa che non ho vasi."

"Hai un contenitore per il latte?" chiese Chad.

"No." Luna aprì l'armadietto e tirò fuori un thermos per smoothie. "Credo che questo sia il meglio che posso fare."

"Andrà bene." Chad riempì il contenitore con dell'acqua e i tulipani e mise il tutto sul piano della cucina. "La prossima volta, mi assicurerò di portare anche un vaso."

La prossima volta. Se prima Luna era stata incerta sulla natura di quell'uscita, i fiori avevano fornito una chiarificazione del fatto che quello era davvero un appuntamento. E Chad ne prevedeva già un secondo. Il cuore di Luna spiccò un piccolo balzo, facendola arrossire bruscamente.

Chad si guardò attorno nella casa perlopiù vuota. "Come pensi di fare per i mobili?"

Luna prese fiato e cercò di far finta che il suo cuore non avesse iniziato a battere all'impazzata. Dopo essersi trasferita a Eureka e aver cominciato il lavoro nuovo, il denaro a sua disposizione era calato pericolosamente. Doveva rimpinguare i risparmi prima di mettersi a fare compere. "Pensavo di andare a qualche mercatino o in un paio di negozi di usato, appena potrò. Al momento, non posso ancora permettermi dei mobili nuovi."

"Sembra una buona idea," disse annuendo Chad. "Sai, la mia matrigna ha delle cose che potrebbero interessarti. Ha rimodernato casa, di recente, e il suo garage è pieno di mobili che aspettano solo il prossimo mercatino. Dovresti passare a dare un'occhiata e vedere se c'è qualcosa di tuo gusto."

Luna gli sorrise. Quell'uomo non era proprio capace di smettere di prendersi cura degli altri, vero? "Farò così. Grazie."

"Sei pronta per mangiare qualcosa?" Chad le offrì il braccio.

"Muoio di fame." Luna lo prese a braccetto e lanciò un'occhiata al suo bel viso mentre si lasciava condurre fuori dalla casa che aveva appena preso in affitto.

Il birrificio di Keating Hollow era stracolmo quando Chad e Luna entrarono dieci minuti dopo. Il bancone era pieno e c'erano gruppi di persone che aspettavano di prendere posto.

"Accidenti," disse Luna. "Chissà cosa sta succedendo."

"Magari Yvette ha organizzato un altro evento alla sua libreria," suggerì Chad.

Luna si guardò attorno e vide Abby Townsend affrettarsi nella loro direzione. Di solito, la donna non lavorava alla birreria, ma dato che suo padre era il proprietario e suo marito il direttore, capitava che desse una mano quando c'era bisogno. Aveva un grembiule legato attorno alla vita e teneva in mano un mucchio di menu.

"Chad, Luna, ciao!" disse Abby con un sorriso smagliante. I suoi capelli biondo miele erano legati in una lunga coda di cavallo e profumava di cardamomo, come se avesse cucinato qualcosa… o, più probabilmente, preparato alcune delle sue pozioni guaritrici. Era una strega della terra di grande successo, che vendeva pozioni di guarigione, lozioni e saponi. "Benvenuti al circo. Avete bisogno di un tavolo?"

"Sembrerebbe che siate pieni," disse Chad. "Quanto c'è da aspettare?"

"Siete solo in due?"

"Sì." Chad si allungò e mise una mano in fondo alla schiena di Luna.

Un formicolio si irradiò lungo la spina dorsale di Luna, che trattenne l'impulso a rabbrividire.

"Ho un tavolo per due libero sul retro. Gli altri gruppi sono da tre o più persone. Seguitemi."

Attraversarono il ristorante affollato fino a raggiungere un tavolino nella sezione più tranquilla del pub. "Va bene?" chiese Abby.

"Benissimo." Chad tirò indietro la sedia per Luna, quindi prese posto di fronte a lei.

Lo sguardo di Abby seguì i movimenti di Chad e, quando lui sollevò lo sguardo per prendere uno dei menu, lei gli sorrise con aria complice. "Non ci hai messo molto per chiedere di uscire alla ragazza più bella del paese."

Chad ridacchiò. "Magari, ma in realtà è stata lei a chiederlo a me."

Abby inarcò le sopracciglia. "Beh, sei fortunato."

"Proprio così." Chad sorrise a Luna.

Luna arrossì di nuovo e borbottò: "È solo una cena di ringraziamento. Chad mi ha aiutato a traslocare, ieri."

"Sei stato molto gentile, Chad," disse Abby con un sorriso gentile. Diede l'altro menu a Luna e prese gli ordini delle bevande.

Una volta che la donna ebbe finito di elencare i piatti speciali, Chad chiese: "Che succede? C'è un evento in paese e non lo sapevamo?"

"Verrebbe da pensarlo, eh?" disse Abby. "Ma no. Hanno pubblicato un articolo online sulle nuove birre a cui stanno lavorando Clay e Rhys, ed è diventato virale. Da allora, la birreria è stracolma. La gente viene da tutte le parti per dare un'occhiata. Hanno riempito persino la locanda di Noel. È assurdo."

"Appassionati di birra?" chiese Luna.

Abby annuì. "È ridicolo. Non so come prenderla."

"Goditela, direi," disse sorridendo Luna.

Abby ricambiò il suo sorriso e disse che sarebbe tornata presto per prendere le ordinazioni del cibo.

"Allora..." esordì Luna, accennando alla mano di Chad. L'uomo la fletteva e la allungava da quando erano entrati al ristorante. "Hai preso appuntamento per un massaggio?"

L'uomo abbassò lo sguardo sulla mano e premette il palmo contro il tavolo, come per trattenersi dal fare quei piccoli esercizi. Era quasi come se non si fosse accorto che stava allungando le dita. "Sì, ma non c'è posto per le prossime tre settimane."

"Davvero?" chiese stupita Luna. Sapeva che l'attività andava bene. Quando lavorava, la sua agenda era sempre piena. Ma non aveva idea che ci fosse tutta quella lista d'attesa.

"Non lo sapevi?" chiese l'uomo.

Luna scosse la testa. "È Lena che si occupa dell'amministrazione."

"Tu sei solo il talento?" scherzò lui, gli occhi che brillavano di nuovo.

Accidenti, era bellissimo quando la guardava in quel modo. Era talmente pieno di felice bontà da essere quasi una droga. Una droga alla quale lei non avrebbe mai voluto rinunciare. "Sì, diciamo così," rispose. "Ma non devi aspettare così tanto. Passa domani mattina. Ti troverò uno spazietto prima del primo appuntamento."

"Non sei costretta a farlo, Luna." Ma mentre quelle parole gli uscivano di bocca, Chad cominciò a massaggiarsi le giunture fra le dita.

Luna rise. "Non ti accorgi nemmeno di farlo, vero?"

"Eh?" Chad abbassò lo sguardo sulle sue mani. Questa volta, fu il suo turno di arrossire. Le sue guance si tinsero di rosa e in quel momento, lei non avrebbe desiderato altro che premere le mani contro il suo viso e baciarlo. Invece, si mise comoda sulla sedia e cercò di fingere di non essere spaventosamente attratta da quell'uomo che aveva dieci anni più di lei e che probabilmente la vedeva ancora come la ragazzina disastrata che era stata tre anni prima. Chad le rivolse un mezzo sorriso. "Mi sa di no. È solo un dolore costante per la maggior parte del tempo. La mia nuova normalità."

"Non sono sicura che debba per forza esserlo." Luna appoggiò i gomiti sul tavolo e si prese il mento fra le mani. "Per quanto hai avuto sollievo dopo quel breve massaggio che ti ho fatto ieri?"

L'uomo si accigliò. Era palese che ci stava pensando su. "Credo di non aver più sentito dolore fino a questa mattina, quando ho aperto un vasetto per Barb. Sto nell'appartamento sopra il garage e di solito facciamo colazione insieme."

Luna sorrise. Era carino che Chad sentisse il bisogno di spiegare la sua situazione abitativa. Naturalmente, lei sapeva già dove viveva. La fabbrica dei pettegolezzi del paese non si fermava per nessuno. "Ottimo. Il sollievo è durato per almeno dodici ore, il che è notevole, dato che hai fatto degli sforzi. Non voglio esagerare, ma credo che probabilmente riuscirò ad aiutarti ad alleviare quel dolore cronico."

"Mi ero già convinto dopo l'assaggio di ieri," disse ridacchiando l'uomo. "Dimmi solo il quando e il dove e io ci sarò."

"Cominceremo da domani mattina e poi vedremo."

Abby arrivò con le loro bevande, prese le ordinazioni degli hamburger e promise che il cibo sarebbe arrivato subito. Ma a Luna non importava quanto tempo ci sarebbe voluto per mangiare, perché per la prima volta da anni, si sentiva rilassata e si permise di godersi l'uomo che aveva di fronte.

"Vuoi dirmi come ti sei fatto male alla mano?" chiese.

Chad serrò la mascella mentre appallottolava un tovagliolo, le nocche sbiancate per lo sforzo.

"Non devi parlarne per forza," insistette Luna, cercando disperatamente di ritirare la domanda. "Scusa te l'ho chiesto. Lasciamo perdere."

"No, va tutto bene. Sono solo imbarazzato, tutto qui," ammise Chad.

Quell'affermazione attirò l'attenzione di Luna. Non furono tanto le parole, quanto il modo in cui lui le pronunciò. Non stava parlando di uno sciocco incidente. Era una questione di vergogna. Luna abbassò la voce e lo fissò dritto negli occhi, stupendosi nel dire: "Va tutto bene, Chad. Di qualunque cosa si tratti, non può essere peggio di quello che ho fatto io."

L'espressione di Chad si fece stupita, ma presto si attenuò. L'uomo allungò la mano buona e la usò per coprire una di quelle di Luna. "Non ne sono tanto sicuro. Ma possiamo parlarne dopo cena? In un posto più tranquillo, magari?"

Luna si guardò attorno nel pub affollato e annuì. Nemmeno lei avrebbe voluto rivelare i suoi segreti in quel posto.

Quando i loro hamburger arrivarono, Luna diede un morso e si lasciò sfuggire un piccolo gemito di piacere. I Townsend compravano gli ingredienti da piccole fattorie locali e servivano carne da mucche allevate al pascolo. "Fresco" e "saporito" erano eufemismi.

"Sono d'accordo," disse annuendo Chad.

Luna posò l'hamburger e bevve un lungo sorso di tè. Mentre mordicchiava una patatina, disse: "Parliamo del tuo negozio di musica. Quali sono i progetti?"

Mentre continuavano a mangiare, Chad si lanciò nella spiegazione dettagliata di un piano d'impresa che prevedeva di vendere strumenti, dare lezioni di pianoforte e invitare artisti a tenere incontri, organizzando persino dei concerti lungo il fiume.

"Sembra ambizioso e magnifico per Keating Hollow," disse Luna, ammirando la disponibilità di Chad a investire nella comunità. Ma era proprio da lui. Sebbene avesse tenuto molti concerti qua e là quando viveva a Berkeley, aveva trascorso comunque parecchio tempo al centro sociale locale, offrendo lezioni di pianoforte gratuite ai bambini che venivano per il doposcuola.

L'uomo fece spallucce. "È un modo per restare nella musica."

"Il tuo primo amore." Lei gli sorrise.

Chad esitò per un momento, come se si stesse chiedendo chi o cosa, esattamente, era stato il suo primo amore, ma poi ridacchiò e annuì. "Probabilmente, hai ragione. Il pianoforte mi ha salvato quando ero ragazzo. Non so che fine avrei fatto senza."

"Davvero?" Luna si raddrizzò. "Pensi che saresti diventato un poco di buono come me?"

Chad inarcò un sopracciglio.

"Beh, è vero, no?" disse lei, in tono quasi ribelle. Considerato che il suo passato non era cosa di cui lei volesse mai parlare, si era stupita nel rievocarlo. Ma per qualche motivo, aveva la sensazione di aver bisogno che Chad prendesse atto di ciò che lei aveva fatto e che smettesse di ignorare quella spada di Damocle.

"No, non è vero," insistette lui. "Tu non sei mai stata una criminale, Luna. Eri una bambina in una brutta situazione e sei finita nei guai."

Abby arrivò con il conto e, senza nemmeno guardare lo scontrino, Chad le diede una carta di credito.

"Non puoi fingere che non sia successo nulla," disse Luna in tono di sfida. "Solo perché mi vedevi come una brava bambina, non significa che lo fossi davvero." Si sporse sul tavolo e abbassò la voce. "C'è un motivo per cui ho trascorso del tempo nel carcere minorile, Chad."

"Certo, ma non è stato a causa–"

Abby ricomparve. "Grazie. Godetevi il resto della serata."

"Grazie, Abby," disse Chad, sorridendole. "Era tutto fantastico come sempre."

La donna si illuminò e salutò mentre andava a occuparsi di altri tavoli.

Chad aggiunse la mancia, firmò la ricevuta e si alzò, tendendo la mano a Luna. "Dai. Facciamo una passeggiata. Dobbiamo chiarire alcune cose."

Luna gli fissò la mano, combattuta fra la voglia di afferrarla e il desiderio di darsi alla fuga. Era scesa a patti con chi e cosa era. Non aveva bisogno che lui la smentisse.

"Per favore," mormorò Chad. "Ci sono delle cose che devi sapere."

Luna era stata sul punto di alzarsi e andarsene, ma l'espressione schietta sul volto dell'uomo toccò qualcosa di profondo dentro di lei. Chad era un uomo d'onore. Ne era sicura e all'improvviso ebbe disperatamente voglia di sapere cosa aveva da dirle. "Va bene."

Gli prese la mano e si lasciò condurre sui marciapiedi acciottolati di Keating Hollow. Il sole era appena tramontato e il paese era immerso nella luce del crepuscolo. Chad tacque mentre si incamminavano verso il fiume. Qualunque cosa avesse bisogno di dire, stava palesemente radunando le idee.

Luna lasciò che si prendesse tutto il tempo di cui aveva bisogno. Per quanto volesse sentire ciò che lui aveva da dire, non aveva alcuna fretta di fare un viaggio lungo il viale dei ricordi.

Ma era troppo tardi. Mentre camminava accanto a lui, odorando il suo familiare profumo di boschi, tutto ciò che aveva cercato di seppellire tornò prepotentemente alla ribalta.

CAPITOLO 9

Berkeley, tre anni prima

*N*onostante fosse giugno, l'aria era molto fredda e Hope rabbrividì. Aveva dimenticato il maglione da Starbucks, dove aveva appena concluso un turno di sette ore. Ma ignorò il freddo. Chad l'aveva chiamata mezz'ora prima e le aveva chiesto di passare da lui mentre tornava a casa.

Chad non la chiamava mai. Non a casa e non sul lavoro. Ma era sempre disponibile quando lei aveva bisogno di lui. Sempre. Ora, Hope si chiese di cosa avesse bisogno lui da lei. A essere onesta, sperava che l'uomo fosse interessato a qualcosa di più dell'amicizia platonica che c'era fra di loro. Magari aveva bisogno di un'accompagnatrice per uno dei suoi eventi di beneficenza. A lei non importava di avere ancora diciassette anni. Si era appena diplomata. Non bastava?

Probabilmente no, si disse. Chad era troppo rispettabile e onorevole per pensare di uscire con un'adolescente.

Soprattutto un'adolescente prodotta dal sistema dell'affidamento. Magari, una volta che Hope si fosse trasferita nella sua camera da letto libera dopo aver compiuto diciott'anni, Chad avrebbe cominciato a vederla come un'adulta, invece che una ragazzina affidata allo Stato. La situazione abitativa di Hope era quantomeno traballante. Alla sua madre affidataria non importava niente di nessuno. Nemmeno del proprio figlio biologico, che aveva finalmente smesso di venire a trovarla.

Casey, il figlio, una volta passava a fare i lavori di casa, le riempiva il frigorifero e si assicurava che stesse bene, ma quando Pam si era messa con Leo, il rapporto fra madre e figlio era finito dritto nello scarico. Leo era un figlio di puttana manipolatore che maltrattava verbalmente i ragazzini in affidamento e fisicamente Pam. Ma qualunque cosa dicessero gli altri, lei non faceva mai nulla. Diceva che Leo la teneva al sicuro e le pagava la bolletta della luce. Dopo che Casey e Leo erano venuti alle mani per via di un occhio pesto della madre, Pam aveva preso le parti di Leo e Casey se n'era andato. Nessuno poteva biasimarlo.

Anche Hope se ne sarebbe andata, se avesse avuto un posto dove andare. Quella sera, come la maggior parte delle sere, era finita sui gradini dell'ingresso della casa di Chad, per sfogarsi della situazione in cui viveva. Sarebbe andata via di casa immediatamente, se solo avesse trovato qualcuno che le permettesse di affittare una stanza. Ma nessuno voleva avere a che fare con i servizi sociali o con una persona minorenne. E tutti i suoi amici di scuola erano partiti per il college. Hope era stata ammessa in una scuola statale, ma i suoi voti non erano abbastanza buoni per ottenere una borsa di studio e, chissà come, la sua candidatura su basi di necessità era andata persa. Hope sospettava un sabotaggio da parte di Leo, ma non aveva prove.

"Non so come o dove, ma stai sicuro che non appena avrò compiuto diciott'anni e non sarò più sotto la tutela dello Stato, me ne andrò," aveva insistito Hope. "Non posso restare in quella casa. Leo è una mina vagante."

Chad si era messo comodo sul dondolo della veranda, riflettendo sulle parole di Hope. "Hai qualche amico che possa darti una stanza in affitto?"

Lei aveva scosso la testa. "Sono andati tutti all'università. Sarà complicato, perché ho bisogno di un posto dove stare solo fino a gennaio. Magari potrei cercare un Airbnb economico per quei mesi. Per allora, avrò sistemato le cose con il college e me ne andrò anche da qui."

Chad aveva lanciato un'occhiata alla sua piccola casa e aveva chiesto titubante: "Sarebbe strano se ti offrissi la mia camera libera?"

Hope si era immobilizzata, fissandolo come se avesse appena parlato in una lingua straniera. Aveva inghiottito l'improvviso groppo alla gola che le era venuto. "Mi stai davvero offrendo di stare qui?"

"È strano." L'uomo fece una smorfia. "Stavo solo pensando che ho dello spazio libero che non uso e detesto l'idea che tu usi il denaro che hai risparmiato per il college per un Airbnb. Ma non voglio che tu sia a disagio. Lascia perdere."

"Lascia perdere? Un corno!" Hope era balzata in piedi, si era lanciata sul dondolo e aveva abbracciato Chad con tutta se stessa. Il suo petto era aggravato dall'emozione mentre le lacrime le pungevano gli occhi. "Sei l'amico migliore che io abbia mai avuto. Lo sai?"

L'uomo aveva emesso una risatina sommessa. Ma poi si era fatto serio. "Sono onorato di definirti un'amica, Hope."

Lei gli si era aggrappata per quella che era sembrata un'eternità. Poi si era asciugata gli occhi e aveva rinnovato la determinazione a superare i tre mesi successivi, fino a quando non sarebbe stata libera dal sistema.

Due settimane più tardi, quando Chad la chiamò sul lavoro per dirle che doveva parlare con lei, Hope andò subito a casa sua e si stupì di non trovarlo che la aspettava in veranda come faceva sempre. Bussò alla porta e, quando l'uomo rispose, lo trovò smunto, come se non avesse dormito.

"Ehi. Entra. C'è della pasta sui fornelli, se hai fame." Chad la condusse fino alla piccola cucina e prese posto al tavolo, reggendosi la testa con una mano.

"Cosa c'è?" chiese lei, sedendosi di fronte a lui.

"Ho delle notizie."

Hope attese, mentre il suo cuore accelerava i battiti. Chad si era ammalato? Aveva avuto un'emergenza in famiglia? "Va tutto bene? Posso fare qualcosa per aiutarti?"

Lo sguardo colmo di rammarico dell'uomo incrociò il suo. "Mi dispiace tanto, Hope. Ho scoperto ieri che il mio contratto con l'orchestra sinfonica locale non verrà rinnovato."

"Stai per perdere il lavoro? Ma non possono licenziarti. Sei un genio," esclamò Hope, incredula che chiunque fosse disposto a rinunciare a Chad. Quell'uomo suonava il pianoforte come un angelo.

"Non mi hanno licenziato. L'orchestra sta per sciogliersi. Nessuno ha avuto un rinnovo," disse Chad. Sembrava tristissimo.

"Oh. Bello schifo," disse lei. Avrebbe voluto afferrargli la mano, ma Chad si stava ancora reggendo la testa con una e doveva aver appoggiato l'altra sul ginocchio, sotto il tavolo. Invece, lei gli rivolse un sorriso di incoraggiamento e disse: "Sono sicura che cadrai in piedi. Sei tu, per la miseria."

"Ho già un nuovo contratto," disse mestamente l'uomo.

Hope si raddrizzò e lo guardò accigliato. "Va bene. Allora perché sembra che ti abbiano preso a calci il cane?"

"Il lavoro è a Chicago. Devo partire questa sera, con un volo notturno."

Le parole di Chad rimasero sospese fra di loro, come se l'aria fosse stata risucchiata fuori dalla stanza. Non poteva essere vero. Mancavano meno di tre mesi al compleanno di Hope e lei si era abituata all'idea di andare a vivere a casa di Chad. Aveva già deciso tutto. Aveva persino cominciato a cercare dei mobili di seconda mano per la camera libera dell'uomo. "E questa casa?" si costrinse infine a chiedere. "Quando scade l'affitto?"

"È un contratto mensile." Chad fece una smorfia. "Mi dispiace tanto, Hope. Terrei la casa, se potessi, ma non posso permettermi questa e un posto a Chicago. Mi dispiace. So che questo ti scombina tutti i piani."

E non c'era verso che Hope potesse permettersi di pagare l'affitto per i sei mesi a venire. Non se voleva tenere da parte il denaro per l'appartamento del college. Ciò significava fra i tre e i sei mesi in più nella casa di sua madre affidataria, se non fosse riuscita a trovare un'alternativa. Chiuse gli occhi e pregò di non piangere. *Non è poi così male*, si disse. Pam le avrebbe fatto pagare un piccolo affitto, ma lei avrebbe potuto cavarsela facendo un po' di straordinari sul lavoro. "Va tutto bene. Sono sopravvissuta fino a questo momento. Sei stato gentile a offrirmi la tua casa, Chad. Apprezzo tutto quello che hai fatto per me, più di quanto tu immagini."

Si abbracciarono e si scambiarono gli auguri, quindi Hope corse via prima di crollare completamente. Una volta tornata a casa di Pam, si diresse dritto verso la stanzetta che condivideva con un'altra ragazzina in affidamento e salì sul letto più in alto, pronta a sfogarsi piangendo. Non solo aveva perso il posto dove pensava di stare, ma il suo migliore amico stava per andarsene e lei non sapeva se lo avrebbe mai visto.

"Hope!" gridò Pam da qualche parte in casa.

Rotolando, Hope la ignorò. Magari, Pam avrebbe pensato che lei non fosse in casa.

"Hope! Muovi il culo. Ho un compito per te."

"Col cavolo," borbottò lei, stringendo il cuscino.

La porta si spalancò sbattendo e i tacchi da quattro soldi di Pam picchiettarono contro il pavimento di legno un attimo prima che la donna afferrasse la caviglia di Hope e la strattonasse. "In piedi, pigrona. Devi fare una cosa. Subito."

"Vattene, Pam," disse Hope, senza il minimo trasporto. Quella donna non vedeva proprio che Hope aveva il cuore spezzato? A dire il vero, probabilmente no. Pam vedeva solo quello che voleva vedere e, in quel momento, Hope era uno strumento.

"Alza il culo dal letto o non vedrai mai più questi soldi," minacciò Pam.

Hope si girò e si mise seduta, spalancando gli occhi per la paura alla vista della cassetta dei soldi, quella che teneva nascosta sotto un'asse del pavimento nell'armadio. "Dove l'hai presa?" domandò Hope mentre saltava giù dal letto e si tuffava verso la cassetta. "È mia. Ho lavorato sodo per quel denaro."

Pam rise e le lasciò prendere la cassetta.

Non appena Hope ebbe afferrato la scatolina, capì che era vuota. Il denaro non si muoveva e la cassetta era spaventosamente leggera. Oltre alle banconote, Hope aveva raccolto anche delle monete. "Cosa hai fatto con i miei risparmi?"

Pam se ne stava lì sogghignando con i jeans troppo

aderenti, la canottiera bianca e una sigaretta che penzolava dalla bocca. "Rilassati, principessa. Sono al sicuro. Avevo solo bisogno di avere la certezza che avresti fatto quella piccola commissione per me. Basta solo che tu consegni le mie ultime pozioni a Ricky, dopodiché riavrai i tuoi preziosi risparmi. Anche se me ne terrò un po' per l'affitto."

"Affitto! Sono ancora sotto la tutela dello Stato," insistette Hope.

"Non lo sarai fra tre mesi, quando compirai diciott'anni," disse Pam con un sorriso stucchevole. "Gli assegni smetteranno di arrivare e questo significa che lo Stato non pagherà per farti trascorrere l'autunno qui. Diventerai ufficialmente una scroccona. A meno che tu non sia disposta a fare le valigie e andartene il giorno del tuo compleanno, comincerai a contribuire quando te lo dirò io."

L'odio era un'emozione che Hope cercava attivamente di evitare. Era difficile, quando quasi tutti nella sua vita erano degli infami, ma lei si era sempre sforzata di lasciar andare le frustrazioni. Ma quella sera, mentre fissava Pam, l'odio colmò ogni poro del suo essere e lei avrebbe voluto strappare gli occhi di quella donna. Come osava toccare il suo denaro e ricattarla per costringerla a trasportare delle pozioni? Pozioni illegali che la comunità magica usava per sballarsi.

"Fai come ti pare," sbraitò Hope. "Dammi quelle stupide pozioni e facciamola finita. E ridammi subito i miei soldi."

"Li riavrai quando tornerai," disse Pam.

Hope la fulminò con lo sguardo, sapendo benissimo che era possibile che la donna stesse bluffando. C'era un motivo per cui Hope aveva nascosto il denaro. Quando aveva scoperto di non poter aprire un conto in banca senza la firma di un tutore, aveva cassato quell'idea. Se Pam avesse avuto la firma sul suo conto, il denaro di Hope sarebbe sparito pochi minuti dopo essere stato depositato, per cui aveva deciso di tenere i contanti nascosti. Sfortunatamente, non li aveva nascosti abbastanza bene. Ora, la sua unica possibilità di riprenderseli era trasportare le pozioni illegali di Pam. *Porca miseria.* "Sarà meglio che li trovi, o–"

"O cosa? Te ne andrai? Mi denuncerai? Chiamerai l'assistente sociale? Tesoro, fra qualche settimana sarai maggiorenne. A nessuno importa di te. E se credi che non ti trascinerò a fondo con me se chiamerai la polizia, ripensaci. Fai il tuo lavoro e lascia che ci pensi io a quel gruzzoletto che hai accumulato."

Hope avrebbe voluto strangolarla, ma riuscì a trattenersi. Doveva stare al gioco fino a quando non avrebbe avuto in mano i soldi per l'appartamento. "Dove sono le pozioni?"

"Seguimi," disse Pam.

Un'ora dopo, Hope arrivò nel covo di Ricky, nella zona industriale, con le pozioni in mano. Quel sordido bastardo la perquisì prima di lasciarla entrare nel garage che usava come base, per poi complimentarsi per il suo davanzale. Hope lo ignorò, aspettando che concludesse i suoi disgustosi apprezzamenti fino a quando l'uomo non si stancò e, finalmente, la pagò per la consegna. Hope stava uscendo in fretta e furia quando arrivò la polizia. Quella sera andò in prigione, assieme a Ricky e a tre dei suoi complici. Rimase rinchiusa fino al suo diciottesimo compleanno.

Quando la rilasciarono, un corriere le venne incontro fuori dalla stazione di polizia. Aveva con sé una scatola, che conteneva il denaro che le aveva preso Pam e i documenti di un affitto a breve termine per un mese. Tutto lì. Nessun biglietto. Nessuna spiegazione. Hope diede per scontato che Pam avesse avuto un attacco di coscienza per averla fatta finire in prigione, ma che non avesse voluto riprenderla in casa e che quello fosse il suo modo per autoassolversi.

Hope non l'aveva mai perdonata, ma il denaro e l'affitto breve l'avevano aiutata quando lei ne aveva più bisogno ed era grata per il gesto.

CAPITOLO 10

*C*had e Luna erano seduti su una panchina rivolta verso il fiume. Chad fissava lo splendido profilo di Luna e moriva dalla voglia di sfiorarle le guance con le dita. L'adolescente che aveva imparato a conoscere durante il periodo a Berkeley era diventata una donna forte e di talento. Che lui ammirava più di ogni altra persona che conoscesse. La forza pacata di Luna lo affascinava e lui sapeva che, se voleva avere la possibilità di creare un qualche genere di relazione – di amicizia o di amore – con lei, doveva dirle la verità.

"Ti ricordi quando ho detto che è colpa mia se sei andata in prigione?" chiese.

"Sì. E io ti ho detto che non è così," mormorò la donna. "Come potrebbe? Tu stavi andando a Chicago."

Chad chiuse gli occhi e disse la verità che si teneva dentro da tre anni. "Sono stato io a dire alla polizia delle pozioni e che sapevo che quella sera ci sarebbe stato uno scambio da Ricky."

Chad sentì Luna irrigidirsi accanto a lui e, quando aprì gli occhi, la vide ardere per il tradimento. La donna balzò in piedi e lo fulminò con lo sguardo. "Tu... Perché? Perché hai fatto una cosa del genere, Chad? Non mi avevi già fatto abbastanza male? Hai idea di cosa mi hai fatto quella sera? Ho perso tutto ciò che era importante per me. Non avevo molto, ma avevo un futuro e un progetto e pensavo di avere almeno un amico che mi voleva bene, anche se stava per prendere un aereo."

"Non sapevo che Pam ti avrebbe fatto consegnare le pozioni," disse tutto d'un fiato Chad. "Non pensavo che lo facessi tu."

"Infatti non lo facevo!" gridò lei. "Ma non è assurdo che l'unica sera in cui lei mi ha praticamente costretto a farlo, sia stata io a finire in cella?"

Chad aveva pensato la stessa cosa innumerevoli volte. "Senti, vorrei spiegarmi, se–"

"Cosa c'è da spiegare?" chiese lei, la voce rovente. "Stavi per lasciare la città e hai deciso di intrometterti in qualcosa che non ti riguardava, e io ne ho pagato il prezzo. C'è dell'altro che devo sapere?"

"Sì," disse lui, voltandosi verso di lei e fissandola negli occhi. "L'ho fatto per cercare di aiutarti. Hai idea di quanto fossi preoccupato al pensiero che tu avresti vissuto in quella casa senza nessuno che ti tenesse d'occhio, senza che nessuno si mettesse contro Leo nel caso avesse deciso che voleva fare qualcosa di più che guardarti?"

"Ho vissuto in quella casa per anni, Chad. Lui non mi ha mai toccata," disse la donna. Ma rabbrividì, perché aveva sempre pensato che ne sarebbe stato capace.

"Sai perché non lo ha fatto, Hope?" Chad udì il vero nome di lei sulle labbra e sussultò. "Scusa, Luna."

Lei agitò una mano in un gesto impaziente. "Non ha più importanza. Ho scelto un nuovo nome per sfuggire al mio passato, ma sembrerebbe che sia impossibile. Non con te che me lo ricordi tutti i giorni." Luna strinse i denti mentre rispondeva alla domanda di Chad. "Ho sempre pensato che mi avesse lasciata in pace perché aveva chiarito che gli avrei strappato le palle a mani nude, se avesse provato a fare qualcosa."

Chad le sorrise e non riuscì a trattenersi dal passarle le mani attorno alle braccia nude mentre diceva: "Probabilmente, anche quello ha contribuito. Ma credo che sia rimasto lontano da te anche perché non ho mai perso l'occasione di fargli capire che lo tenevo d'occhio. Potrei aver lasciato intendere che mio padre avesse dei soci in affari che lui avrebbe preferito non incontrare in un vicolo buio."

Luna spalancò gli occhi. "Lo hai fatto davvero? Com'è che lui non ti ha mai ammazzato di botte?"

"Conosceva mio padre," disse Chad, la cui espressione si incupì sotto la luce della luna.

"Voglio sapere chi era?" chiese Luna.

Chad scosse la testa e fletté la mano dolorante. "Quando mi sono reso conto che avrei dovuto andarmene, ero preoccupato che quello stronzo tentasse qualcosa. Ho sentito lui e Pam parlare di uno scambio di pozioni. Avrebbe dovuto essere Leo a fare la consegna. Luna, ti giuro sugli dèi che se avessi avuto idea che Pam ti avrebbe costretta a farlo, non avrei mai fatto nulla che potesse farti finire nei guai. Volevo solo allontanare Leo da te."

Con suo stupore, Luna si lasciò ricadere sulla panchina su cui lui era seduto ed esalò un sospiro profondo. "Ti stavi solo prendendo cura di me, come facevi sempre."

"Sì. Avrei dovuto dirtelo." Chad era stato un fascio di nervi, quel giorno. Dopo essere stato colto alla sprovvista dalla notizia che la sua orchestra si era sciolta e che un contratto lo attendeva in un'altra città, purché lui si presentasse il giorno dopo, i suoi pensieri erano in tumulto. Il trasferimento non era un problema. Ma Hope? Gli si era rivoltato lo stomaco al pensiero di abbandonarla in quella situazione orribile. Così, aveva agito frettolosamente e l'aveva fatta finire nei guai.

"Sì, sarebbe stato utile," concordò la donna. "Ma d'altra parte, probabilmente tu non credevi che sarei mai stata coinvolta in quella roba."

"No, infatti. Non è da te."

"No." Luna si allungò e gli strinse la mano buona. "Grazie per aver creduto in me."

"L'ho sempre fatto." Chad le strinse la mano e mantenne la presa, non volendo lasciarla andare.

"Pam aveva rubato i miei risparmi," disse Luna. "È per questo che l'ho fatto. Aveva detto che me li avrebbe restituiti dopo che avrei fatto lo scambio."

Chad lo aveva scoperto la sera in cui Luna era stata arrestata, ma non gli sembrava il momento di rivelarlo. Voleva sentire cos'altro lei aveva da dire. "Tu le hai creduto?"

Luna scoppiò in una risata priva di allegria. "No. Ma dovevo provarci. Ero disperata. Quella gente aveva fatto tutto ciò che poteva per evitare che io andassi al college. E alla fine, ce l'ha fatta."

"Ma sei riuscita ad andare a scuola di massoterapia," disse Chad. "È qualcosa di cui devi essere orgogliosa."

"Certo." Luna si appoggiò allo schienale della panchina e scivolò verso di lui, fino ad appoggiargli la testa sulla spalla. "Ma mi hanno rubato l'opportunità di essere una ragazza normale in un college dove nessuno avrebbe saputo che ero una povera bambina in affidamento. È qualcosa che non riavrò mai più."

"È per questo che non vuoi che nessuno, a Keating Hollow, sappia del tuo passato? In modo da poter essere quello che vuoi, senza etichette o preconcetti?" Chad era davvero curioso.

Perché ai suoi occhi, lei non aveva assolutamente nulla di cui vergognarsi. Il suo passato gliela faceva solo ammirare ancora di più per quello che era diventata.

"Sì. Ma oltre a questo, non voglio che Faith sappia che sono stata in prigione. La documentazione è secretata, dato che ero minorenne, per cui non risulta nulla in caso di controlli. E l'ultima cosa che voglio è che lei pensi che io ero una specie di criminale, mentre non ero altro che una ragazzina che cercava di sopravvivere in una casa schifosa."

Chad le avvolse un braccio attorno alle spalle e la attirò a sé per un abbraccio di sbieco. "Capisco." Sollevò la mano ferita. "Nemmeno io vorrei che qualcuno sapesse in che circostanze sono riuscito a distruggermi."

Luna gli prese la mano in entrambe le sue e cominciò a massaggiarla.

Chad emise un piccolo gemito di approvazione. "È molto piacevole."

"Lo so." Lei gli sorrise. "Vuoi dirmi cosa è successo o…"

Chad si ritrasse leggermente. "Sì. È–" Il suo telefono cominciò a squillare. "Aspetta un attimo." Dopo aver tirato fuori il dispositivo dalla tasca, si accigliò. Non conosceva il numero. "Pronto?"

"Ehm, Chad?" disse una voce che lui non riconobbe.

"Sì. Chi parla?"

"Sono Levi," disse il ragazzo con la voce rotta. Poi tirò su col naso e aggiunse: "Ho bisogno di aiuto."

Chad afferrò la mano di Luna e la fece alzare con sé. La stava già trascinando verso il paese quando chiese a Levi: "Dove sei?"

"Nel parcheggio di Pies, Pies and More Pies." Il ragazzo stava battendo i denti, ma Chad sapeva che, a meno che a Eureka non ci fossero dieci gradi di meno, non faceva nemmeno lontanamente abbastanza freddo perché qualcuno potesse tremare così.

"Sei al sicuro?" chiese.

"Non... non lo so," disse Levi.

"Devo chiamare il 911?"

"Il 911?" chiese Luna, bisbigliando ad alta voce. "Che succede?"

Chad scosse la testa. Non ne aveva idea. Sapeva solo che Levi sembrava spaventato e forse sotto shock. "Sto arrivando, Levi. Tieni duro. Se hai bisogno di assistenza medica, dillo subito. Chiamerò qualcuno."

"Niente dottori," insistette il ragazzo, per poi mettere giù.

Chad imprecò e allungò il passo. "Era Levi. È nei guai. Devo andare a prenderlo."

"Vengo con te," disse subito Luna.

"No, non è necessario. È un viaggio lungo, sempre che lui non abbia bisogno di andare in ospedale. Ti lascio a casa tua, così potrai riposare. Ti attende una giornata impegnativa, ricordi?"

"Chad, dai. Tanto, non riuscirei comunque a dormire senza sapere come sta."

Chad annuì. "Va bene."

CAPITOLO 11

*L*una aveva lo stomaco sottosopra. Erano trascorsi quaranta minuti da quando Chad aveva risposto a Levi e brutte scene di ogni genere continuavano a riprodursi nella sua mente. E se il ragazzo fosse stato colto sul fatto mentre spacciava droga o, peggio ancora, si prostituiva? Se davvero era un giovane senzatetto, entrambe le alternative erano possibili. Luna non desiderava altro che circondarlo con le braccia, portarlo a casa e assicurargli che sarebbe andato tutto bene.

I suoi desideri erano ingenui. Lo sapeva meglio di chiunque altro. In qualunque guaio si trovasse Levi, ci sarebbe voluto ben più di un letto accogliente e di un pasto caldo per sistemare le cose. Ma lei era disposta a fare tutto il possibile per lui, se lui glielo avrebbe permesso. Chiamare Chad era stato il primo passo.

Chad svoltò bruscamente nel parcheggio affollato di Pies, Pies and More Pies, e imprecò. "Perché c'è tutta questa calca alle dieci di sera?"

"È per via del cinema," disse Luna. "La gente ha cominciato a venire qui a mangiare prima di andare a casa."

Chad accentuò la presa sul volante mentre attraversava il parcheggio, cercando un posto dove fermarsi. "Spero solo che sia ancora qui."

"Fammi scendere," insistette Luna. "Comincerò a guardarmi attorno e ti scriverò quando lo vedo."

"Non credo che sia una buona idea. E se i guai lo avessero seguito?" disse Chad.

Luna levò gli occhi al cielo. "È pieno di gente, Chad. Nel caso, griderò e farò un baccano tremendo. Per favore. Ho paura che sia ferito."

Non avendo ancora trovato posto, Chad fermò bruscamente il furgone. "Stai attenta e scrivimi se vedi qualcosa di anche solo vagamente strano."

"Lo farò." Luna saltò giù dal furgone e cominciò a trotterellare verso l'edificio. Mettendosi nei panni di Levi, sapeva che, se avesse chiamato qualcuno perché aveva paura e aveva bisogno di aiuto, probabilmente si sarebbe nascosta in qualche posto poco visibile. Dietro l'edificio, vicino ai cassonetti. Ma quando svoltò l'angolo, l'unica cosa che vide fu un cassonetto stracolmo di sacchi dello sporco.

Dopo aver controllato con attenzione la zona, Luna trotterellò fino al lato opposto dell'edificio e si accigliò. C'era qualcosa di strano, ma non avrebbe saputo dire esattamente cosa. Il fianco dell'edificio dava su un lotto inutilizzato circondato da una recinzione metallica. A meno che Levi non fosse sdraiato in mezzo all'erba alta, non era nemmeno lì.

Luna si stava preparando a svoltare di nuovo l'angolo, diretta verso il parcheggio, quando le si rizzarono i capelli sulla nuca. Si immobilizzò e passò lentamente lo sguardo nella zona apparentemente deserta.

Levi era lì da qualche parte. Luna lo sapeva nel profondo di sé.

Un fruscio giunse dalla sua destra. Luna strizzò gli occhi nell'oscurità e vide una porta semichiusa lungo il lato dell'edificio. Essendo arrivata dalla direzione opposta, non si era nemmeno accorta della sua esistenza.

Ecco.

Si mise a correre, il sangue che le martellava nelle orecchie. L'aria parve cambiare attorno a lei. Crepitava di magia e le faceva accapponare la pelle. Cosa stava succedendo? Le si rivoltò lo stomaco e quasi si aspettò di vomitare. Ma si premette una mano sul ventre, diffondendo la sua magia sulla pelle e placando il subbuglio interno.

"No! Non voglio," disse piagnucolando un ragazzo. La voce era debole, ma era decisamente quella di Levi.

Il cuore di Luna correva all'impazzata. Qualcuno gli stava facendo del male. Tirò fuori il telefono e inviò un breve messaggio a Chad per fargli sapere dov'era e che Levi era nei guai. Poi impostò la modalità silenziosa e attraversò di corsa la porta socchiusa.

La magia si addensò attorno a lei, facendole girare la testa.

"Luna," disse annaspando Levi. "Aiutami."

"Stai zitto, bastardo ingrato. Hai idea di che fine avrebbe fatto un frocetto come te se non ti avessi preso con me?" ringhiò una voce profonda.

Luna esitò. Di fronte a sé, vedeva solo un corridoio vuoto. Ma aveva la vista sfocata e non sembrava in grado di metterla a fuoco. Era una specie di illusione? Levi e un uomo erano evidentemente nei paraggi, ma lei non poteva vederli.

Fece un passo avanti e allungò le braccia di fronte a sé, cercando a tentoni ciò che non poteva vedere.

"Luna," esclamò Levi. "No. Vattene. È pericoloso."

Il rumore della carne che colpiva la carne risuonò nelle orecchie di Luna. Levi lanciò un urlo, poi gemette. Una rabbia allo stato puro prese possesso di Luna che, invece di ascoltare il suo avvertimento, corse lungo il corridoio, la mano tesa fino a quando una mano dura come la roccia le si avvolse attorno al polso e la costrinse a fermarsi. Era stato stupido entrare alla cieca. Lo sapeva. Ma abbandonare Levi alle sevizie era impensabile.

"Salve, principessa," le disse nell'orecchio la voce profonda.

Anni trascorsi a difendersi mentre rimbalzava da una casa all'altra presero il sopravvento e Luna si lanciò contro il suo aggressore, usando la mano libera per colpirlo al naso con il palmo. Nel momento dell'impatto, la sfocata illusione magica svanì e il magazzino disordinato apparve alla vista. Ma non ci fu tempo per guardarsi attorno, perché l'uomo che la tratteneva per il polso le torse il braccio dietro la schiena, facendola quasi cadere in ginocchio. Invece, Luna si fece forza e gli pestò violentemente il piede; quando l'uomo allentò la presa, lei sferrò una gomitata dietro di sé, colpendolo all'occhio.

"Brutta tro– argh!"

Luna gli sferrò un calcio rotante dritto nello stomaco. Quando l'uomo si piegò in due, lei calò entrambe le mani, colpendolo alla nuca. L'uomo cadde a terra, immobile e gemente.

"Ma che… Porca miseria, Luna," disse Chad da dietro le sue spalle, la voce meravigliata.

"Crescere in affidamento a qualcosa serve," disse lei mentre si voltava e cercava con lo sguardo Levi nella stanza semibuia. Il ragazzo era premuto contro uno scaffale, un lato del viso coperto di sangue e gli occhi spalancati per la paura mentre cercava disperatamente di slegarsi un tubo di gomma dal braccio. Luna spalancò gli occhi quando vide una siringa abbandonata sul pavimento.

Corse al fianco del ragazzo. "Porca miseria, Levi. Cosa hai preso?"

"Niente," esclamò il ragazzo, lanciando lontano il tubo di gomma mentre si allontanava frettolosamente dalla droga. "Voleva drogarmi a forza. Portatemi via da qui!"

Senza dire una parola, Chad si fece avanti e sollevò con facilità il giovanotto fra le braccia, stringendoselo al petto. "È tutto a posto, Levi. Ci penso io."

Levi era rigido e irradiava paura da ogni poro.

"Va tutto bene, Levi," disse a bassa voce Luna, appoggiando una mano tranquillizzante sul braccio del ragazzo. "Chad è una persona di cui ci si può fidare. Te lo giuro."

Levi strinse gli occhi marroni colmi di paura e, un attimo dopo, si rilassò contro l'ampio petto di Chad.

"Dobbiamo andarcene da qui," disse Chad. "Prima che quel buffone si svegli."

Luna si recò nel punto dove c'era la siringa e usò il tacco dello stivale per frantumarla prima di seguire Chad fuori dall'edificio.

Il parcheggio era ancora pieno di auto e Chad aveva parcheggiato in doppia fila vicino ai rifiuti. Quando ebbero preso posto sul veicolo, c'era già una fila di auto pronte a impadronirsi del suo inesistente parcheggio.

"Che disastro," disse Luna. Era seduta in mezzo fra Chad e Levi. Ma tutta la sua attenzione era concentrata sul ragazzo. Lacrime silenziose colavano lungo il viso di Levi. C'erano lividi freschi sul suo collo e lividi sbiaditi sulle braccia, che sembravano i segni delle dita di qualcuno che lo aveva afferrato. Luna gli prese delicatamente la mano e gli sfiorò il braccio con le dita, facendo scorrere sulla sua pelle un po' della sua magia guaritrice. "Cerca di rilassarti. Adesso ti portiamo in ospedale per farti visitare la testa."

"Niente ospedali!" esclamò Levi, ritraendo di scatto la mano e cercando di allungarsi verso la maniglia della portiera.

"Ehi, Levi." Luna si allungò a prendere entrambe le mani del giovanotto e si contorse in modo da poterlo guardare negli occhi. "Andrà tutto bene. Te lo prometto. Non ti costringeremo a fare nulla che non vuoi. Vogliamo solo assicurarci che le tue ferite non siano gravi."

"Me la caverò," disse lui, nel momento stesso in cui liberò una mano e se la premette contro la testa. Sussultò, quindi fece una smorfia quando staccò la mano e vide che era appiccicata di sangue.

"No. Credo che tu abbia battuto la testa. Potresti aver bisogno di punti e c'è la possibilità che tu abbia subito una commozione cerebrale. Hai bisogno di cure mediche. Perché hai paura degli ospedali?"

"Gli ospedali sono pericolosi," bisbigliò Levi.

Luna lanciò un'occhiata a Chad. I loro sguardi si incrociarono, entrambi preoccupati.

"Che ne dici di un guaritore?" provò Luna. "Ce ne sono due a Keating Hollow. Sono marito e moglie. Tutti li rispettano."

"Non lo so," disse Levi, serrando di nuovo le palpebre. "Non voglio tornare in affidamento."

Il cuore di Luna si spezzò quasi in due. Sapeva com'era non avere nessuno di cui fidarsi. "Andiamo a Keating Hollow," disse a Chad. "Decideremo cosa fare dopo che gli Whipple lo avranno visitato."

"Siamo già diretti in quella direzione." Chad le mise la mano sulla coscia in un gesto rassicurante.

Luna premette la mano sul dorso di quella di Chad, per la pura e semplice connessione. Poi inviò un messaggio agli

Whipple, per far sapere loro che stavano portando una persona. Il messaggio di risposta disse che li aspettavano in clinica.

Esalando un sospiro di sollievo, Luna riportò l'attenzione su Levi. "Non preoccuparti di nulla, Levi. Sei al sicuro con noi. Nessuno ti manderà da nessuna parte, hai capito?"

"D'accordo," mormorò il ragazzo.

Luna non era sicura che avesse davvero sentito ciò che le aveva detto, ma aveva superato il momento di crisi e questo le bastava.

"Luna?" chiese Levi, aprendo gli occhi per un momento.

"Sì?"

"Puoi fare di nuovo quella cosa con le dita? Era... bello."

"Ma certo." Luna si allungò e gli passò le dita lungo il braccio, lasciando che una leggera traccia della sua magia danzasse sulla pelle del ragazzo.

Un piccolo brivido lo scosse, ma poi le sue spalle si rilassarono e la tensione attorno alla sua bocca si allentò.

"Così," mormorò lei. "Ti senti un po' meglio?"

Levi annuì.

"Ottimo. Ne sono felice."

Tutti tacquero mentre Chad guidava lungo la statale che portava a Keating Hollow. Luna fissò fuori dal finestrino la luce della luna che si rifletteva sul fiume che costeggiava la strada e continuò a tenere la mano di Levi, desiderando cancellare del tutto il dolore del ragazzino. Ma c'era bisogno che un professionista desse un'occhiata alla ferita alla testa. Dopo che Levi avesse ricevuto il via libera, lei si sarebbe premurata ad aiutarlo a superare quella che doveva essere un'emicrania spaventosa.

"Io non prendo droga o pozioni," disse improvvisamente Levi.

Colta alla sprovvista da quell'annuncio improvviso, lei si limitò ad accarezzargli la mano. "Fai bene."

"Mio zio voleva che andassi a lavorare per lui. Quando ho detto di no, mi ha messo le mani addosso e io sono scappato. Di solito lui non mi segue, ma questa volta sì. Mi ha trovato appoggiato all'edificio mentre aspettavo Chad."

"Cos'è successo quando ti ha trovato?" chiese Luna, solo per continuare a farlo parlare. Poteva immaginare come fosse andata la serata.

"Mi ha dato un pugno e mi ha trascinato attorno all'edificio e fino a quel magazzino. Mi lasciava dormire sul suo divano, ma a un certo punto mi ha detto che, se volevo restare, dovevo guadagnarmi da vivere aiutandolo sul lavoro. Quando gli ho detto di no, si è arrabbiato e ha cercato di costringermi a drogarmi. Lui fa così, sai? Dà quella robaccia a dei ragazzini e poi li costringe a vendere la sua merce."

"È orribile," disse Luna, il petto appesantito tanto dalla tristezza quanto dal disgusto. "È davvero tuo zio?"

"Sì. È il fratello di mio padre. Non si parlano." Levi appoggiò la testa alla spalla di Luna e incrociò le braccia.

Lei avrebbe voluto chiedergli dov'era il padre e perché Levi non era con lui, ma tenne le sue domande per sé. Non era il momento. Se Levi era costretto a vivere con uno zio che lo maltrattava, non lo faceva certo per scelta. Per cui, invece di continuare a interrogarlo, lei gli passò un braccio attorno alle spalle e lo strinse come per impedirgli di cadere a pezzi.

Come promesso, Gerry Whipple era già alla clinica al loro arrivo. Gerry era una donna alta, dai corti capelli grigi e lo sguardo gentile. Venne loro incontro sulla soglia e li fece entrare nel suo studio, chiedendo a Luna e Chad di attendere mentre controllava le lesioni di Levi.

"No!" gridò Levi, gli occhi colmi di panico. "Io resto con Luna."

Gerry si voltò a guardare Luna con le sopracciglia inarcate.

Lei mimò con le labbra: *Problemi di fiducia.*

"E se Luna venisse con noi?" chiese Gerry.

Il ragazzo fissò il pavimento. "Va bene."

"Chad, puoi restare qui mentre rattoppiamo Levi?" chiese Gerry.

"Sì." L'uomo prese posto su una sedia e chiuse gli occhi.

Luna gli premette una mano contro la spalla, quindi si alzò per seguire Levi e Gerry.

"D'accordo, Levi," disse Gerry mentre apriva la porta dell'ambulatorio. "Noi siamo di qui. Ho bisogno che tu ti spogli e ti metta uno di questi." Diede a Levi un camice di carta. "Luna e io aspetteremo di fuori."

Il ragazzo deglutì faticosamente e distolse lo sguardo, ma annuì.

"Fai pure con calma," disse gentilmente Gerry. Ciò detto, fece uscire Luna dalla stanza e le due si sedettero su un paio di sedie di plastica in fondo al corridoio. "Cosa puoi dirmi di quello che gli è successo?"

"Non molto. È stato picchiato dallo zio e gli hanno quasi iniettato una specie di droga o pozione. Ma dice che siamo arrivati in tempo."

"Sei sicura che non faccia uso di stupefacenti?" chiese la guaritrice.

Luna scosse la testa. "Dice che non prende droghe, ma onestamente, Chad e io lo conosciamo a malapena. L'abbiamo conosciuto l'altro giorno, mentre Chad mi aiutava a traslocare. È palese che si trova in una situazione difficile, per cui Chad gli ha dato un biglietto da visita e gli ha detto di chiamare se avesse avuto bisogno di qualcosa. Questa sera ci ha telefonato e noi siamo andati a prenderlo a Eureka."

Gerry tamburellò con la penna sul portablocco. "Dobbiamo chiamare i servizi sociali?"

Luna fece una smorfia. "Non voglio farle passare grane legali, ma se possiamo aspettare, apprezzerei. Il ragazzo è terrorizzato. E onestamente, Gerry, ne ha motivo. Non so esattamente come se la passi, ma spesso il sistema non è tenero con gli adolescenti. Mi piacerebbe dargli un posto sicuro dove dormire questa notte e poi cercare di decidere cosa fare."

"Sembrerebbe che tu ne sappia qualcosa," disse Gerry, guardando perplessa Luna.

"Diciamo così." Luna non voleva parlare del suo passato, anche se lo avrebbe fatto, se costretta, per convincere Gerry a non chiamare nessuno. "Ascolti. Scriva sui documenti che sono la zia o qualcosa del genere. Se più tardi dovesse esserci un problema, mi assumerò tutta la responsabilità."

Gerry tamburellò ancora con la penna, riflettendo. "Va bene. Ma se avrò sentore di attività criminose da parte del suo tutore legale, sarò obbligata a contattare le autorità. È chiaro?"

Lo stomaco di Luna ribollì. Non sapeva se lo zio di Levi fosse il tutore legale o meno. Ma sembrava quantomeno improbabile che Levi raccontasse qualcosa a Gerry. Il ragazzo aveva avuto ragione ad avere il terrore di andare in ospedale. Chiunque avesse dato un'occhiata alle sue ferite avrebbe chiamato tutti. Gerry, in quanto guaritrice, aveva meno obblighi, ma era comunque soggetta agli standard e all'etica professionali. Luna la ammirava per quello, anche se, per una volta, avrebbe gradito che la donna chiudesse un occhio.

"Capisco," disse Luna. "Le chiedo solo di considerare il fatto che, anche se tutti hanno sempre le migliori intenzioni, a volte quella telefonata riporta i ragazzini in situazioni pericolose.

Chad e io vogliamo solo che Levi abbia un posto caldo e sicuro dove dormire e la possibilità di sfuggire all'inferno che sta vivendo."

Gerry le rivolse un sorriso triste. "Capisco benissimo, cara. Ora, andiamo. Vediamo se possiamo ricucire quel giovanotto."

CAPITOLO 12

I ricordi dell'infanzia di Chad tornarono prepotentemente alla ribalta. Le grida. I lividi. Il terrore che provava quando il suo patrigno beveva. Il gesso che aveva portato per sei settimane l'estate prima di compiere tredici anni. E la vergogna che aveva provato per averlo permesso.

Chad aveva amato sua madre con tutto se stesso. Lei era la sua più grande sostenitrice, la sua migliore amica e la persona che ammirava di più. Il suo patrigno, invece... Chad aveva avuto il terrore di quell'uomo. Era un manipolatore abilissimo, che aveva raggirato tutti. Tutti tranne Chad.

Hugh Russell era il genere d'uomo capace di affascinare chiunque. Era elegante, amichevole e simpatico, quando voleva esserlo. Ma quando beveva troppo, diventava cattivo, geloso e persino crudele. Dato che Frannie, la madre di Chad, non approvava che Hugh bevesse, questi non lo faceva mai quando lei era a casa, il che significava che aspettava fino a quando Frannie non aveva il turno di notte per disfarsi. E incattivirsi.

Quell'uomo odiava il rapporto che Chad aveva con sua

madre. Era un bastardo geloso. Frannie era sempre felicissima quando lei e Chad avevano modo di trascorrere un po' di tempo insieme da soli. Guardavano programmi stupidi in tv, si scrivevano più volte al giorno e ridevano molto. Di solito, Hugh rideva solo a spese della madre di Chad e lui non faceva mistero di quanto detestasse la cosa. In cambio, Hugh gli aveva fatto un occhio nero e gli aveva detto che, se avesse detto anche solo una parola al riguardo, si sarebbe assicurato che lo stesso capitasse anche a Frannie.

A tredici anni, Chad gli aveva creduto.

Tutte le volte che Hugh faceva del male a Chad, minacciava di fare lo stesso a Frannie e quello era stato un modo efficace per controllare Chad. Nulla era cambiato fino a quando Chad non era stato accettato in un programma musicale di alto livello in città ed era andato via di casa per vivere al campus. Aveva cercato di dire tutto a sua madre, una volta, ma Hugh era arrivato inaspettatamente e gli aveva inculcato una paura tremenda. Chad non aveva più parlato.

Sentiva ancora quell'incredibile senso di impotenza che aveva provato da bambino, quando non aveva potuto fare nulla per cambiare le cose. Probabilmente, lo stato d'animo di Levi era simile. Tutto ciò che Chad desiderava era proteggere quel ragazzo come nessun altro era riuscito a fare.

La porta si aprì scricchiolando e Luna entrò. Aveva gli occhi stanchi e le spalle leggermente incurvate dalla fatica.

"Ehi," disse Chad, toccando la sedia accanto. "Siediti."

Luna lo fece ed esalò un sospiro pesante. "Gerry gli sta ricucendo la testa. Dice che serviranno fra i dieci e i dodici punti e che dovremo stare attenti ai sintomi di una possibile commozione cerebrale."

"Ouch." Chad si massaggiò la testa, come se dolesse anche a lui.

La voce di Luna si incrinò quando aggiunse: "Ci sono anche un polso slogato, una costola incrinata e un taglio sulla guancia. Gerry dice che dovrebbero guarire piuttosto in fretta, ma Levi sarà dolorante per qualche giorno."

"Gli ha prescritto una pozione per il dolore?" chiese Chad, grato perché sembrava che Levi se la sarebbe cavata con poco. Le sue lesioni erano abbastanza gravi, ma considerato quello che era successo, sarebbe potuta andare molto peggio.

"Non ancora. Ha detto che prima vuole fare un esame tossicologico per assicurarsi che Levi non abbia preso nulla." Luna si massaggiò le tempie. "So che deve farlo prima di offrire qualunque genere di antidolorifico, ma detesto pensare che lui lo vedrà come una carenza di fiducia."

Chad mise il palmo nella mano aperta di Luna e intrecciò le loro dita. "Sono sicuro che, razionalmente, capisce."

"È per il suo cuore che mi preoccupo," disse lei, lanciando un'occhiata a Chad, l'espressione stanca.

Dèi. Lui sapeva esattamente cosa voleva dire e in quel momento non desiderava altro che prenderla fra le braccia e far svanire il passato di entrambi. Creare fra tutti e due un luogo sicuro con uno spazietto per un ragazzo spaventato. Ma stava facendo il passo più lungo della gamba; l'unico di cui era il caso di preoccuparsi era Levi. "Anch'io, Luna. Ma possiamo proteggerlo insieme, giusto?"

"Spero proprio di sì," disse Luna, fissando le loro mani congiunte.

Chad le strinse le dita. Lei sollevò lo sguardo, l'ombra di un sorriso che le curvava le labbra, e ricambiò. Il cuore di Chad palpitò e lui avvertì un bisogno bruciante di sporgersi a baciarla. Ma non era il momento né il luogo.

La porta cominciò ad aprirsi e, con delusione di Chad, Luna staccò rapidamente la mano e si alzò.

Gerry condusse Levi nella stanza. La testa e il viso del ragazzo erano stati ripuliti dal sangue; aveva un cerotto a farfalla sulla guancia e una striscia di capelli rasati dov'era stato ricucito.

"Levi è pronto ad andare," disse Gerry. Consegnò a Luna un sacchetto di carta bianco. "Qui ci sono una pozione energetica e una antidolorifica. Se domani dovessero servirgli altre pozioni antidolorifiche, ho messo una ricetta nel sacchetto. Potete prenderle da Charming Herbals."

"Immagino significhi…" Luna si schiarì la voce. "Che gli esami sono andati bene?"

Levi esalò un piccolo sospiro distolse lo sguardo.

Luna sussultò. "Scusa."

Il ragazzo fece spallucce, come per dire che non importava, ma tutti sapevano che era così.

"Gli esami del sangue di Levi sono perfettamente normali," disse Gerry. "Questa notte, svegliatelo ogni due ore. Se l'emicrania dovesse persistere fino a domani notte compresa, chiamatemi. Altrimenti, tornate fra due settimane per la rimozione dei punti."

"Due settimane?" disse Levi.

Jerry gli diede un colpetto sul braccio. "Non preoccuparti. Togliere i punti non è niente di che. Non fa nemmeno male."

Levi incrociò lo sguardo di Luna e poi quello di Chad. Era palese che era preoccupato non da quello che avrebbe fatto due settimane dopo, ma dalla situazione in cui si sarebbe trovato per allora.

"Faremo in modo che si presenti," disse Luna. "Grazie. Le siamo davvero grati per essere venuta a ricucire Levi."

"Non devi nemmeno a pensarci, Luna. Lo sai." Jerry si recò alla porta e la tenne aperta per loro. "Andate a casa e riposatevi. Mi farò sentire io domani."

Luna fece uscire Levi e Chad si fermò a stringere la mano dalla guaritrice Whipple. "Grazie ancora. Può mandare il conto a casa della mia matrigna? Barb Garber. Lo salderò io."

"Certo, Chad. Lo dirò all'amministrazione. Ora levati di torno. Dovrei essere a letto da un pezzo."

Chad le sorrise. "Anch'io."

Una volta che Chad fu tornato al furgone, tutti salirono a bordo e si recarono alla nuova casa di Luna. Chad spense il motore e, per la prima volta da quando aveva ricevuto la telefonata di Levi, cominciò a chiedersi cosa sarebbe successo da lì in poi. Lui viveva in un monolocale sopra il garage della sua matrigna. Non che non potesse permettersi di affittare o comprare una casa in città. Semplicemente, non ne aveva avuto bisogno... fino a quel momento.

"Credo che Levi dovrebbe restare qui," disse all'improvviso Luna.

"Cosa?" chiese Chad, stupito.

Luna diede di gomito al ragazzo e bisbigliò: "Perché non mi aspetti in veranda? Arrivo subito."

Levi non esitò. Aprì la portiera, si trascinò fino alla porta e si appoggiò alla ringhiera della veranda, con le braccia incrociate.

"So che ha chiamato te," mormorò Luna mentre si voltava a incrociare lo sguardo di Chad. "Ma ho la sensazione che una figura materna non gli farebbe male. Ti dispiace se rimane qui?"

"E quando andrai a lavorare?" chiese Chad, non volendo che il ragazzo scappasse via non appena sarebbe rimasto solo.

"Posso portarlo con me e tu potresti guardarlo dopo che avrò finito di lavorare sulla tua mano." Luna gli lanciò un'occhiata ed esalò il fiato. "Wow. Sembriamo due genitori separati."

Chad ridacchiò. "Sì. Ma hai ragione. Se fossi in lui, anch'io vorrei restare con te." La verità era che Chad avrebbe voluto seguirli entrambi nella casa di Luna. Era stata una giornata lunga e l'idea di accoccolarsi accanto a lei, abbracciandola mentre dormivano, gli faceva venire voglia di implorare il permesso di restare. "Ci vediamo alla spa, come hai detto tu, e poi porterò Levi a comprare dei vestiti nuovi. Che ne pensi?"

"Perfetto. Purché lui sia d'accordo." Luna gli premette una mano sulla guancia e si sporse a baciarlo sull'altra. "Sei una brava persona, Chad. Grazie."

La pelle di Chad formicolava dove le labbra di Luna gli avevano sfiorato la pelle. Ci volle tutta la sua forza di volontà per non premere le labbra contro quelle di lei e baciarla con tutto se stesso. Invece, le strinse la mano un'ultima volta e disse: "Non hai nulla di cui ringraziarmi. Sei stata con me tutto il tempo. Ora vai. Levi ti aspetta. Ci vediamo tutti e tre domani mattina."

"Alle otto e mezza. Porto io caffè e croissant." Luna gli sorrise e saltò giù. Chad attese che entrambi fossero svaniti nella casa. Quindi, uscì dal viale di Luna e si avviò verso il suo appartamento vuoto.

CAPITOLO 13

"Fai come se fossi a casa tua," disse Luna a Levi mentre gli faceva cenno di entrare nella nuova casa che aveva preso in affitto.

"Questa è la tua nuova casa?" chiese il ragazzo, lanciando un'occhiata al solitario divano del salotto.

"Già. È molto più carina dell'appartamento, vero?" Luna si spostò in cucina e andò subito al frigorifero. "Hai fame? Vuoi qualcosa da bere?" Quando lui non rispose, Luna si lanciò un'occhiata alle spalle e lo vide immobile nel mezzo della stanza, paralizzato come un cervo di fronte ai fari di un'auto.

"Levi?" lo chiamò, per poi avvicinarsi a lui. "Va tutto bene?"

Il giovanotto si voltò verso di lei con gli occhi lucidi. "Cosa ci faccio qui?"

"Avevi bisogno di qualcuno che si prendesse cura di te," mormorò Luna, prendendo Levi per mano e accompagnandolo in cucina.

"Ma perché lo fai?" Il ragazzo sembrava sinceramente perplesso e cominciò a guardarsi attorno. C'era del nervosismo in quello sguardo guizzante e Luna si chiese se stesse già progettando la fuga.

"Ascolta, Levi," gli disse mentre prendeva un bicchiere dal mobiletto e lo riempiva di acqua filtrata dal frigorifero. Dopo averglielo messo in mano, proseguì: "In primo luogo, voglio che sia chiaro che tu sei il benvenuto a restare qui fino a quando non avrai bisogno di una casa. Dico sul serio. Va bene?"

Levi stringeva il bicchiere così forte che le sue nocche stavano cominciando sbiancare.

"Annuisci se hai capito," disse gentilmente Luna.

Il ragazzino le rivolse un breve e secco cenno del capo.

"Ottimo. Ora, per quanto riguarda il motivo per cui ti offro il mio aiuto, beh, come ti ho detto ieri, sono stata in affidamento. E ancora oggi, sono sicura che l'unico motivo per cui sono sopravvissuta è che qualcuno si è preso cura di me e mi è rimasto accanto quando ne avevo bisogno. Sto solo restituendo il favore al mondo."

Il viso di Levi si indurì mentre posava con attenzione il bicchiere sul piano. "Per cui, è tutta una questione di karma per te. Credi che aiutando un ragazzino finocchio ti spunteranno le ali o qualcosa del genere?"

Luna avrebbe voluto mettersi a ridere, ma riuscì a trattenersi. "Le ali? Non ci avevo pensato. Onestamente, mi sembrano un po' inutili. Preferirei qualcosa di più banale, come una bella poltrona per il salotto. O magari degli sgabelli foderati per questo piano."

Levi la guardò sconvolto.

Questa volta, lei rise sul serio. "Va bene, ho capito. Era una pessima battuta. Senti, io non voglio niente in cambio. Voglio solo darti una mano. So come ci si sente a essere soli e spaventati. Se posso cambiare la situazione per te, a me basta. D'accordo?"

"E Chad? Perché ha messo il suo numero in quel sacchetto? Qual è la sua motivazione?" Nelle domande di Levi riguardo a Chad c'era una nota di nervosismo che prima mancava.

Luna si accigliò. "Sai, Levi, non posso parlare per lui o dire perché vuole aiutarti. Posso solo dire che è lui la persona di cui ti parlavo, quella che mi è stata accanto quando ne avevo più bisogno. Mi fido di lui. E con il mio passato, non è facile. Nessuno si aspetta che sia facile per te. Ma spero che ci proverai."

Lo scetticismo era scritto a caratteri cubitali sul volto di Levi. E chi poteva biasimarlo? Quel ragazzo non conosceva lei o Chad. Luna non poteva capire i sentimenti contro cui stava lottando. Sperava solo che si sentisse anche al sicuro.

"Hai fame?" chiese. "Non ho molto, ma c'è della pizza avanzata da ieri sera nel frigo, se la vuoi."

Gli occhi di Levi si illuminarono e lei vide la voglia nella sua espressione.

"Te la scaldo," disse Luna, oltrepassando Levi diretta verso il frigorifero.

"Non devi farlo tu," disse il ragazzo. "Posso farlo io."

"Ma io voglio farlo. Vai a lavarti. Sarà pronto fra un paio di minuti." Una volta che Levi fu svanito nel bagno di servizio del pianterreno, Luna impostò il timer del fornello e mise quello che restava della pizza a più gusti su una teglia prima di infilarla nel forno. Mentre la pizza si scaldava, Luna salì le scale e cambiò rapidamente le lenzuola del suo letto, per poi prendere un lenzuolo di ricambio e un paio di coperte per il divano. Una volta fatto, scese le scale e lasciò cadere il bottino sul divano.

"È per me?" chiese Levi, venendo ad aiutarla a preparare il divano.

"No. È per me. Il letto è tuo. Questa notte, dormirò sul divano."

"Ma no! Non posso accettare," insistette il ragazzo. Ma parlare ad alta voce gli strappò un sussulto e si premette una mano sulla tempia, subito sotto i punti.

"Puoi e lo farai," disse Luna con un sorriso gentile. "Io sto benissimo qui sotto. E poi, se mi lasci fare la mamma per un po', mi farai un favore."

L'espressione di Levi si intenerì mentre parte della sua diffidenza svaniva dagli occhi sospettosi. "Va bene," mormorò. "Credo di potercela fare."

"Ottimo. Adesso mangia un po' di pizza." Luna lo sospinse in cucina, tirò fuori la pizza dal forno e gli diede tre delle quattro fette, tenendone una per sé.

Dato che non aveva ancora né sgabelli né un tavolo, mangiarono in piedi al piano della cucina. Levi trangugiò due fette e poi, arrivato alla terza, esitò. "Sei sicura di non volerla?"

"Sicurissima. Anzi, se vuoi, puoi finire anche questa. Sono piena." Luna spinse verso il ragazzo la fetta mangiata a metà.

Lui scosse la testa. "Assolutamente no. Non voglio rubarti la cena. Non puoi essere piena dopo mezza fetta."

"Fidati, lo sono," disse lei, dandosi una pacca sul ventre. "Chad e io abbiamo mangiato degli hamburger prima che tu ci chiamassi. Se mangio ancora, rotolerò."

Levi diede un morso alla terza fetta, osservando Luna. "Mi dispiace di aver interrotto il vostro appuntamento. Immagino che la serata non dovesse finire così."

"Non era un appuntamento," disse automaticamente lei, anche se, nel momento in cui pronunciò le parole, si rese conto che erano una menzogna. Perché aveva avuto tanta fretta di negare la verità?

Levi inarcò le sopracciglia. "Davvero? A me sembra che voi due vi piacciate parecchio."

Beh, a lei Chad piaceva sicuramente, ma non aveva idea di come la vedesse lui. "Immagino che tecnicamente fosse un appuntamento," ammise. "Gli avevo chiesto di uscire per ringraziarlo per avermi aiutato a traslocare, ieri. Per quanto riguarda il piacersi, siamo solo amici."

Un sorriso divertito prese possesso delle labbra di Levi mentre scuoteva leggermente la testa. Il suo volto si illuminò completamente e la pesantezza che portava sempre con sé parve dissolversi. Era bellissimo, gli occhi marroni che luccicavano, facendole venire voglia di fare qualunque cosa fosse necessaria per fargli comparire di nuovo con l'espressione sul volto. "Detesto darti la notizia, ma voi non siete solo amici. Ci sono troppe scintille per quello."

"Non c'è nessuna scintilla," mentì lei, non volendo che Levi si facesse un'idea sbagliata... o permettere che lui la incoraggiasse in qualcosa che sembrava improbabile.

Levi ridacchiò. "Sì che ci sono. Ti ricordi quando abbiamo parlato delle mie premonizioni?"

"Sì." Il cuore di Luna spiccò un balzo gigantesco. Che cosa aveva visto Levi riguardo a loro? Voleva davvero saperlo?

"Vedo anche altre cose. Come delle vere e proprie scintille quando due persone che si vogliono bene entrano in contatto fisico. E quando Chad ti tocca, ci sono i fuochi d'artificio."

Probabilmente solo dalla parte di Luna, decise. Perché lei aveva abbastanza sentimenti repressi nei confronti di Chad da poter illuminare il cielo. Si limitò a fare spallucce, quindi distolse l'attenzione dal suo cuore confuso. "Se vedi quel genere di cose, è ufficiale: sei proprio una strega dello spirito.

Quali altri poteri possiedi, a parte vedere scintille e avere premonizioni?"

Il divertimento di Levi svanì quando la sua espressione si fece neutra e fu il suo turno di fare spallucce.

Luna rise. "D'accordo, non dirmelo. Ma ti avverto che cercherò di estorcerti la verità."

Un vago sorriso prese di nuovo possesso delle labbra del ragazzo. "Provaci pure."

Luna ridacchiò. "È giusto."

La conversazione cessò mentre Levi finiva la pizza. Poi lui sollevò lo sguardo su Luna, la stanchezza incisa attorno agli occhi mentre sembrava vacillare.

"D'accordo, l'orario delle visite è finito. È ora di andare a letto." Luna sospinse Levi su per le scale e nella sua camera da letto. "Ho cambiato le lenzuola e ti ho preparato una vecchia maglietta e dei pantaloni della tuta da usare come pigiama. Per fortuna sei magro, altrimenti non avrei avuto nulla da prestarti." Luna ammiccò. "Non preoccuparti: non sono cose troppo da femmina."

"Non importa," borbottò il ragazzo, che già si stava sedendo sul letto.

Luna si inginocchiò e lo aiutò a togliere le scarpe malconce. Il poverino aveva bisogno praticamente di tutto. "Non ho uno spazzolino extra, ma ho lasciato del dentifricio e una saponetta nuova nel bagno. Usa pure tutto quello che trovi. Domani faremo rifornimento. Gerry ha detto che devi aspettare almeno ventiquattr'ore prima di bagnare i punti, per cui stai attento. D'accordo?"

Levi annuì. "Posso farcela."

"Ne sono sicura." Luna si alzò e si recò alla porta. "Verrò a svegliarti fra qualche ora. Ordine della guaritrice."

"Va bene." La voce di Levi era gracchiante mentre lui si spingeva via dal letto e si trascinava nel bagno.

Luna avrebbe voluto aspettare e assicurarsi che il ragazzo tornasse a letto sano e salvo prima di scendere di sotto, ma non voleva farlo sentire un invalido, per cui prese un paio di pigiami da uno scatolone sul pavimento e si costrinse a tornare in salotto. Dopo aver fatto un salto nel bagno di servizio per prepararsi ad andare a letto, si infilò sotto le lenzuola del letto improvvisato sul divano e impostò la sveglia sul cellulare. L'affaticamento calò sulle sue ossa mentre giaceva in attesa del sonno. Ma esso non giunse mai. E quando suonò la sveglia, lei era ancora sveglissima.

Senza esitazione, Luna salì le scale e trovò la porta della camera da letto leggermente socchiusa, proprio come l'aveva lasciata. Bussò brevemente e udì una voce roca: "Sì?"

Luna aprì ulteriormente la porta e fece capolino nella stanza. "Levi? Ti senti bene?"

"Certo." Il ragazzo era raggomitolato sul fianco, la coperta tirata fino al collo, in una specie di bozzolo. Sano e salvo dove lei lo aveva lasciato.

"Sei riuscito a dormire un po'?" chiese Luna mentre entrava nella stanza. Si sedette sul bordo del letto accanto al ragazzo per guardarlo negli occhi. Levi aveva lo sguardo assonnato, ma non confuso o frastornato. Ciò era bene.

"Un pochino. Ti ho sentita salire le scale."

"Davvero?" Luna ridacchiò. "E io che pensavo di aver fatto piano."

Levi chiuse gli occhi e un piccolo brivido parve scuoterlo. "Diciamo che ho il sonno leggero."

L'orrore si avvolse a spirale nel ventre di Luna. Quel brivido non aveva nulla a che vedere coi naturali ritmi del sonno di Levi. Quello era un ragazzo abituato a dormire con un occhio aperto. Il suo cuore si frantumò di nuovo. Deglutì faticosamente. "Me lo ricorderò. Hai nausea? Vertigini?"

"No," disse Levi con voce assonnata. "Solo un dolore sordo dove c'è la ferita."

"D'accordo. Non è male. Non sembrerebbe che tu abbia una commozione cerebrale, ma verrò a controllare fra qualche ora, tanto per stare sicuri. Torna pure a dormire."

Il ragazzo borbottò qualcosa che lei non capiva e si volse leggermente prima di emettere un sospiro di sollievo.

Gah. Quel suono la colpì dritto al cuore. Questa volta, quando si raggomitolò sotto le coperte sul divano, Luna si addormentò all'istante.

CAPITOLO 14

"*B*uongiorno, splendore," disse Luna mentre Levi si trascinava in cucina il mattino dopo, indossando i jeans del giorno prima e la maglietta vintage dei Rolling Stones che lei gli aveva preparato la sera prima.

Levi abbassò lo sguardo su se stesso e pizzicò la maglietta. "Spero che non sia un problema se ho preso a prestito questa. Sulla mia c'è del sangue."

"Ma certo," disse lei, sorseggiando una tazza di caffè. "Tienila pure, se vuoi. Ne ho delle altre."

"Davvero?" Levi fissò la tazza di Luna con aria vogliosa.

"Serviti pure. Ce n'è ancora nella caffettiera," disse lei, accennando alla macchinetta sul piano. "Mi piacciono i negozi di cose di seconda mano e le magliette dei concerti. È la mia unica debolezza, quando si tratta di spendere soldi."

"Figo." Levi trovò una tazza e la riempì con il caffè forte.

"C'è dello zucchero nel contenitore accanto alla caffettiera e del latte in frigorifero, se vuoi," aggiunse Luna.

Levi corresse il caffè e si appoggiò al piano, osservando la tazza.

"Hai fame? Non ho molto, ma ci sono dei bagel nella credenza e del formaggio cremoso in frigo. Oppure puoi aspettare che andiamo al bar lungo la strada per la spa. Prendo sempre qualcosa prima di andare a lavorare."

"Lavori in una spa?" Lo sguardo di Levi corse a incrociare il suo.

"Sì. Sono massoterapista."

"Oh."

Seguì un silenzio imbarazzato e, incerta sul da farsi, Luna preparò un bagel per Levi, che lui lo volesse o no. "Tieni." Glielo porse. "Puoi prendere comunque qualcosa al bar, dopo."

"Grazie." Levi prese il bagel, ma invece di divorarlo come avrebbe fatto un normale adolescente, si limitò a tenerlo in mano mentre si mordeva il labbro inferiore.

"Cosa c'è, Levi? Hai bisogno della pozione per il dolore? Probabilmente, sarebbe meglio che tu mangiassi qualcosa prima di–"

"Non è quello." Levi scosse la testa e il minuscolo sussulto lo tradì. Forse non era agonizzante, ma era palese che non era al cento per cento. Non che lei si aspettasse che lo fosse. "Mi chiedo solo… ehm, che succede adesso?"

Luna lanciò un'occhiata all'orologio. "Beh, fra una decina di minuti partiremo per il bar, poi Chad si farà trovare alla spa. Devo lavorare un po' sulla sua mano, quindi voi due andrete a fare acquisti per procurarti alcune cose di prima necessità. Dopodiché…" Luna fece spallucce. "Immagino che andremo a sentimento."

"Non dovete farmi da baby-sitter," disse il ragazzo, la voce dura. "È da molto tempo che mi prendo cura di me stesso."

Nella sua voce c'era tanta verità, tanto dolore, che gli occhi di Luna bruciarono di lacrime non versate. Le scacciò e si spostò accanto a lui, appoggiandosi a sua volta al piano. "Ne sono sicura. Ma non sarebbe bello se avessi qualcun altro che ti aiuta?"

Il giovanotto scoppiò a ridere. Le parole che pronunciò in seguito erano amareggiate e piene di risentimento. "È roba per gli altri. Quelli con delle famiglie normali."

Luna si allungò e gli afferrò la mano, stringendola il più forte possibile. "Capisco tutto quello che pensi e che provi in questo momento. Ma ti ricordi quando ti ho detto che puoi stare qui fino a quando ne avrai bisogno?"

"Sì," disse il ragazzo, con voce talmente bassa che lei lo udì a malapena.

"Era assolutamente vero, ma significa anche fino a quando *vorrai* restare. La gente come noi non ha il lusso di poter fare affidamento su una famiglia naturale, per cui ce la creiamo da soli."

"Chad è la famiglia che hai scelto?" chiese Levi.

All'inizio, quella domanda la prese alla sprovvista. L'uomo era appena rientrato nella sua vita e considerarlo un amico abbastanza stretto da definirlo uno di famiglia sembrava frettoloso o presuntuoso. Ma la verità era che lui la conosceva meglio di chiunque altro al mondo e lei sapeva senza ombra di dubbio che, se avesse avuto bisogno di lui, Chad ci sarebbe stato. Non era quello ciò che significava essere una famiglia? Luna annuì. "Sì, credo di sì."

"Sei fortunata ad avere qualcuno," disse lui, nascondendo il viso dietro la tazza.

"Hai ragione. Ma c'è spazio anche per te, sai."

Levi si irrigidì e Luna decise di non insistere. Avrebbe tanto voluto farlo sentire a suo agio, aiutarlo a guarire ciò che la sua famiglia aveva rotto dentro di lui, ma non sarebbe successo da un giorno all'altro. Il ragazzo aveva bisogno di tempo.

"Dai. Andiamo a prendere qualcosa di dolce." Luna si spinse

via dal piano. "Non so tu, ma una dose abbondante di zucchero mi farebbe molto bene, in questo momento." Levi trangugiò il resto del caffè e, con il bagel ancora in mano, la seguì fuori dalla stanza.

"Torno subito," disse Luna. "Devo prendere dei calzini." Lasciò Levi in salotto e salì di corsa le scale. Il letto era stato rifatto e la maglietta insanguinata di Levi e il pigiama che lei gli aveva prestato erano piegati e impilati nell'angolo. Accidenti, quel ragazzo era davvero attento a mostrarsi rispettoso, proprio come lo era stata lei alla sua età quando chiunque le mostrava un po' di gentilezza. Il suo cuore si ruppe e si sciolse al tempo stesso. Fu in quel momento che si rese conto che, fino a quando Levi lo avesse voluto, lei avrebbe fatto tutto ciò che poteva per assicurarsi che lo Stato gli permettesse di restare con lei.

Dopo aver preso un paio di calzini puliti, Luna entrò nel camerino alla ricerca di un maglione lungo. Spesso, la mattina faceva freddo a Keating Hollow, anche nella tarda primavera. Mentre tirava fuori il maglione da uno degli scatoloni, rovesciò accidentalmente quello con i vestiti sporchi. Gli indumenti volarono dappertutto e lei li rimise frettolosamente a posto.

Una volta finito, vide la busta che le era arrivata qualche giorno prima alla spa. Oops. Se l'era ficcata nella tasca dei jeans e se ne era prontamente dimenticata. Non aveva la minima idea di chi le avesse scritto o di come avesse fatto a trovarla, ma ora era piuttosto curiosa.

Strappò la busta e trovò un biglietto con un grosso cuore rosso sul davanti. Che strano. Aperto il biglietto, lesse le prime righe:

Cara Luna,

Mi chiamo Gia McCormick e sono la tua madre biologica.

Luna sussultò e passò rapidamente in rassegna il resto della lettera, il cuore che le martellava contro la gabbia toracica. La lettera era stata scritta da una donna che si stava disintossicando dalla dipendenza da pozioni e che sosteneva di voler fare ammenda per aver dato Luna in adozione. C'era un numero di telefono in fondo al biglietto, che era firmato *Con amore, Mamma.*

Le emozioni invasero il corpo di Luna, che non sapeva se mettersi a gridare o a piangere. Come osava quella donna firmare il biglietto *Con amore, Mamma?* Chi diavolo credeva di essere? Al tempo stesso, Luna si sentì travolta dalla possibilità che la sua madre biologica avesse cercato di contattarla.

Dopo che aveva compiuto diciott'anni ed era uscita dal carcere minorile, Luna si era iscritta a uno di quei siti creati per rimettere in contatto i bambini dati in adozione con i genitori naturali. Non aveva trovato nessuno, ma aveva lasciato i suoi dati nel caso uno dei suoi genitori la cercasse. Non sarebbe stato difficile per quella donna trovarla, se era davvero la sua madre naturale.

Ma Luna non aveva fatto i conti con la possibilità di incontrare un'ex-tossicodipendente. Dato il suo passato con la sua madre affidataria e le pozioni illegali da lei preparate, Luna non aveva interesse a conoscere altre persone che gravitassero attorno a quello stile di vita. Anche se la donna aveva detto di essere in riabilitazione. A ogni modo, c'era un abisso nello stomaco di Luna e l'idea di conoscere quella donna le faceva venire voglia di vomitare.

Ma il biglietto non includeva nessuna informazione sul perché la donna avesse dato Luna in adozione o sul perché volesse conoscerla. Diceva solo che voleva scusarsi perché faceva parte del suo programma, non perché le dispiacesse di aver dato via la figlia o perché volesse conoscerla. E quel pensiero spinse Luna ad appallottolare il biglietto. Se a Gia McCormick non importava davvero di sua figlia, Luna non le avrebbe reso il compito facile. Si ficcò il biglietto appallottolato in tasca e scese di sotto a cercare Levi.

CAPITOLO 15

C'era qualcosa di bizzarro in Luna. Chad se n'era accorto nel momento in cui era entrato nella reception della spa e l'aveva vista rabbuiata, con le sopracciglia corrugate. E quando lei si era voltata verso di lui, era pallida in viso e sembrava quasi tormentata.

"Mattinata difficile?" chiese Chad.

"No," disse frettolosamente la donna mentre guardava qualcuno alle sue spalle. "Come mai me lo chiedi?"

"Sembri... agitata."

"Sono solo stanca," disse la donna. "Mi sentirò meglio quando la caffeina avrà cominciato a fare effetto."

Chad si voltò e vide Levi spaparanzato su una delle sedie, con in mano un bicchiere dell'Incantation Café. "Ehi, amico. Come va la testa?"

"Meglio," disse Levi, che tuttavia stava osservando Luna e sembrava sua volta turbato. Come se fosse preoccupato per qualcosa.

Era l'unica conferma di cui Chad aveva bisogno. C'era

decisamente qualcosa che non andava in Luna. Era successo qualcosa fra i due?

"Pronto?" gli chiese Luna.

"Certo." Chad riportò lo sguardo su Levi. "Ti va bene restare qui un po'?"

"Sì."

"Altro che bene. Gli farò una manicure," disse Lena, ammiccando.

Levi sbuffò. "Ah sì? Chi lo ha deciso?"

"Io." La donna uscì con movenze teatrali da dietro il banco della reception. "Le tue povere cuticole mi fanno compassione. Ma non preoccuparti: se non vuoi lo smalto, non ti costringerò a metterlo."

"Ce l'hai quello blu?" chiese il giovanotto.

"Tesoro, abbiamo tutti i colori immaginabili. Seguimi." Lena lo condusse in una stanza annessa alla reception. Prima di entrare dopo di lui, lanciò un'occhiata a Luna. "Fai pure con calma. Io lo vizio un po', dopo tutto quello che ha passato ieri."

"Grazie," disse Luna, dell'espressione intenerita.

Mmm, pensò Chad. Forse, ciò che turbava Luna non riguardava per niente Levi. Lui sperava di no.

"Andiamo," disse Luna, facendogli strada lungo il corridoio fino alle salette. Dopo aver aperto una delle porte per lui, chiese: "Come va la mano?"

"È rigida." Chad la tese e cercò di fletterla, ma non riuscì nemmeno a raddrizzare le dita.

"Vediamo se riusciamo a sistemarla." Una volta che furono entrati, Luna disse: "Sdraiati supino."

Chad inarcò le sopracciglia guardando il lettino. "Vestito?"

Luna levò gli occhi al cielo. "Sì. È solo un lavoretto di mano, non un massaggio completo."

"Lavoretto di mano?" chiese lui, farfugliando per l'ilarità e la non poca voglia. "Sembrerebbe proprio il caso di spogliarmi, invece."

"Piantala," disse ridendo Luna.

"Così va meglio." Chad le sorrise. Adorava che le sue parole avessero portato a quel momento di leggerezza.

"Meglio di cosa?"

Luna avvicinò uno sgabello al lettino e prese posto.

"Quando sono entrato, avevi l'aria di una a cui era morto il cane. All'inizio, ho pensato che fosse successo qualcosa fra te e Levi, ma ora credo che si tratti di qualcos'altro. Vuoi parlarne?"

Luna esalò un sospiro pesante e le rughe fra le sue sopracciglia riapparvero quando si incupì. "Hai ragione: Levi non c'entra nulla. È fantastico. Ha paura e non sa ancora se può fidarsi di noi, ma c'era da aspettarselo."

Chad prese posto sul lettino. "È comprensibile. Allora, cos'è successo?"

Luna sistemò la sedia, quindi prese la mano di Chad. Dopo essersi versato un po' di olio sulle dita, cominciò a lavorare sui muscoli del palmo. "Ho ricevuto una lettera della mia madre naturale," disse di getto.

"La tua madre naturale?" le fece eco lui, sconvolto. Per quanto ne sapeva, Luna non conosceva l'identità di nessuno dei suoi genitori biologici. Quando era cambiata la situazione? "Da quanto sei in contatto con lei?"

"Non lo sono." Luna deglutì. "È la prima volta."

"Wow." Chad avrebbe voluto rassicurarla, magari appoggiarle una mano sul braccio, ma Luna era impegnata ad allentare la tensione delle sue dita. Invece, Chad catturò lo sguardo della donna e lo sostenne. "Cosa diceva la lettera e perché ti ha sconvolta così tanto?"

Luna passò alla base del pollice e scavò profondamente,

strappandogli un sibilo, ma ignorò la sua reazione e continuò a lavorare su quella zona. "Perché pensi che sia sconvolta?"

"Forse perché, prima di cominciare a parlare con me, eri pallida come un fantasma."

Luna serrò le palpebre. "Davvero?"

"Sì. Credo che anche Levi fosse preoccupato," disse Chad in tono gentile. Voleva farle capire che qualunque cosa stesse passando avrebbe potuto influenzare anche il ragazzo.

"Accidenti. Non voglio che si preoccupi per me." Luna si mordicchiò il labbro inferiore. "Pare che mia madre sia una ex tossicodipendente e che voglia incontrarmi per fare ammenda."

"Capisco." Chad sapeva che doveva essere stato un colpo molto duro per Luna scoprire che la madre che avrebbe sempre voluto conoscere era una tossica. Con il suo passato per quanto riguardava le pozioni, comprese le ricadute che aveva avuto la sua madre affidataria, doveva essere difficile per Luna convincersi che la disintossicazione sarebbe servita a qualcosa. "E tu cosa ne pensi? Vuoi conoscerla?"

"Lo volevo," ammise lei, lavorando sul suo indice destro. "Ma ora? Non credo. Dipendente dalle pozioni, Chad. Non ce la faccio."

"Sai che non devi farlo per forza, vero?" chiese lui, la voce gentile. "Il solo fatto che lei ti abbia dato alla luce e ti abbia contattata non significa nulla. Ha rinunciato a far parte della tua vita più di vent'anni fa. È una decisione che spetta solo ed esclusivamente a te. E qualunque cosa tu decida, è valida. Hai capito?"

Gli occhi di Luna si colmarono di lacrime mentre lei annuiva.

"Ehi." Chad allontanò la mano da quella di Luna, si mise

seduto e la circondò con entrambe le braccia, attirandola a sé. "Sei una brava persona, Luna. Te lo giuro."

"Lo so," disse lei contro la sua spalla. "Ma grazie per averlo detto."

"Non c'è bisogno che mi ringrazi. Sono qui per questo." Chad si staccò e le asciugò una lacrima.

"Sei un bravo amico." Il sorriso di Luna era acquoso, ma quella splendida scintilla che lui amava tanto era tornata nei suoi splendidi occhi.

Amico, pensò Chad. Era felice che Luna lo considerasse tale, ma mentre stava seduto sul suo lettino, ad abbracciarla, era acutamente consapevole di volere molto più dell'amicizia. Voleva lei. Il suo sguardo si abbassò sulle sue labbra rosee e lui si sforzò di mantenere il respiro regolare.

"Chad?"

Il suo nome sulle labbra della donna gli strappò quasi un fremito. Ma Chad si contenne e sollevò lo sguardo per guardarla negli occhi. "Sì?"

"Dovresti lasciarmi finire il trattamento sulla tua mano."

"Giusto." Ora che l'incantesimo si era rotto, Chad tornò a sdraiarsi e lasciò che Luna facesse la sua magia.

Venti minuti dopo, lei gli appoggiò una mano calda sulla spalla e disse a bassa voce: "Tutto fatto. Come ti senti?"

"Come se fossi pronto a schiacciare un pisolino," disse lui.

Luna rise. "Ne hai anche l'aspetto. Ma c'è un ragazzo che aspetta che tu lo intrattenga per tutto il giorno."

Chad gemette. "Ma questo lettino è davvero comodo."

"Per fortuna." Luna lo afferrò per la mano buona e lo mise seduto. Chad sapeva che non avrebbe trattato così un cliente regolare, ma quella era una cosa informale e lui non pagava nemmeno. Luna mosse una mano, indirizzandolo verso la porta. "Vai. Ho detto a Levi che lo avresti portato a comprare dei vestiti e altre cose di prima necessità. Quel poverino non ha nulla con sé."

"Ci penso io," disse Chad mentre si alzava. "Lo porterò anche nel garage di Barb. Lei mi ha chiesto di fare l'inventario dei suoi vecchi mobili in modo da cominciare a liberarsene. Posso scegliere quello che voglio, per cui, se dovesse esserci qualcosa di cui hai bisogno per la casa, fammelo sapere. Te lo porterò."

"Non puoi, Chad. Barb ha detto che tu puoi scegliere quello che vuoi, non io," disse Luna.

"Certo che posso. Barb vuole solo sbarazzarsi di quella roba e sarà felicissima se sarò io a prenderla, soprattutto se è per te."

"Come mai?" chiese Luna.

"Non lo so. Le piaci e basta. Continua a dire che dovrei chiederti di uscire." Accidenti. Perché lo aveva detto? Le parole gli erano uscite di bocca prima ancora che lui ci pensasse consciamente.

Luna lo fissò per un lungo momento, senza dire una parola.

"Cerca solo di accoppiare tutti. Non pensarci troppo," disse Chad.

"Non ci sto... pensando troppo. Ma credo che dovresti davvero chiedermi di uscire." Le guance di Luna assunsero una sfumatura rosea mentre distoglieva lo sguardo. "È stato bello, ieri sera... almeno fino a quando Levi non ha chiamato. Stavo solo pensando che, ecco, beh, forse dovremmo–"

Chad le premette un dito contro le labbra, fermandola. "Non dirlo." Sorrise mentre si sentiva come se si stesse illuminando dentro. "È il mio turno di chiederlo."

Il sorriso di Luna le illuminò gli occhi e lei disse: "Va bene. Sto aspettando."

Chad rise. "Permettimi di portarti fuori venerdì sera.

Andiamo a cena? A ballare? Magari ci facciamo una camminata al chiaro di luna sulla spiaggia, questa volta?"

"Sulla spiaggia? Vuoi portarmi sulla costa?"

"Certo. È lì che si balla," disse spigliatamente Chad. "A dire il vero, si tratta di un evento di raccolta fondi. Cocktail, aste silenziose, musica dal vivo. Sembra formale e noioso, ma ti prometto che non lo è. È un evento organizzato dal Consiglio per le arti e tutto il ricavato va a sostegno di programmi giovanili a Eureka."

"E tu come mai sei coinvolto?" chiese Luna.

"Mi è capitato di suonare il pianoforte per l'organizzazione." Chad abbassò lo sguardo sulla sua mano, rendendosi conto che non gli dava una sensazione di rigidità per la prima volta da settimane. "Ehi, a proposito, la mano va benissimo. Meglio che mai da quando me la sono lesionata."

Luna gli sorrise radiosa. "Potrei aver usato un po' della mia magia curativa. Spero che ti aiuti a guarire e che non si limiti a mascherare il dolore."

"Lo spero anch'io." Chad premette il palmo della mano contro la guancia di Luna. "Di' di sì per venerdì."

"E Levi?"

"È un ragazzo adolescente. Può cavarsela da solo per qualche ora." Giusto? Chad immaginò Levi da solo a casa di Luna. Certo, sapeva prendersi cura di sé, ma cosa sarebbe successo una volta che sarebbe rimasto solo? I ragazzini traumatizzati in quel modo, spesso, erano imprevedibili. "Troveremo una soluzione. Chiederò a Candy se qualcuno dei ragazzi della città ha qualcosa in ballo."

Candy era la cugina di Hanna e lavorava part-time al bar. Era una ragazza amichevole ed estroversa, che probabilmente avrebbe fatto amicizia spontaneamente con Levi. Era fatta così. Chad avrebbe fatto in modo di incrociarla mentre lui e Levi facevano le commissioni.

"Sarebbe un'ottima idea," disse Luna, annuendo. So che è grande abbastanza da non aver bisogno della babysitter, naturalmente, e non voglio che creda che noi lo pensiamo, ma sono preoccupata. So com'era a sentirsi soli a quell'età. Non è bello."

"Probabilmente, ha bisogno di qualcuno con cui parlare," disse Chad.

"Sì. Sono d'accordo." Luna lanciò un'occhiata alla porta. "Ma prima, prenderò appuntamento con Lorna White per scoprire cosa possiamo e non possiamo fare per Levi."

"Ottimo. Meglio prima che poi." Lorna White era l'avvocato di Keating Hollow. Chad sperava che avesse esperienza sufficiente con il diritto di famiglia. "Fammi sapere se vuoi che venga con te."

"Lo farò." Luna sollevò lo sguardo per incrociare il suo. "Riguardo a venerdì…"

"Sì?" chiese lui, quasi trattenendo il fiato. *Di' di sì*, pensò. *Lascia che ti tenga stretta mentre balliamo per tutta la notte.*

"La risposta è sì. A che ora vieni a prendermi?"

La felicità invase il suo petto e questa volta, quando abbassò lo sguardo su di lei, non riuscì a resistere. Si chinò e le sfiorò le labbra con le sue. Era così morbida, così dolce, così *sua*.

Dèi. L'aveva a malapena toccata e già la stava rivendicando. Si staccò. "È un appuntamento. Fammi sapere quali mobili stai cercando e io controllerò fra le cose di Barb. Immagino che un letto in più per Levi potrebbe farti comodo." Fece una pausa e la osservò. "Sei sicura che ti vada bene che lui si trasferisca da te a tempo indeterminato?"

La testa di Luna fece su e giù. "Sicurissima."

"È quello che pensavo, ma non volevo darlo per scontato. D'accordo, un letto per Levi. C'è altro?"

Luna ridacchiò. "Più o meno tutto. Hai visto quel poco che ho. Ma la cosa più importante sono un secondo letto, degli sgabelli o un tavolo con le sedie per la cucina, e un paio di cassettoni."

Chad digitò la lista nel cellulare. "È un buon inizio. Ti manderò le foto di quello che troveremo e tu potrai dire di sì o di no. Va bene?"

"Va benissimo." Luna lo guardò con la meraviglia negli occhi e a Chad tornò in mente che quello era lo stesso sguardo che aveva avuto quando lui le aveva detto che avrebbe potuto avere la sua stanza libera quando avrebbe compiuto diciott'anni. Stupore, speranza, fiducia: era tutto lì, in superficie, e lui adorava essere il responsabile di quell'espressione.

"Ottimo." Non riuscì a resistere. Si chinò e la baciò di nuovo. Questa volta, le infilò la lingua oltre le labbra e sentì sapore di miele. "Mmm. Gustoso."

Luna si premette contro di lui, approfondendo il bacio ed emettendo un piccolo gemito di apprezzamento.

Accidenti. Se lei lo avesse rifatto, Chad l'avrebbe sollevata e buttata sul lettino. Con riluttanza, si staccò. "Avrai dei clienti in arrivo."

"Fra dieci minuti," confermò Luna.

"Va bene. Ti scrivo dopo."

"Sarà meglio per te," disse lei, aprendogli la porta.

Una volta che Chad se ne fu andato, Luna tirò fuori il biglietto appallottolato dalla tasca e fissò il numero. Quindi andò al telefono e chiamò.

CAPITOLO 16

*C*had parcheggiò di fronte all'Incantation Café. "Hai fame?" chiese a Levi.

L'adolescente fece spallucce.

Che diamine significava? "Non parlo la tua lingua. Vuoi essere più preciso?"

Levi borbottò qualcosa mentre voltava la testa e guardava fuori dal finestrino.

Chad giunse alla conclusione che si sarebbe infastidito, se non fosse stato così divertito. Riusciva a sentire la voce di sua madre che gli diceva che stava mettendo a dura prova la sua pazienza. "Non ho capito. Vuoi ripetere?"

"Non ho soldi," sbottò il ragazzo.

"Ah. Capisco. Beh, la buona notizia è che non ti servono. Oggi offro io." Chad accennò con il capo al bar. "Ti sdebiterai un'altra volta."

Levi scoppiò in una risata incredula. "E come?"

Chad fece spallucce. "Tornerai a scuola e magari troverai un lavoro. Non ho fretta. Ora mangiamo qualcosa, poi andiamo al negozio a comprare quello che ci serve." Senza aspettare una risposta, Chad saltò giù dal furgone ed entrò nel bar. Pochi istanti dopo, Levi lo raggiunse.

Candy apparve dal retro, i capelli scuri raccolti in una coda di cavallo spessa e riccia. Diede un'occhiata a Levi e gli rivolse un sorriso irriverente. "Ma ciao. Sei nuovo in paese."

Levi rivolse la propria attenzione verso di lei e annuì leggermente. Candy era una bella ragazza, con la pelle di bronzo, grandi occhi scuri e un fisico snello e atletico. Chad si disse che qualunque ragazzo adolescente avrebbe iniziato a sbavare. Ma Levi non sembrava interessato, da quel punto di vista. Invece, appoggiò il fianco al bancone e disse: "Sei truccata benissimo."

Candy si illuminò e il suo sorriso illuminò la stanza. "Grazie. Guardo un sacco di video. Deve essere servito a qualcosa. Adoro la sfumatura di quello smalto blu. Come si chiama?"

Levi fece spallucce. "Non ne ho idea. Me lo ha messo Lena, alla spa."

Candy si sfregò le mani con entusiasmo. "Perfetto. Chiederò a lei. Cosa posso portarvi?"

La giovane prese le ordinazioni e disse che avrebbe portato tutto una volta pronto.

"Allora. Candy," disse Chad a Levi quando si sedettero. "Che ne pensi?"

Levi gli rivolse un'occhiata piatta. Poi la sua espressione si fece sospettosa mentre diceva: "Non mi piacciono le ragazze."

"Certo che no," disse subito Chad, cercando di metterlo a suo agio. L'aveva capito quasi subito mentre guardava lo scambio di battute fra i due. "Voglio dire, credi che sarebbe una buona amica?"

"Ma insomma," disse Levi, che suonava infastidito. "Perché

stai cercando di combinarmi qualcosa con una persona che ho conosciuto mezzo secondo fa?"

Chad arrossì. Poi rise. Levi non era un bambino piccolo. Non aveva bisogno che qualcuno gli trovasse degli amichetti con cui giocare. L'onestà era la miglior politica, giusto? Valeva la pena provare. "Il fatto è che vorrei portare fuori Luna venerdì. E sebbene lei sappia che tu sai prenderti cura di te, esita un po' a lasciarti solo così presto dopo il tuo… incidente."

"Vuoi dire così presto dopo che mio zio mi ha massacrato di botte," disse Levi, badando a usare un tono di voce neutro.

"Già. Quello. Mi dispiace, amico." Chad si passò una mano fra i capelli. "Probabilmente, lei si sentirebbe meglio se tu avessi qualche amico con cui stare. Tutto qui."

"Qualche amico," borbottò Levi. "Non è… Lasciamo perdere."

Chad inclinò la testa. "Cosa volevi dire?"

Levi esalò il fiato e Chad riuscì quasi a vedere il momento in cui il ragazzo giunse alla stessa conclusione a cui era giunto lui pochi istanti prima: a volte, era più facile dire la verità. "Avevo un solo amico, il mio migliore amico, e quando i suoi genitori hanno scoperto che ero gay, un paio di anni fa, è finita. Mi hanno escluso completamente."

Lo stomaco di Chad si rivoltò. Detestava poche cose al mondo più del bigottismo. Soprattutto quando a farne le spese erano i più giovani. "È uno schifo. Mi dispiace tanto."

"Anche a me." Levi guardò fuori dalla finestra.

Porca di quella… Chad non sapeva come reagire. Tutto suggeriva che Levi fosse un bravo ragazzo, dal cuore gentile. Chad avrebbe voluto stringerlo in un enorme abbraccio e promettergli che la vita sarebbe migliorata. Che non sarebbe sempre stata così brutta. Ma chi era per dire cose del genere? Non aveva idea di cosa il futuro avesse in serbo per i giorni o le settimane a venire. "So che è ridicolo e che sembrano parole di un padre di altri tempi, ma puoi contare su di me come amico, Levi."

Lo sguardo del ragazzo corse a lui. "Spero non un amico viscido."

Chad ebbe un sussulto, sconcertato da quel commento. Poi serrò le palpebre e scosse la testa. "Dèi, Levi. No."

"Allora perché?" domandò Levi. "Non capisco. Tu e Luna siete come due angeli scesi dal Paradiso, sempre che esista. Ma io non me lo merito. Non sono speciale. Perché fate tutti questi sforzi se non volete qualcosa da me?"

Chad incrociò le braccia e osservò il ragazzo. "Io lo faccio perché, quando ero un po' più giovane di te, avevo un patrigno che era uno stronzo violento e non sapevo a chi chiedere aiuto. Ho vissuto nel terrore più di quanto voglia raccontare e mi chiedo spesso cosa sarebbe potuto cambiare se ne avessi parlato anche solo con una persona. Un adulto che avrebbe potuto sapere cosa fare, o cosa dire, per cambiare le cose per me. La tua situazione è diversa, Levi, ma tu hai bisogno di aiuto e darti quell'aiuto mi fa sentire bene. Nessun ragazzo dovrebbe essere solo e spaventato. Per cui, il motivo per cui voglio aiutarti è che, quando avevo quattordici anni, avrei tanto voluto avere qualcuno a cui rivolgermi. Lo faccio per il ragazzo che ero. O almeno, era così all'inizio. Ora lo faccio perché tu mi piaci. Sei un bravo ragazzo che merita un po' di sollievo. Se vuoi conoscere le motivazioni di Luna, dovrai chiederlo a lei."

"L'ho già fatto," disse Levi, gli occhi spalancati. "Lei ha detto qualcosa di molto simile. Che voleva restituire un favore al mondo."

Interessante. Era palese che il ragazzo non si lasciava avvicinare facilmente. E chi poteva biasimarlo? Chad sperava solo che sarebbe riuscito ad abbassare almeno uno di quei numerosi scudi. Avrebbero dovuto abbatterne la maggior parte, se Levi voleva guarire dai rifiuti che aveva già sperimentato nella sua giovane vita.

"Il brunch è servito," disse Candy in tono musicale mentre metteva i piatti in tavola. "Torno subito. Vado a prendere le vostre bevande. Scusate l'attesa."

Chad guardò Levi osservare la ragazza che si allontanava con andatura rilassata.

"È davvero tanta roba," disse Levi in tono quasi rammaricato.

"Pensavo che non ti piacessero le ragazze," osservò Chad.

Il ragazzo rise. "Non mi piacciono. Ma, accidenti, posso godermi la vista di una donna sexy, no?"

"È giusto," disse Chad.

Stavano ancora ridacchiando quando Candy tornò con le loro bevande. Poi, Levi sorprese Chad chiedendo a Candy: "Ehi. C'è qualcosa di interessante in città il venerdì sera? Qualche ritrovo fra ragazzi o qualche posto che dovrei conoscere?"

"Mmm, niente di ufficiale. Ma se cerchi qualcuno con cui passare del tempo, io sono libera. Ma solo per un'amicizia. Ho il ragazzo."

Levi le sorrise. "È figo?"

Piccole rughe di divertimento apparvero attorno agli occhi di Candy. "Tantissimo. Perché?"

"Mi stavo solo chiedendo se avesse un fratello libero," disse Levi, stringendosi nelle spalle.

Candice scoppiò a ridere. "No, ma..." Squadrò Levi da capo a piedi. "Sì, va bene. Vieni con noi venerdì sera. C'è una persona che devi conoscere."

"Oh, no. Un appuntamento al buio." Levi scosse la testa,

arrossendo come un peperone. "Non mi trovo molto bene in quelle situazioni."

"È normale essere nervosi," disse annuendo Candy. "Ma non preoccuparti. Sarà un'uscita di gruppo." Tirò fuori il telefono dalla tasca. "Mi lasci il tuo numero? Ti manderò i dettagli per messaggio."

Levi aprì e chiuse la bocca mentre scuoteva la testa. "Mi è morto il telefono. Non ho ancora avuto modo di prenderne uno nuovo," borbottò.

"Oh. Beh, allora ti lascio il mio numero, così puoi scrivermi tu quando potrai," disse la ragazza senza esitazione. Tornò al bancone, scrisse un numero e, quando tornò, lo diede a Levi.

"Sì, va bene," disse il ragazzo, infilandosi il biglietto nella tasca dei jeans. Ma poi guardò fuori dalla vetrina con un'espressione sconfitta sul viso.

Candy lanciò un'occhiata a Chad, con un'espressione preoccupata sul viso che sembrava chiedere *Cosa ho detto?*

Chad scosse leggermente la testa, incerto su come rispondere. Riusciva a immaginare quello che stava pensando Levi. Lui non aveva un telefono. Non aveva granché, nemmeno un cambio di vestiti, al momento.

"È stato un piacere conoscerti, Levi," disse Candy. Quando Levi spostò lo sguardo su di lei, la ragazza aggiunse: "È sempre un piacere conoscere ragazzi carini e interessanti. Ci vediamo venerdì."

"Grazie. Anche tu lo sei." Levi si schiarì la voce. "Aspetterò con ansia."

Candy salutò e tornò dietro al bancone per smaltire la coda che si stava formando.

～

CHAD ACCOMPAGNÒ LEVI lungo il marciapiede del centro commerciale all'aperto. "Vedi qualche negozio promettente?"

Erano finiti a Eureka, dato che Keating Hollow non aveva esattamente negozi di abbigliamento che si rivolgessero ad adolescenti umorali. Chad indicò il negozio della Old Navy. "Che ne dici di quello? O di The Gap. Hanno dei buoni jeans, no?"

Levi levò gli occhi al cielo. "Non posso andare in nessuno di quei due posti."

"E perché no?" Chad incrociò le braccia. Cominciava davvero a stancarsi della scusa dei soldi. Levi non voleva fare nulla che costasse denaro. Era palese che non voleva approfittarsi di nessuno, né tantomeno indebitarsi.

"È solo che…" Levi si ficcò le mani nelle tasche dei pantaloni.

"Solo che cosa?"

"Possiamo andare in un negozio di usato? Come il Buffalo Exchange?" chiese Levi.

"Ti piace il vintage?" Chad fu subito molto interessato. "Va bene. Andiamo."

Una volta raggiunto il negozio di usato, Chad riuscì a convincere Levi a comprare vestiti sufficienti per almeno una settimana. Quando Levi continuò a insistere che doveva trovare un modo per ripagarlo, Chad disse: "Non preoccuparti. Facciamo così: mi aiuterai ad allestire il negozio. Se vorrai farlo, detrarrò il costo dei vestiti dalla paga."

Levi si voltò e lo fissò. "Cosa?"

"Sto per aprire un negozio di musica a Keating Hollow. Ho bisogno che qualcuno mi aiuti a imbiancare e allestire il negozio. Ci stai?"

"Certo!"

"Ottimo." Chad passò il braccio attorno alle spalle del

ragazzo e lo condusse alla cassa. "Prendiamo queste cose, poi andremo da Target a comprare il resto di quello che ti serve prima di tornare in paese e saccheggiare il ripostiglio di Barb. Con un po' di fortuna, riusciremo a portare tutto a casa di Luna prima che lei torni dal lavoro."

L'espressione gioiosa di Levi svanì e questi distolse di nuovo lo sguardo.

Chad trattenne un sospiro carico di frustrazione. Cosa c'era adesso? I mobili erano gratis. Anche se si aspettava che il ragazzo schivasse la domanda, la fece comunque: "Levi, che succede?"

Con suo stupore, Levi voltò su di lui uno sguardo preoccupato e disse: "Credo che Luna abbia cambiato idea."

"Riguardo a cosa?"

"Riguardo all'ospitarmi. Questa mattina è diventata strana e silenziosa e... Non dovrei fermarmi a lungo."

Chad afferrò il braccio di Levi e lo strinse delicatamente. "Non è affatto così, Levi. Questa mattina, Luna ha ricevuto una notizia inaspettata; tu non c'entri nulla. Fidati di me. Se te ne andassi per qualcosa che lei ha detto questa mattina, ci rimarrebbe malissimo. Non lascerà che tu torni in mezzo alla strada, se può fare qualcosa per evitarlo. Se tu non vuoi restare a Keating Hollow, è un altro discorso; ti troveremo un posto sicuro–"

"Non voglio andarmene," disse subito Levi, distogliendo lo sguardo mentre i suoi occhi si velavano di lacrime.

Chad esalò un sospiro di sollievo. "Ottimo. Ottimo." Lasciò andare il braccio di Levi e fece un passo indietro. "Sei pronto a esplorare il reparto igiene personale di Target?"

Levi si passò una mano fra i capelli; il gesto li fece rizzare in ciocche disordinate. Il ragazzo fece una smorfia e se li appiattì. "Prontissimo."

Chad poteva solo immaginare come doveva sentirsi. Aveva palesemente fatto la doccia da quando Chad lo aveva visto la sera prima, ma era probabile che Luna non avesse a disposizione un deodorante extra, uno spazzolino o qualunque altra cosa di cui Levi potesse avere bisogno. "Andiamo, allora."

Era tardo pomeriggio quando Chad e Levi finirono di montare il letto che avevano trascinato a casa di Luna dal garage di Barb. Era un letto doppio con il materasso leggermente duro, ma Levi sorrideva radioso mentre fissava il mobile. "Sai da quanto tempo non avevo un letto mio in cui dormire?"

"Dodici ore?" scherzò Chad. "Luna ti ha ceduto il suo, ieri notte?" Dopo la spesa da Target, Levi si era finalmente rilassato e aveva trascorso la giornata sorridente. Era bello vederlo accettare l'aiuto che Chad e Luna volevano tanto disperatamente dargli.

Levi alzò gli occhi al cielo. "A parte quello. Ho accettato solo perché mi scoppiava la testa e discutere con Luna mi dava la nausea."

"Ma certo," disse annuendo Chad. "A volte, è meglio dare ragione alle donne. Capisco." Ammiccò. "Allora, quanto tempo?"

"Nove o dieci anni," disse Levi con una scrollata di spalle. "Dopo che mio padre si è risposato, ho acquisito quattro fratellastri. Tutti più piccoli di me. Hanno dato il letto a mia sorella maggiore e a me è toccato il divano." I suoi occhi lampeggiarono di rabbia quando aggiunse: "Avevano detto che mi avrebbero comprato un letto nuovo, ma i figli della 'mostrigna' avevano sempre bisogno di qualcos'altro più di quanto ne avevo io di un letto. E poi, quando hanno cominciato a sospettare che fossi gay... beh, probabilmente è stata una fortuna che non mi abbiano cacciato prima."

"Accidenti, Levi. È crudele. Mi dispiace, amico." Chad gli diede una pacca sulla spalla.

"Sì. È vero," disse semplicemente il ragazzo. Poi abbassò nuovamente lo sguardo sul letto e sorrise. "Ma grazie a te e a Barb, ho un letto che spacca."

"Sì, è vero," disse Luna, entrando nella stanza. "Ma mettici sopra questo prima di mettere le lenzuola. Così non ti verrà mal di schiena." Gettò un topper di schiuma sul materasso e poi corse fuori, solo per tornare un attimo dopo con delle lenzuola, due coperte e un paio di cuscini.

Fissando le lenzuola, Levi chiese: "Da dove arriva questa roba?"

Luna fece spallucce. "Dalla fata dei letti."

Gli occhi di Levi scintillarono mentre farfugliava: "La fata dei letti? Posso averne una anch'io? Maschio, grazie." Non appena le parole gli uscirono di bocca, sussultò e si portò una mano alla bocca mentre borbottava: "Scusate."

Luna si limitò a ridere. "Se esistesse davvero la fata dei letti, mi metterei in coda."

Levi spalancò gli occhi per lo stupore mentre la fissava a bocca aperta. Chad spostò l'attenzione su di lei e la sua temperatura si alzò mentre immaginava di mettersi nel suo letto e coprire il suo corpo con il proprio. *Porca miseria*, pensò mentre distoglieva lo sguardo. *Non adesso, che diamine. Non adesso.*

CAPITOLO 17

*L*una non mancò di notare lo sguardo che le aveva lanciato Chad. E il suo corpo reagì istantaneamente con una palpitazione, seguita da formicolii che le danzavano sulla pelle. L'uomo non l'aveva nemmeno toccata, ma lei aveva la sensazione di sentire i polpastrelli che le scivolavano sulla pelle.

"Wow. Mi sento il terzo incomodo. Vado di sotto mentre voi due fate, ehm, quello che dovete fare," disse ridacchiando Levi mentre usciva di corsa dalla stanza.

Luna lo guardò allontanarsi, inorridita. Arrossì violentemente e distolse lo sguardo.

Chad ridacchiò.

"Cosa c'è?" chiese lei con gli occhi stretti.

"Noi." Si allungò e le afferrò delicatamente la mano, avvicinandola a sé. "Possiamo continuare a girarci attorno, o possiamo ammettere che siamo entrambi persi."

Lei lo guardò perplessa. "Non so di cosa stai parlando. È meglio–"

Chad le mise le dita sulle labbra, arrestando le sue parole.

"Sì che lo sai." Invece di allontanare la mano, le passò delicatamente il pollice sul labbro inferiore. "Hai idea di quanto vorrei baciarti in questo momento?"

Le si mozzò il fiato. Desiderava più di ogni altra cosa sporgersi verso di lui e assaggiarlo di nuovo. Il bacio che avevano condiviso alla spa era rimasto con lei per tutto il giorno. Avrebbe mentito se avesse finto di non volerlo a sua volta. Esalò un piccolo sospiro e si sporse, bisbigliando: "Non dovremmo farlo, in questo momento."

"Probabilmente no," concordò Chad, che tuttavia le circondò le guance con entrambe le mani e le sfiorò le labbra con le proprie. "Ma volevo farlo da quel giorno in cui ti ho vista seduta al bancone della birreria."

Luna emise un verso di apprezzamento e si lasciò andare al bacio, non essendo disposta a dirgli quanto a lungo lo aveva desiderato. Chad sapeva di cioccolato, caffè e casa. Le braccia di Luna circondarono il fisico solido dell'uomo e lei si chiese se si fosse mai sentita al posto giusto come in quel momento. Era esattamente dove doveva essere, con l'unico uomo che avesse mai amato.

La vita era praticamente perfetta.

Si irrigidì e poi si staccò, sconcertata e decisamente spaventata. "Perfetta" non voleva dire "buona." "Perfetta" voleva dire che stava per crollare tutto. "Perfetta" era un momento fugace e lei era sicura che la bolla stesse per scoppiare.

"Cos'è successo?" chiese lui, scrutandola in viso, osservandola attentamente. "Dove sei andata?"

"Sono tornata alla realtà. Senti, Chad. Di sotto c'è un ragazzo di sedici anni. So che mi hai detto che avete passato una bella giornata e che lui sta bene, ma quel genere di trauma non svanisce nel nulla. Devo andare a preparare la cena e discutere con lui del da farsi. Non restare qui a limonare con te." Luna abbassò lo sguardo sulle labbra dell'uomo e dovette costringersi a distoglierlo. "Hai finito qui?"

"Ehm, sì." Chad si passò una mano fra i capelli chiari ed esalò il fiato. Poi, il suo sorriso sbarazzino ricomparve quando disse: "Va bene. Hai ragione. Andiamo a preparare la cena."

Il cuore di Luna precipitò per la delusione. Non si era aspettata che l'uomo accettasse con tanta facilità. O forse aveva semplicemente sperato che non lo avrebbe fatto. Troppo tardi. Lei aveva tirato i freni e lui aveva rispettato la sua decisione. Naturalmente. Non era il tipo da insistere.

"Giusto." Luna girò sui tacchi e si incamminò verso la porta.

"Luna?"

"Sì?" Lei si guardò alle spalle.

"Ne riparleremo questo venerdì, quando verrò a prenderti per uscire." Le rivolse un mezzo sorriso sexy prima di oltrepassarla e scendere le scale.

Bastardo arrogante, pensò Luna, ma mentre scendeva in cucina, non riuscì a cancellarsi il sorrisetto stupido dal viso né a scacciare le farfalle che avevano preso casa nel suo stomaco. Lui la voleva e si stava assicurando che lei lo sapesse. Luna sperava solo di non essersi tuffata in acque profonde senza salvagente.

Trovò Levi in cucina, intento a sminuzzare un peperone. Il ragazzo aveva già tritato una cipolla e un sacchetto di carote che lei aveva portato a casa dal negozio. Quando Luna spostò lo sguardo, vide una scodella piena di petto di pollo a tocchetti. "Ehi," gli disse, sorridendo. "Sembrerebbe proprio che tu sappia come si tratta un pollo."

Levi fece spallucce. "Non sono uno chef, ma conosco gli ingredienti per fare un buon piatto in padella."

"Vuoi una mano o–"

"Ci penso io," disse Levi, agitando una mano. Ma poi si fermò e quello sguardo preoccupato ricomparve nei suoi occhi. "A meno che non volessi cucinare tu. Sono così abituato a prendermi cura di me stesso che non ho pensato di chiedertelo."

"Levi, puoi cucinare quello che vuoi, quando vuoi. Non devi chiedere il permesso. Soprattutto se prepari la cena per tutti."

Il sollievo travolse il ragazzo e le sue spalle si rilassarono. "Va bene. Ottimo. Mi piace cucinare. Sarò felice di farlo quando vorrai."

"Il lavoro è tuo," disse lei con un ampio sorriso. Il fatto che Levi si fosse preso la briga di iniziare a preparare la cena senza che nessuno glielo avesse chiesto le stringeva il cuore. Argh. Era un ragazzo dolcissimo. Luna non riuscì a non chiedersi per la ventesima volta come mai fosse diventato un senzatetto. Dato che Levi aveva tutto sotto controllo, lei si sedette sullo sgabello nuovo di fronte a lui e giunse le mani. "Possiamo parlare un momento?"

Levi si fermò, tenendo il coltello sospeso sopra il peperone rosso. "Di cosa?"

Luna prese fiato. Non voleva agitarlo, ma se Levi doveva restare, lei doveva trovare un modo per rendere la cosa ufficiale. Non voleva che il ragazzo si stabilisse e si affezionasse, per poi essere trascinato via dalla casa di Luna per motivi prevenibili. "Voglio parlare con un avvocato per quanto riguarda il da farsi e prima avrò bisogno di qualche informazione."

"Un avvocato?" Il viso di Levi era contratto, come se fosse preoccupato.

"Sì, una persona che possa aiutarci a capire come puoi restare qui senza che violiamo la legge. Devo scoprire come fare a diventare il tuo tutore legale, in modo che tu possa tornare a scuola e che tuo zio non possa semplicemente venire qui e ordinarti di tornare dov'eri prima. Non volevo impicciarmi, ma mentre salivo le scale ti ho sentito dire che tuo padre ti ha cacciato di casa. C'è motivo di credere che potrebbe volere che tu tornassi, ora che è passato un po' di tempo?"

Il ragazzo impallidì e sbatté rapidamente le palpebre, scacciando le lacrime che erano spuntate all'improvviso. "No. Non gli interessa avere... a che fare con me."

Luna avrebbe tanto voluto prenderlo fra le braccia e trovare un modo per stringerlo fino a quando tutte le sue ferite non fossero guarite. Ma sapeva che ciò non sarebbe accaduto da un giorno all'altro. Probabilmente nemmeno nel tempo di una vita, ma era disposta a provarci. "Va bene. Mi dispiace sentirtelo dire, ma spero significhi che sarà più facile seguire tutte le procedure legali per farti restare qui. Che ne dici di incontrare un avvocato, in modo che tuo zio non possa accampare diritti?"

Un brivido percorse visibilmente Levi quando una paura inconfondibile lampeggiò nei suoi grandi occhi marroni. Si guardò attorno come se stesse cercando di capire se suo zio fosse già a casa di Luna, pronto a esigere che lui tornasse a Eureka. "No. Non ci vado con lui. Mai più. Non voglio," insistette.

Luna si allungò attraverso il piano della cucina e gli strinse delicatamente la mano. "È quello che voglio evitare. Fidati di me, Levi: non voglio che tu ti ritrovi in quella situazione. È per questo che voglio consultare qualcuno. In modo che tu sia tutelato."

"Ma se..." Il ragazzo deglutì faticosamente e i suoi occhi si fecero di nuovo lucidi per le lacrime non versate.

Luna tacque mentre aspettava che Levi trovasse il coraggio di porre qualunque domanda avesse in mente.

"Ehm, ma se l'avvocato fosse costretto a contattare qualcuno?" Il ragazzo distolse lo sguardo e la sua voce era a malapena un sussurro quando chiese: "Come... i servizi sociali?"

Luna avvertì un dolore acuto allo stomaco. C'era sempre quella possibilità. Ma lei non poteva tenere un ragazzo con sé senza ottenere per entrambi una qualche protezione legale. "Allora, io farò tutto il possibile per assicurarmi che ti lascino restare qui. Il che mi porta alla prossima domanda."

Levi abbassò il mento sul petto e chiese: "Quale?"

"Che ne diresti di denunciare tuo zio? Conosco il vicesceriffo del paese. Ci si può fidare di lui."

Levi sollevò di scatto la testa; la sua espressione era dura. "No. Niente sbirri."

Luna trattenne un sospiro. Aveva immaginato che Levi non si sarebbe fidato delle forze dell'ordine locali. Alla sua età, non lo aveva fatto nemmeno lei. Fino a quel momento, tutte le sue interazioni con la polizia erano finite con lei nell'ennesima, schifosa casa affidataria, oppure con un rimprovero perché era una ragazzina che vagava senza meta in città a un'ora tarda e non voleva tornare a casa. Luna ci aveva messo un po' a rendersi conto che la maggior parte dei poliziotti avrebbe voluto davvero aiutarla, ma aveva possibilità limitate di farlo. Levi non poteva sapere che Drew Baker, il vicesceriffo di Keating Hollow, era un brav'uomo. Drew non avrebbe mai fatto nulla che potesse mettere Levi di nuovo in pericolo. Ma Luna non intendeva violare la fiducia di Levi. "D'accordo. Per ora, non sporgeremo denuncia. Ma tieni presente che prima denuncerai i fatti, meglio sarà. I servizi sociali non ti rimanderanno da tuo zio con una denuncia pendente su di lui."

Una singola lacrima scorse lungo la guancia di Levi mentre questi scuoteva lentamente la testa. "Vorrei solo sparire."

Luna ebbe un tuffo al cuore. Si era trovata in quello stato d'animo innumerevoli volte. "Lo so, tesoro. Lo so benissimo. E mi devasta pensare di non poterti fare promesse riguardo a quello che succederà. L'unica cosa che posso prometterti è che ci sarò sempre e che farò tutto quello che posso per non deluderti."

Un singhiozzo si bloccò nella gola di Levi mentre cercava di riprendere fiato.

Fu quello il momento in cui quel ragazzo conquistò il cuore di Luna. Lei si lasciò scivolare dallo sgabello e girò attorno al piano, le braccia spalancate.

Levi si voltò verso di lei, tuffando la testa fra le sue spalle, e Luna lo circondò con le braccia, stringendolo forte.

"Troveremo una via d'uscita. Qualunque cosa sia necessaria, io ci sarò. Capito?"

Il ragazzo annuì e le sue lacrime le inzupparono la maglietta.

Rimasero assieme in cucina, con Luna che bisbigliava parole tranquillizzanti a Levi mentre lo abbracciava e basta, quasi come se lo stesse fisicamente tenendo insieme.

Alle sue spalle giunse un rumore di passi e lei non si stupì per nulla quando Chad circondò entrambi con le braccia e disse: "Contate su di me. Qualunque cosa sia necessaria, io ci sto."

Levi emise una risatina soffocata. "Voi due siete pazzi."

Chad mollò la presa mentre Luna si staccava e liberava Levi per guardarlo negli occhi. "Sai una cosa? Probabilmente hai ragione. Ma pazzi in senso buono. Io sono pazza al punto da essermi trasferita in un paesino dove non conosco nessuno per costruirmi una vita. Una vita che ora include un ragazzo adolescente."

"E un insegnante di pianoforte," aggiunse sorridendo Chad.

Luna gli lanciò un'occhiata, un sopracciglio inarcato con aria interrogativa.

"Cosa c'è? Non pensavi mica che ti saresti liberata di me ora che ti ho ritrovata, vero?" chiese l'uomo.

"No. È solo che... Come non detto." Luna scosse leggermente la testa, chiedendosi se non si stesse lasciando trasportare un po' troppo. Il pensiero la fece quasi ridere. *Lasciarsi trasportare?* Era già a valle. Lo era da sempre.

"Cosa c'è, Luna?" chiese Chad, osservandola.

"Nulla. È solo che mi sto ancora abituando a riaverti nella mia vita."

Il sorriso di Chad era sghembo quando lui le ammiccò, facendola arrossire.

Levi emise un rumoroso sospiro mentre tornava a preparare il piatto.

"Che succede, Levi?" chiese Luna.

Gli occhi del ragazzo erano colmi di affetto quando disse: "Voi due siete una coppia modello."

"Ehm, siamo solo amici," insistette Luna. Amici che per poco non si erano messi a limonare al piano di sopra.

"Come no," disse Levi, per poi voltarsi verso il fornello a versare dell'olio d'oliva in una padella.

Chad appoggiò la mano in fondo alla schiena di Luna e la baciò sulla guancia. "Ascolta il ragazzo. Credo che sappia quello che dice."

Luna levò gli occhi al cielo, ma non riuscì a trattenere un sorriso.

Si fissarono a vicenda per un lungo istante. Alla fine, Chad fece un passo indietro e tirò fuori un telefono dalla tasca. Si rivolse a Levi. "Ehi, hai ancora il numero di Candy?"

"Sì. Perché?"

"Da' qua," disse Chad, digitando il codice per sbloccare il telefono.

Levi si lanciò un'occhiata alle spalle, verso di lui. "Perché?"

Chad tese la mano. "Perché devo scriverle una cosa."

Con riluttanza, Levi gli porse il numero. "Non vuoi mettermi in imbarazzo, vero?"

Chad rise. "Certo che no."

"Perché questo non mi rassicura?" borbottò Levi.

Luna ridacchiò mentre guardava da dietro le spalle di Chad. Il messaggio diceva:

Ehi, Candy, ho preso un telefono nuovo oggi. Il numero è questo. Scrivimi per venerdì. Levi.

Chad inviò il messaggio, quindi passò il telefono a Levi. "Tieni. Te l'ho preso oggi."

Levi sollevò lo sguardo di nuovo e si immobilizzò, lo sguardo fisso sull'iPhone.

Chad fece un passo avanti, continuando a reggere il telefono. "Per favore, non fare storie. Hai bisogno di un telefono. Ci serve un modo per contattarti e io l'ho già collegato al mio abbonamento. Non si può più fare nulla e io non me ne faccio niente di due telefoni, per cui tanto vale che lo prenda tu."

Un groppo si formò nella gola di Luna. Stava succedendo davvero? Chad si era davvero preso la briga di procurare un telefono a Levi? Naturalmente. Luna non sapeva nemmeno perché fosse tanto stupita. Chad era sempre stato un uomo generoso. "Accettalo, Levi. Va tutto bene, te lo assicuro."

A Levi si mozzò il fiato mentre allungava timidamente una

mano, prendendo con titubanza il telefono portogli da Chad. "Continuo a non capire perché siete così gentili con me."

"Un giorno capirai," disse Chad. "Quando sarai più grande e ti renderai conto di essere nella posizione di poter aiutare qualcuno, sono certo che lo farai. Non avrai le stesse mie motivazioni. Ma saranno abbastanza simili."

Levi osservò il telefono con gli occhi spalancati e colmi di meraviglia. "Grazie, amico."

Chad gli diede una pacca sulla schiena. "Di nulla. Ho giga illimitati, per cui non preoccuparti di finirli. Va bene?"

"Benissimo." Levi abbandonò la cena e buttò le braccia attorno a Chad, stringendolo forte. "Grazie." Rise nuovamente. "Lavorerò per te per cinque anni solo per ripagarti. Forse, per allora, avrò qualche spicciolo."

"Non devi ripagarmi per il telefono, giovanotto. L'ho fatto per me e Luna, così da non doverci preoccupare di non poterti contattare. Ma sei fortunato, perché ora hai accesso a tutte le cose che gli adolescenti come te fanno online. Ma non metterti a giocare o a fare altra roba strana. Qualunque extra compaia nella bolletta dovrai pagarlo tu."

"Capito," disse Levi, mettendosi il telefono in tasca. "Non preoccuparti. Io non gioco."

Chad si limitò ad annuire, quindi si recò al divano mentre Luna inclinava la testa e lanciava un'occhiata a Levi. "Hai progetti per venerdì? Ho sentito bene?"

"Certo. Don Giovanni qui ti porta fuori, per cui ho fatto amicizia con una ragazza. Mi ha invitato a uscire venerdì, così potrò conoscere qualcun altro in paese."

"Ottima idea. Sembri proprio un ragazzo ansioso di ricominciare a vivere," disse Luna.

"Mi sa di sì."

"Questo significa che posso andare dall'avvocato?" chiese Luna.

Levi esitò, il volto contratto. Poi chiuse gli occhi e annuì. "Solo… puoi dirmi tutto quello che dirà?"

"Ma certo. Anzi, perché non vieni anche tu? Prenderò appuntamento per domani pomeriggio. Va bene?"

"Sì. Va bene." Levi sbatté le palpebre degli occhi lacrimosi e tornò a cucinare.

CAPITOLO 18

*L*orna White era seduta alla sua scrivania, il viso angoloso incorniciato dai capelli grigi lunghi e lisci. Occhi azzurri osservavano Luna mentre l'avvocato congiungeva le punte delle dita, immerso nella riflessione.

Luna lanciò un'occhiata a Levi. Il ragazzo era ingobbito sulla poltrona, intento a tormentare l'orlo della maglietta dei Nirvana che indossava. Luna avrebbe voluto allungarsi a stringergli la mano, ma sapeva che quel gesto non sarebbe stato gradito, in quel momento. Levi si era chiuso in se stesso da quando erano entrati nello studio della donna.

"Levi," disse l'avvocato. "Sai se esistono accordi di affidamento formali fra tuo padre e tuo zio? Qualche documento che potrebbe essere stato registrato dallo Stato?"

"No. Mio padre mi ha cacciato di casa e due giorni dopo io sono finito da mio zio. Non so nemmeno se mio padre sappia che sono stato là."

"Niente e-mail o messaggi?" insistette l'avvocato.

Levi fece spallucce. "Può darsi, ma quei due non si vedono di buon occhio. Ne dubito."

"D'accordo." Lorna si sporse in avanti e incrociò lo sguardo di Luna. "Invece di coinvolgere i servizi sociali—"

Levi ebbe un sussulto.

Lorna gli rivolse una smorfia carica di empatia. "Scusa. So che suona malissimo e voglio evitarlo il più possibile. D'accordo?"

Levi annuì, ma si fece ancora più piccolo. Luna si disse che, se si fosse spostato ancora di un centimetro, sarebbe scivolato giù.

"Come stavo dicendo," disse Lorna a Luna, "la soluzione migliore sarebbe convincere il padre di Levi a firmare un documento che ti conceda l'affidamento. Niente tribunali, niente servizi sociali, niente burocrazia." Lorna rivolse la propria attenzione a Levi. "Credi che sarebbe disposto a farlo?"

"Purché non gli costi nulla," disse tutto d'un fiato Levi.

Fu il turno di Luna di sussultare. Il fatto che il padre di Levi teneva così poco al figlio non era una sorpresa, ma ciò non rendeva il dolore di Levi meno reale. E sebbene il ragazzo stesse parlando in tono tranquillo, lei sapeva che era impossibile che non fosse addolorato. Luna trasse un respiro profondo e disse: "Non gli costerà."

L'avvocato annuì. Ne avevano già parlato: Luna non intendeva chiedere denaro all'uomo e avrebbe sostenuto personalmente qualunque spesa legata al procedimento.

"Allora sono sicuro che non gliene importerà nulla." Levi voltò la testa, evitando lo sguardo di tutti.

"E tua madre? Dov'è?" chiese Lorna.

"È morta quando ero molto piccolo," borbottò Levi. "Di overdose."

Luna avrebbe voluto piangere per lui, ma si costrinse a mantenere la calma. Sapeva per esperienza che la compassione, spesso, non faceva che peggiorare le cose.

"Mi dispiace," disse Lorna. "D'accordo, ho un'ultima domanda per te, Levi."

L'adolescente sollevò lo sguardo su di lei, la bocca tesa in una linea sottile.

"Vuoi restare con Luna? Vuoi che io proceda?"

Levi emise una risata priva di allegria mentre lanciava un'occhiata a Luna. "Si aspetta davvero che io dica di no con lei seduta qui accanto?"

Luna sostenne lo sguardo di Levi, cercando la verità del ragazzo. C'era un misto di emozioni negli occhi di Levi: tristezza, sospetto, frustrazione, mestizia e forse anche un pizzico di speranza.

"Puoi essere onesto con me, Levi," disse Luna. "Spero che tu lo sappia. Voglio solo quello che è meglio per te. Se restare con me non fosse la cosa giusta, ti aiuterò a trovare la soluzione migliore."

Anche se, a essere onesti, lei si era già innamorata di quel ragazzo. Se lui si fosse tirato indietro, le si sarebbe spezzato il cuore. Tuttavia, era pronta a fare il necessario per assicurarsi che Levi fosse al sicuro.

Le lacrime ricomparvero negli occhi di Levi quando questi distolse lo sguardo da Luna. Si concentrò su Lorna e disse: "Voglio stare con Luna."

Il sollievo invase Luna, che esalò il respiro che aveva trattenuto.

"Ottimo. Credo che sia una splendida decisione," disse l'avvocato. Sorrise a Levi mentre gli passava dei moduli. "Compila questi. Ci metteremo in contatto con tuo padre e avvieremo la procedura."

∿

"NON PUÒ ESSERE COSÌ FACILE," disse Levi mentre uscivano dall'ufficio dell'avvocato e mettevano piede sul marciapiedi acciottolato.

"Tuo padre deve ancora firmare le carte," disse Luna, non volendo che il ragazzo pensasse che quella fosse solo una formalità. Avrebbe potuto esserlo se il padre era davvero completamente disinteressato; ma se per qualche motivo fosse stato vendicativo o meschino, avrebbe potuto facilmente dire a Lorna White di ficcarsi i documenti nell'orifizio più vicino.

"Lo farà. Fin quando la mia 'mostrigna' non mi vorrà, mio padre seguirà la strada più semplice per liberarsi di me. Credo che funzionerà."

"Vieni qui." Luna gli mise un braccio attorno alle spalle. "Tu sai che io voglio averti qui con me, vero?" Si fermò all'improvviso e lo fece voltare in modo da costringerlo a guardarla negli occhi. "Che non sei usa e getta?"

Gli occhi del ragazzo si riempirono di lacrime, che gli scorsero silenziosamente lungo le guance mentre lui scuoteva la testa, il viso segnato dal dolore.

"Levi," bisbigliò Luna, attirandolo in un abbraccio e ripetendo: "Tu non sei usa e getta."

Levi singhiozzò e si aggrappò a lei.

"Certa gente non è capace di amare. Io non sono così," aggiunse lei, giurando che non avrebbe mai deluso quel ragazzo. Rimasero in strada ancora per qualche istante, fino a quando Levi non si staccò e si asciugò gli occhi. Luna gli strinse il braccio. "Dai. Chad ti aspetta al pub."

"E tu?" chiese Levi, la voce ancora nasale per via delle lacrime.

"Io... Beh, anch'io ho un problema con un genitore." Luna fece una risatina nervosa. "Sembrerebbe che la mia madre naturale voglia parlare con me. Ho accettato di incontrarla questa sera a Eureka."

Levi strinse gli occhi. Poi scosse la testa. "Non dovresti andare sola."

"Perché?" chiese lei mentre raggiungeva l'auto e apriva la portiera.

Il ragazzo si acciglió, aggrottando le sopracciglia in un'espressione turbata. "Sento qualcosa... È tumultuoso. Caotico, addirittura."

Luna fece spallucce. "Immagino che tutti si sentano così prima di conoscere la loro madre biologica."

"Non è–"

"Dai. Sali. Puoi continuare a dirmi quanto sarà terribile mentre ti accompagno al pub."

Levi alzò gli occhi al cielo, ma salì in auto.

Luna infilò la chiave nell'accensione e la girò. Non accadde nulla. Riprovò. Niente di niente. "Ma dai. Non adesso."

"Sembrerebbe un problema di batteria," disse Levi, che era già sceso dall'auto. Il ragazzo girò attorno al veicolo e le fece cenno di sbloccare il cofano. Luna lo fece, anche se non aveva la più pallida idea se Levi sapesse quello che stava facendo.

Inviò un messaggio a Chad per fargli sapere cosa stava succedendo, quindi scese e raggiunse Levi.

"È la batteria?" chiese.

"Può darsi. Ma potrebbe essere anche l'alternatore. Dobbiamo provare a ricaricarla." Levi si allontanò dall'auto e avvicinò una coppia di anziani che si era appena fermata nel posto accanto.

Non ci volle molto perché il signore dai capelli grigi tirasse fuori i cavi della batteria. Organizzarono tutto piuttosto velocemente, quindi rimandarono Luna sul sedile del guidatore. Quando lei provò ad accendere il motore, non si udì nulla, nemmeno uno scatto. Emise un gemito colmo di frustrazione.

"Peccato. Mi sa che deve proprio andare dal meccanico." L'uomo ripose i cavi e Luna gli strinse la mano per ringraziarlo.

"Ehi," disse Chad da un punto alle sue spalle.

Luna si voltò, cercando con lo sguardo il bel viso dell'uomo, e lo trovò che camminava rapidamente verso di lei. "Niente?"

Luna scosse la testa. "Abbiamo provato a collegare i cavi, ma non è servito. Non so esattamente quale sia il problema."

Chad tirò fuori il telefono dalla tasca e avviò una chiamata. "Chiamo il carro attrezzi e poi ti porto a Eureka."

"Chad," disse Luna, scuotendo la testa e allungandosi a prendere il telefono. "Non devi farlo per forza. Posso organizzarmi."

Chad fece un passo indietro mentre parlava con la ditta dell'assistenza stradale. Dopo aver messo giù, disse: "Stanno arrivando. Non è un problema darti un passaggio a Eureka. Levi e io possiamo cenare e poi riportarti indietro."

"Tanto, le ho già detto che non dovrebbe andare da sola," disse Levi, affiancandosi a Chad.

Porca di quella… pupazza. Quei due si erano coalizzati contro di lei. Luna aprì la bocca per protestare, ma Chad parlò per primo.

"Come mai?" chiese Chad a Levi.

"Troppe emozioni. È come una premonizione." Levi fissò intensamente Luna, torcendosi le mani. "È così forte che mi innervosisce."

"È deciso." Chad premette la mano in fondo alla schiena di Luna e la sospinse verso il suo furgone, poco distante. "Non vuoi far preoccupare Levi, vero?"

Luna levò gli occhi al cielo, ma resistette all'impulso di

sorridere a entrambi. Era bello avere qualcuno dalla sua parte, che si preoccupava per lei. Sebbene Luna tendesse a sentirsi frustrata quando altri cercavano di prendere il controllo della sua vita, in quel caso avvertiva solo un gomitolo di calore nel petto. Era *bello* avere qualcuno che si prendeva cura di lei.

Arrivò il carro attrezzi e Chad le prese delicatamente le chiavi di mano e le portò al conducente. Dopo una breve conversazione, tornò indietro di corsa. "D'accordo. È tutto sistemato. Il meccanico ti chiamerà domani con la valutazione."

"D'accordo. Grazie." Luna lanciò un'occhiata al conducente del carro attrezzi, gli rivolse un cenno di ringraziamento e poi si voltò verso il furgone di Chad. "Andiamo. Non voglio sprecare tutta la notte. Dentro e fuori. Quanto basta per un caffè e una fetta di torta."

"Torta?" chiese Levi, il tono nervoso.

"Accidenti," disse Luna, levandosi i folti capelli dagli occhi. "L'incontro è da Pies, Pies and More Pies, ma voi due potete andare da un'altra parte e tornare a prendermi dopo, se preferisci."

"No," disse Levi con la gola serrata. "Va bene così." Salì sul sedile posteriore del furgone e chiuse gli occhi mentre appoggiava la testa al finestrino.

"Sei sicuro?" chiese Chad dal posto di guida. "Tuo zio gironzola da quelle parti? C'è motivo di credere che potremmo incrociarlo?"

"No. Era venuto lì solo per cercare di costringermi a tornare a lavorare per lui. Se ne sta chiuso nella sua casetta fino a tarda notte, quando esce." Levi si produsse in una risata priva di allegria. "Come se fosse un vampiro."

"La maggior parte degli spacciatori lo è," disse Luna, il tono solenne come se avesse motivo di saperlo. E ne aveva. Ma non era il momento di parlare delle sue esperienze.

"Se sei preoccupato, possiamo lasciarti a casa di Luna," aggiunse Chad. "Possiamo portarti la cena o qualcosa del genere."

Levi scosse la testa, il volto atteggiato a un'espressione determinata. "No. Andiamo a mangiare la torta."

Luna gli lanciò un'occhiata, ammirando il suo coraggio. Era forte. Ciò era un bene. Era anche un lottatore, proprio come Luna. Lei avvertì la forte sensazione che qualunque cosa fosse accaduta, Levi ne sarebbe uscito migliore. Quella sensazione la tranquillizzò e, mentre si accomodava sul sedile, una piccola parte della tensione che si portava in giro da quando aveva ricevuto il biglietto di sua madre le scivolò via dalle membra. Se Levi era in grado di trovare la forza, lei poteva fare lo stesso.

Mentre Chad imboccava la statale a due corsie, prese la mano di Luna, tenendola delicatamente e accarezzandole il palmo con il pollice. Non servivano parole. Lui le stava dicendo tutto ciò che Luna aveva bisogno di sentire. Chad c'era e quella era l'unica cosa importante.

CAPITOLO 19

*L*una esitò un attimo prima di varcare la soglia del ristorante. Il suo cuore accelerò il battito e all'improvviso divenne difficile respirare. Voleva davvero farlo? Era pronta? L'istinto di lottare o fuggire si stava attivando e tutto dentro di lei le stava urlando di fuggire. Sapeva di non dovere nulla a quella donna, ma sapeva anche che, se si fosse tirata indietro ora, il dubbio l'avrebbe accompagnata per sempre.

E lei aveva delle domande. Tante domande.

"Possiamo tornare al furgone e andarcene, se vuoi," le bisbigliò Chad nell'orecchio. La sua voce la accarezzò, calmandola con il suo sostegno incrollabile. "Qualunque cosa tu voglia."

Luna si lanciò un'occhiata alle spalle e gli rivolse un sorriso colmo di gratitudine. "Grazie, ma credo di dover andare fino in fondo."

"Lo immaginavo. Volevo solo che tu sapessi che ti guardo le spalle." Chad le premette le labbra sulla tempia e le diede un tenero bacio. La sua delicatezza la fece sentire calda e sicura, anche se lei sapeva di essere sul punto di infilarsi in qualcosa che probabilmente l'avrebbe devastata.

"Lo so. Puoi tenere in sospeso l'offerta nel caso io abbia bisogno di scappare?" chiese.

Gli occhi azzurri dell'uomo si fecero seri mentre annuiva. "Assolutamente."

Levi rimase indietro, osservando il parcheggio e poi sbirciando attraverso il finestrino per dare un'occhiata al ristorante. "È già dentro." Accennò con il capo a un tavolino sul retro.

Luna seguì il suo sguardo e vide una donna magra, dai capelli color miele che penzolavano smorti attorno al viso scavato. I suoi lineamenti lasciavano intendere che un tempo era stata bella, ma ora sembrava smunta, come se avesse vissuto una vita difficile.

Ora o mai più, si disse Luna. Aprì la portiera ed entrò nel ristorante.

"Buona fortuna," mormorò Chad mentre lui e Levi la seguivano.

"Grazie," disse lei senza guardarsi alle spalle. Facendosi forza, tenne la testa alta e raggiunse il tavolo. "Gia?"

La donna sollevò di scatto la testa e, all'improvviso, i suoi occhi si colmarono di lacrime. "Hope? Voglio dire, Luna? Sei tu?"

"Sì," disse freddamente Luna. Quella donna irradiava tanta emozione che lei non faticò a capire perché Levi si fosse preoccupato per le conseguenze che l'incontro avrebbe avuto.

Gia si alzò e si allontanò dal tavolino, spalancando le braccia. Si protese verso Luna ed esclamò: "Bambina mia!"

Luna si affrettò ad allontanarsi dall'abbraccio della donna e mise una mano di fronte a sé nel gesto universale di "fermati". "Scusa. Non ti conosco."

Gia lasciò ricadere subito le braccia e tornò a sedersi al tavolo. Fissando la semplice tazza bianca con il caffè, mormorò: "Scusami. Non è una situazione per cui ci si possa preparare."

Poteva dirlo forte. Luna emise un sospiro sommesso e prese posto sul divanetto di fronte. Il viso della donna era profondamente segnato da rughe attorno agli occhi e alla bocca, che la facevano sembrare più anziana di quanto Luna aveva stimato in origine. Ma conosceva abbastanza bene le pozioni da sapere che probabilmente erano state quelle ad accelerare l'invecchiamento.

"Sono sicura che tu abbia molte domande," disse Gia.

"Qualcuna sì," ammise Luna. Ma invece di chiedere qualcosa a sua madre, rimase zitta a guardarla. Aveva creduto che avrebbe provato più... beh, qualcosa. Invece, si sentiva come svuotata.

"D'accordo." L'espressione di Gia era colma di speranza. "Risponderò a tutto quello che posso."

"Perché?" chiese bruscamente Luna.

Gia avvampò e torse nervosamente il tovagliolo. "Ehm, perché ti ho data in adozione?"

"Sì. Perché?" La rabbia cominciò ad arricciarsi nel ventre di Luna e lei non sapeva esattamente il motivo. Aveva accettato da tempo di essere stata data in adozione e aveva dato per scontato che la sua madre biologica avesse avuto dei buoni motivi. E, a occhio e croce, ci aveva visto giusto. Una pozio-dipendente non era in grado di crescere un figlio.

"Non ero nelle condizioni di prendermi cura di te," disse la donna a voce molto bassa, senza guardarla.

"Mi sembra palese." C'era dell'amarezza nel tono di Luna.

Gia trasse un respiro che si trasformò in un singhiozzo.

Luna si limitò ad aspettare mentre il risentimento faceva

presa sulle sue ossa. Ascoltare quella donna avere un crollo nervoso per una scelta che aveva fatto più di vent'anni prima era frustrante. Era Luna quella che era stata abbandonata; era lei quella che avrebbe dovuto prendersela. Invece, si sentiva soltanto in colpa perché non provava qualcosa di più.

"Devo scusarmi," disse Gia, tirando su col naso. "Fa parte del programma."

"Giusto. Sei una tossica?"

Gia annuì. "Pozioni. Sono una strega della terra e… beh, mi riuscivano bene."

"E ora sei pulita?" chiese Luna, osservandola nuovamente. Non sembrava fatta e aveva un colorito sano, ma non si poteva negare che avesse fatto delle scelte di vita sbagliate.

"Ora sono pulita," disse Gia, illuminandosi in viso. "Il programma funziona."

"Bene," mormorò Luna. Continuava a non provare nulla e cominciava a mettere in discussione i poteri spirituali di Levi. Il ragazzo aveva insistito che quell'incontro avrebbe avuto un fortissimo impatto emotivo su di lei, ma fino a quel momento, sembrava proprio che si fosse sbagliato.

"Vorrei… ecco, rivederti. Magari creare un rapporto?" chiese speranzosa Gia.

Luna si irrigidì. "Non so come rispondere."

"Nessun problema, piccolina," disse Gia, coprendole la mano con la propria. "Possiamo fare con calma."

Un'ombra cadde sul tavolo e Luna sollevò lo sguardo, aspettandosi di vedere una cameriera finalmente venuta a chiedere se volessero ordinare qualcosa; invece, il suo sguardo si posò sul viso furioso di Faith Townsend. "Faith, cosa—"

"Che succede qui?" sputò Faith, spostando rapidamente lo sguardo fra Gia e Luna. "Voi due vi conoscete?"

"Faith, ascolta–" disse Gia, per poi fissare Luna con aria persa.

Luna si schiarì la voce; non aveva idea del perché Faith fosse così arrabbiata. Ma era palese che il suo capo non apprezzava il fatto che lei era seduta con quella donna. Magari aveva avuto dei problemi con Gia in passato? Luna non aveva idea di cosa non andasse, ma non c'era motivo di mentire. Luna non voleva che in paese si sapesse che era stata in prigione, ma quello? Non aveva nulla da nascondere. "Faith, Gia è la mia madre biologica e–"

"Cosa?" esclamò Faith, l'espressione ora tempestosa mentre il suo sguardo ondeggiava fra loro due. Poi il suo sguardo si spostò su Luna e qualcosa di simile a un riconoscimento le illuminò gli occhi. Si passò una mano tremante fra i capelli biondi e bisbigliò: "Figlio di buona strega. Le somigli un po'." Fece un passo indietro, scuotendo la testa. "Non ci credo."

Faith spostò l'attenzione su Gia e la sua rabbia tornò a piena forza. "Sei proprio un bel tipo, sai? Non chiamarmi mai più."

Faith girò sui tacchi e cominciò ad allontanarsi, il corpo che tremava.

"Aspetta, Faith!" chiamò Luna, alzandosi dal tavolino e correndole dietro.

Faith si fermò di colpo, voltandosi così in fretta che per poco non andò a sbatterle contro. "Come osi venire alla mia spa e mentirmi? Non riesco a crederci. Non tornare. Sei licenziata."

"Licenziata? Cosa?" Luna fissò sbalordita l'altra donna. "Ma–"

Faith si voltò e corse all'ingresso del ristorante, dove il suo fidanzato Hunter la stava aspettando con la mascella serrata. Lei gli afferrò la mano e i due svanirono all'esterno.

Tutto il corpo di Luna cominciò a tremare.

"Ehi," disse Chad da dietro le sue spalle. "Va tutto bene?"

Lei si voltò e sollevò lo sguardo sul bel viso dell'uomo, muovendo la bocca per tirare fuori le parole, ma senza sapere cosa avrebbe detto. Non sapeva nemmeno cosa fosse accaduto.

"Ehi," disse l'uomo, circondandole il viso con le mani. "Cos'è successo con Faith?"

Luna esitò. "Mi ha appena licenziata."

Chad si ritrasse di scatto, sconvolto. "Perché?"

"Non ne ho idea." Luna guardò oltre le spalle di Chad e verso Gia, che era ancora seduta al tavolino. La donna aveva le braccia appoggiate sul tavolo e la testa bassa. Il lieve tremore delle sue spalle lasciava intendere che stesse piangendo. "Scusa," disse a Chad. "Torno subito."

Lo oltrepassò e tornò a sedersi. La sua voce era carica di ghiaccio quando disse: "Parla. Come fai a conoscere Faith e perché lei è così incazzata?"

Gia sollevò la testa. Aveva gli occhi umidi, ma le lacrime non scorrevano. Tirò su col naso. E quando parlò, la sua voce era rotta. "Faith è tua sorella. Il mio vero nome è Gabrielle Townsend."

Il corpo di Luna si gelò completamente. "Mia sorella?"

Gia... Gabrielle annuì.

"Allora Abby, Yvette, Noel–"

"Sono tue sorelle anche loro," confermò Gabrielle.

Luna gemette forte. "E Lincoln? È mio padre?"

"Ecco..." Gabrielle fece una smorfia. "Non credo."

"Non credi?" gridò Luna, la voce ormai acuta. "Vuol dire che non lo sai?"

La donna scosse la testa. "Sono stata con un altro uomo prima di lasciare Lincoln. Potrebbe essere lui tuo padre."

"Come si chiama?" domandò Luna.

Gabrielle scosse di nuovo la testa. "Lo conoscevo solo come Michael."

Lo stomaco di Luna si rivoltò. "Oddèi. Mi sento male."

Corse via dal tavolino e nel bagno delle donne. Una volta entrata in una delle cabine, si mise di fronte al gabinetto, l'acqua in bocca mentre lo stomaco continuava a ribollire. Respirò profondamente, più e più volte, fino a quando la nausea non svanì. Ma ciò non evitò che le girasse la testa.

Aveva delle sorelle e forse aveva trovato un padre che sicuramente ignorava la sua esistenza. Se Lincoln lo avesse saputo, non avrebbe permesso a Gabrielle di dare una delle sue figlie in adozione. Ne era sicura. Per Lincoln Townsend, la famiglia era la cosa più importante. Le bruciavano gli occhi al pensiero che avrebbe potuto crescere come una Townsend a Keating Hollow. Era devastante.

"Luna?" La voce di Chad conteneva una nota di panico. "Io entro."

Luna si asciugò gli occhi e uscì dalla cabina appena in tempo per vederlo oltrepassare la soglia.

"Ehi," disse l'uomo, avanzando rapidamente e circondandola con le braccia. "Ero preoccupato per te."

Lei premette la testa contro la sua spalla e si aggrappò a lui.

"Mi dispiace, Hope," disse Chad. "Non te lo meriti."

Lei non mancò di notare che l'uomo l'aveva chiamata con il nome di battesimo, ma sebbene si fosse lasciata quel nome alle spalle anni prima, le piaceva sentirlo sulle labbra di Chad. Era il nome con cui l'aveva chiamava in passato, quando era l'unica persona degna di fiducia della sua vita.

"Portami a casa," bisbigliò lei. "Voglio solo andarmene da qui."

"Tutto quello che vuoi." Chad le diede un bacio sulla

sommità del capo, quindi le prese la mano mentre la riaccompagnava al ristorante.

Gabrielle balzò in piedi non appena le passarono accanto. "Luna, aspetta."

Luna scosse la testa e, con la mano ferma di Chad sulla schiena, proseguì. Levi le tenne aperta la porta e, senza nemmeno guardarsi alle spalle, Luna uscì nel parcheggio buio.

CAPITOLO 20

Il silenzio colmò la cabina del furgone durante tutto il tragitto fino a Keating Hollow. Luna aveva ignorato i tentativi di Chad e di Levi di chiederle se stesse bene e, invece di insistere, i due l'aveva lasciata in pace.

Chad riusciva solo a immaginare cosa le passava per la testa. Aveva delle sorelle. E forse un padre. E una vita che le era stata rubata quando sua madre l'aveva data in adozione. Doveva essere stato un colpo tremendo. Ma a peggiorare le cose c'era stato l'alterco fra lei e Faith, capo e amica di Luna. Chad sperava solo che, una volta passato lo shock, le due sarebbero riuscite a parlarsi e a riparare ai danni provocati dalla madre.

"Vuoi che mi fermi a prenderti qualcosa da mangiare?" chiese Chad mentre imboccavano la Main Street di Keating Hollow.

Luna scosse la testa.

"C'è del cibo nel frigorifero. Posso prepararle qualcosa io," disse Levi dal sedile posteriore. La sua voce era bassa e colma di ansia.

"Non ho fame," disse Luna, premendo la testa contro il finestrino.

Levi non rispose. Chad lo guardò nello specchietto retrovisore mentre si ingobbiva sul sedile, gli occhi bassi.

Chad strinse la presa sul volante e svoltò a destra, poi a sinistra, e finalmente imboccò il vialetto di Luna.

La donna scese dal furgone e corse alla porta del cottage prima ancora che lui potesse tirare il freno a mano. Chad la guardò entrare barcollando e svanire nell'oscurità della casa.

"Sta vomitando," disse Levi, tremando leggermente.

"Nervosismo?" chiese Chad.

"Già." Levi si slacciò la cintura e scese dal furgone.

Chad lo raggiunse vicino al marciapiedi e i due seguirono Luna in casa. Levi raggiunse subito la cucina mentre Chad andava di sopra, in camera di Luna. La luce era accesa, ma la porta del bagno era chiusa e l'acqua scorreva. Un attimo dopo, Chad giunse alla conclusione che Luna era nella doccia e tornò a cercare Levi.

Il ragazzo era in cucina, intento a scaldare della zuppa di pomodoro e a preparare un panino al formaggio fuso. "So che ha detto che non ha fame, ma dovrebbe provare a mangiare qualcosa."

Chad gli sorrise. "Ottima scelta."

Levi fece spallucce. "Mia madre mi preparava sempre il formaggio fuso e la zuppa di pomodoro quando ero malato o triste. Anche se non li mangiavo, il fatto che lei avesse fatto lo sforzo mi faceva sempre sentire un po' meglio."

Chad strinse la spalla dell'adolescente. "Ogni tanto, è bello avere qualcuno che si prenda cura di te."

Levi annuì e tornò a preparare il panino al formaggio.

L'espressione contratta sul volto di Levi spinse Chad a chiedersi quando era stata l'ultima volta in cui qualcuno si era preso cura di Levi. La risposta era sicuramente la sera in cui lui e Luna erano andati a prenderlo e l'avevano portato dal guaritore, ma prima di allora? Chad temeva che fosse trascorso molto, troppo tempo.

"Ecco fatto. Portaglieli." Levi gli diede un piatto con una tazza di zuppa e il panino al formaggio già tagliato in due.

"Fallo tu," lo incoraggiò Chad. "Io salgo fra un minuto."

Levi si mordicchiò il labbro inferiore. "Sei sicuro? Non ho idea di cosa dire."

"Non devi dire nulla. La tua presenza sarà sufficiente." Chad aprì gli armadietti e cominciò a frugare.

"Cosa stai cercando?" chiese Levi mentre si incamminava verso le scale.

Lui si allungò a prendere un contenitore di cacao. "Controllo che cosa c'è a disposizione."

"Dessert?" chiese Levi, che palesemente gli aveva letto nel pensiero.

Chad ridacchiò. "Il cioccolato è sempre una buona idea."

"Non posso dirti nulla. Scendo subito a darti una mano." Levi svanì su per le scale, mentre Chad raccoglieva altri ingredienti e, dopo aver scritto un messaggio a Barb per chiederle la ricetta, si metteva al lavoro su un'infornata di cupcake al doppio cioccolato.

"Luna?" chiamò Chad dal corridoio fuori dalla camera. La porta era socchiusa e una lama di luce si riversava sul pavimento di legno.

"Sì," bisbigliò lei.

Chad aprì la porta e la trovò seduta nel letto. I suoi capelli erano raccolti in uno chignon disordinato sulla sommità del capo e indossava una maglietta sbiadita e dei pantaloni morbidi del pigiama. Aveva un paio di occhiali sul naso e stava fissando un tablet. "Levi e io abbiamo fatto dei cupcake."

Le labbra di Luna si stiracchiarono in un piccolo sorriso. "Che dolci."

Chad lanciò un'occhiata al piatto che Levi le aveva portato più di un'ora prima. Dal panino al formaggio mancava solo qualche morso, ma la zuppa era finita. Ottimo. Era riuscita a mangiare almeno qualcosa.

"Tieni." Le diede uno dei cupcake e mise il secondo sul comodino accanto al piatto.

Dalle sue spalle giunse un rumore di passi, che indicava che Levi lo aveva seguito.

L'adolescente entrò nella stanza. "Sono venuto solo a prendere i piatti," disse. "Posso?"

Luna annuì. "Grazie. Era proprio quello di cui avevo bisogno."

Levi si accigliò e si passò una mano sulla fronte. "Sei ancora sconvolta."

Chad le lanciò un'occhiata. Sembrava che stesse molto meglio rispetto a un'ora prima. Cosa vedeva Levi che lui non vedeva?

"È solo..." Luna mosse una mano. "È difficile da accettare."

Levi si sedette sul bordo del letto. "Vorrei poter fare qualcosa per sistemare tutto. La mia magia mi permette di percepire tutto, ma non posso cambiare niente. È frustrante! A che serve essere magico se non posso aiutare nessuno?"

Lo sguardo di Luna si illuminò per l'interesse mentre osservava il ragazzo. "Lo sai che io lavoro per una guaritrice un paio di giorni a settimana?"

"Sì, lo avevi detto," rispose Levi.

Luna si tolse gli occhiali e inclinò la testa. "Perché la

prossima volta non vieni con me a conoscere la guaritrice Snow? Lei potrebbe avere qualche suggerimento per te."

"Certo. Va bene." Ma il cipiglio di Levi non fece che accentuarsi mentre la guardava. "Ma questo non ti aiuta adesso."

La maschera di Luna, all'improvviso, cadde, e la sua espressione apparentemente normale svanì. Lo sguardo diffidente e la pelle madida, la donna emise un respiro profondo e tremante. "Credo di aver solo bisogno di dormire un po'. Di lasciare che il mio subconscio faccia il suo lavoro." Posò il cupcake intatto sul comodino e si appoggiò alla testiera del letto con gli occhi chiusi. "Sono sicura che domani andrà meglio."

"Giusto," disse Levi, prendendo il piatto con la cena e alzandosi dal letto. Mentre oltrepassava Chad, gli premette la mano libera sul petto e bisbigliò: "Non lasciarla da sola. Sento che il suo cuore si sta spaccando in due."

"Non lo farò," disse automaticamente Chad, a sua volta colto da una fitta di dolore al petto.

Una volta che Levi fu svanito, Chad prese il proprio posto accanto a Luna sul letto. Le afferrò la mano e la circondò con entrambe le proprie. "Non ti chiederò come stai. Lo vedo da solo."

Luna si produsse in una risata priva di ilarità. "È così evidente?"

Lui le sollevò il palmo della mano e lo baciò. "Chiunque sarebbe scosso. Sei preoccupata per il tuo lavoro alla spa?"

Luna annuì. "So che dobbiamo parlare, ma l'incertezza… è quella che mi fa venire il voltastomaco. Senza un lavoro fisso e a tempo pieno, non potrò restare qui. Levi e io… dovremo trovare un posto più economico fino a quando non riuscirò a trovare un nuovo lavoro."

"Beh, hai già un cliente." Chad le strinse la mano. "Segnami pure per tre giorni alla settimana. Qualunque cosa tu stia facendo alla mia mano, non è mai stata così bene dall'incidente."

"Davvero?" Luna chiuse le dita attorno alla mano lesa di Chad. Essa irradiava ancora sofferenza, ma la sensazione era migliore rispetto alla prima volta in cui lei l'aveva massaggiata.

"Davvero." Chad le diede un bacio sulla guancia. "Grazie."

Luna cominciò a far scorrere le dita sopra quelle di Chad, lasciando che la sua magia gli scivolasse sulla pelle. Un leggero brivido percorse Chad al suo tocco, il genere di brivido che lo scaldava da dentro, più per il collegamento che si era formato fra di loro che per una questione sessuale. Semplicemente, Chad si sentiva più vicino a Luna quando lei si prendeva cura di lui. E in quel momento, voleva essere lui a prendersi cura di lei, voleva mostrarle che poteva sostenere assieme a lei il peso che portava.

Chad liberò delicatamente la mano da quelle di Luna, bisbigliando: "È meraviglioso, ma ora lascia che sia io a pensare a te."

"Non–"

"Shh." Lui le premette un dito sulle labbra e le ravviò una ciocca di capelli dietro l'orecchio. "Sei esausta. Lascia che ti aiuti a rilassarti, così riuscirai a dormire un po'."

Luna lo squadrò da cima a fondo, quindi alzò un sopracciglio con aria dubbiosa. "E come pensi di farlo?"

Chad ridacchiò, sapendo cosa lei gli stava chiedendo. Voleva sapere se *rilassarti* significava *sesso*. Non era così. "Non sono un professionista, ma che ne diresti di permettermi di massaggiarti, per una volta? Che ne pensi? Potrei lavorare sul collo, le spalle e la schiena. Allentare un po' di tensione."

"Solo un massaggio?" chiese lei.

"Solo un massaggio," le fece eco Chad.

L'espressione guardinga svanì e Luna gli rivolse un piccolo sorriso. "Sembra bello."

"Sdraiati bocconi," disse lui.

Luna lo fece e sollevò le braccia sopra la testa quando Chad le si mise a cavalcioni. Chad premette le mani contro la sua schiena, facendole scivolare sulla maglietta. I muscoli di Luna erano tesi sotto il suo tocco e lui fece del proprio meglio per sciogliere i nodi.

Dopo un po', Luna disse: "Chad?"

"Sì?"

"Voglio sentire le tue mani sulla pelle nuda."

Chad si immobilizzò, il corpo che già fremeva di pregustazione. Non si poteva negare che la volesse. La voleva dal momento in cui l'aveva vista per la prima volta a Keating Hollow, qualche settimana prima. Ma non poteva permettere che accadesse nulla. Non quella notte. Non dopo quello che era successo al ristorante. Per non parlare dell'adolescente che c'era in casa.

Togliendogli la decisione dalle mani, Luna si sollevò leggermente e si sfilò la maglietta, rimanendo a torso completamente nudo. Si sdraiò sul letto, la testa voltata di lato con un sorrisetto sulle labbra.

"Hope," disse Chad, il fiato sospeso.

"Luna," lo corresse lei; ma il suo sorriso non fece che allargarsi.

"Giusto." La pelle di Luna era bianca come il latte e morbidissima quando lui, ancora una volta, le premette le mani sulla schiena.

Le si chiusero gli occhi. "È davvero piacevole."

Lui non stava facendo altro che accarezzarle la pelle, ma un vago formicolio elettrico gli crepitava sotto le dita e non avrebbe voluto fermarsi mai. Rimase sopra di lei, muovendo le mani su e giù, esplorando ogni centimetro della sua pelle perfetta. Quando non ce la fece più, si chinò e le diede un tenero bacio sul collo. "È meglio che vada."

"Devi proprio?" chiese lei, guardandolo con occhi assonnati.

"No. Ma sappiamo entrambi che è meglio."

"Mi sa di sì." Luna prese la maglietta e, un attimo dopo, si mise in ginocchio e gli diede le spalle mentre si rimetteva l'indumento. Ma invece di salutarlo, si raggomitolò sul fianco e lo attirò accanto a sé. Lo guardò. "Grazie. È stato meraviglioso."

"Sono certo che la mia tecnica sia parecchio discutibile, ma mi sono impegnato."

Luna gli infilò la mano nei capelli, gli abbassò la testa e, senza esitazione, gli diede un tenero bacio sulle labbra. "Potresti avere un futuro nella massoterapia. Hai un talento naturale." Le brillavano gli occhi. "Avevi ragione. È proprio quello di cui ho bisogno." Luna emise un sospiro soddisfatto. Poi si rotolò in modo che Chad fosse dietro di lei e gli tirò la mano per avvolgersi il suo braccio attorno.

Dèi, era bello averla contro di sé. Chad sapeva benissimo che sarebbe stato felice di restare così per sempre o fino a quando lei glielo avrebbe permesso.

Luna gli si accoccolò più vicino e poi, con un sussurro, disse: "Buonanotte, Chad."

Lui le premette un altro bacio subito sotto l'orecchio, inalò il suo profumo pulito di sapone e disse: "'Notte, dolcezza."

CAPITOLO 21

*L*una si svegliò il mattino dopo drappeggiata sul petto di Chad. Il respiro dell'uomo era profondo e regolare, a indicare che stava ancora dormendo. Lei giacque immobile, godendosi semplicemente la sensazione di averlo sotto. Per anni aveva desiderato svegliarsi così. Solo che non aveva immaginato che sarebbero stati completamente vestiti. Le sue labbra si curvarono in un sorriso e per poco non si mise a ridere. Aveva quasi ventun anni e, poiché era a letto con Chad, le sembrava di averne di nuovo diciassette. Almeno per quanto riguardava i sentimenti che le ronzavano nel petto.

L'impulso a premere le labbra contro il collo dell'uomo e svegliarlo lentamente era proprio lì, a portata di mano. Non doveva far altro che inclinare la testa e avrebbe avuto accesso alla sua pelle calda. Ma quando lanciò un'occhiata all'orologio, la realtà le precipitò addosso.

La notizia della sera prima l'aveva sconvolta. Aveva trovato una madre che sembrava, nel migliore dei casi, inaffidabile, e un'intera famiglia di cui non aveva mai saputo nulla. Una famiglia che già ammirava e per crescere con la quale avrebbe fatto di tutto.

Aveva già deciso di andare alla spa e parlare con Faith. Il suo capo – sua sorella – era sconvolta, la sera prima. E lo era anche lei. Di certo, avrebbero trovato una soluzione. Era palese che Faith credeva di essere stata raggirata. Luna doveva solo convincere sua sorella di essere stata all'oscuro quanto tutti gli altri.

Badando a non svegliare Chad, Luna si alzò dal letto e svanì nel bagno. Venti minuti dopo, emerse indossando l'uniforme composta da pantaloni da yoga neri e maglietta bianca. Si era raccolta i capelli biondi in una treccia che ricadeva lungo la schiena e si era truccata quanto bastava per coprire il pallore e nascondere gli occhi stanchi. Aveva dormito, ma il tumulto emozionale l'aveva lasciata esausta.

Era appena arrivata alla porta quando sentì dire Chad: "Ehi."

Laura si voltò e sorrise all'uomo assonnato nel suo letto. "Buongiorno."

Chad sbatté le palpebre e si rialzò. Aggrottò la fronte mentre la osservava. "Vai al lavoro?"

"Sì. Faith era arrabbiata. Voglio parlarle prima di lasciare che mi licenzi per qualcosa su cui non avevo controllo."

"Ottimo." Chad le sorrise e la sua voce assonnata era roca quando aggiunse: "Ma prima vieni qui."

Lei non riuscì a trattenersi e raggiunse rapidamente il lato del letto dell'uomo, sedendoglisi accanto.

Lui le premette una mano sulla guancia e si chinò per darle un tenero bacio sulle labbra. "Ieri sera era perfetta."

Lei ridacchiò. "Quale parte? Quella in cui ho conosciuto mia madre o quella in cui ti ho sbavato sul petto mentre dormivo?"

"La seconda," rispose Chad senza esitazione. "Siamo ancora d'accordo per domani sera a cena?"

"Sì," disse lei, fissando le labbra rosse dell'uomo.

"Ottimo." Lui la percorse con lo sguardo e la sua mano le si strinse sulla coscia, dove si era posata delicatamente. "Oggi, Levi e io ci metteremo al lavoro sul mio negozio. Se riesci a fare una pausa, passa da noi e andremo a pranzo."

"Sempre che io abbia ancora un lavoro," disse a bassa voce Luna.

"Lo avrai."

Cadde il silenzio mentre si fissavano a vicenda.

"È meglio che vada," disse Luna.

"Giusto." Chad le avvolse il braccio attorno alla vita e la attirò a sé, dandole un altro, tenero bacio. "Buona fortuna."

Le labbra di Luna formicolavano per quei baci delicati e lei riuscì a malapena a non tornare a letto con lui e a non dimenticarsi che doveva andare a parlare con Faith. In fondo, era stata licenziata. Non sarebbe stato un problema arrivare in ritardo, no?

"Vai," la incitò Chad; ma era palese, da come la stringeva, che non diceva sul serio.

E tuttavia, le parole la spinsero all'azione. "È ora di salvare il mio lavoro. Ci vediamo dopo." Luna si incamminò verso la porta e si guardò alle spalle un'altra volta, per assorbire la vista di Chad sdraiato nel suo letto. Sì, avrebbe potuto decisamente abituarcisi.

I NERVI GUIZZARONO nel ventre di Luna mentre attendeva che Faith arrivasse alla spa. Era seduta su una delle sedie della reception, a tamburellare con le dita sul tavolino.

"Vuoi dirmi cosa succede?" chiese Lena da dietro la scrivania. Gli occhi scuri della donna erano stretti mentre osservava Luna. "Non ci sono appuntamenti anticipati in agenda. Chi sta aspettando?"

"Faith," disse Luna. "Devo parlare con lei prima che cominciamo la giornata."

Lena la guardò perplessa. "Perché non vai nel suo ufficio?"

"Va bene così."

"Se lo dici tu." Lena continuò a lanciarle occhiate interrogative per la mezz'ora successiva, fino a quando la campanella sulla porta tintinnò, annunciando l'entrata di Faith.

"Luna non lavora più qui," disse Faith a Lena. "Dobbiamo riprogrammare tutti i suoi appuntamenti."

"Cosa?" Lena si accigliò. "Ma è–"

"Mi ha ingannato," disse Faith. "È finita. Se hai bisogno che io rimanga fino a tardi o arrivi presto domani, lo farò. Basta saperlo."

Luna, che sapeva benissimo che Faith non l'aveva notata al suo ingresso, si alzò e si schiarì la voce.

Colta alla sprovvista, Faith voltò la testa verso di lei, quindi si accigliò. "Non dovresti essere qui."

"Dobbiamo parlare." Luna non intendeva andare da nessuna parte fino a quando non avrebbe detto ciò che aveva da dire.

"Non serve." Faith raddrizzò la schiena e si incamminò nella direzione dell'ufficio.

"Ho scoperto solo ieri sera che Gia è mia madre," disse tutto d'un fiato Luna. "O meglio, l'ho conosciuta ieri sera per la prima volta. Prima di allora, non avevo idea di chi fosse lei o che tu fossi–"

"Va bene," sbraitò Faith, interrompendo Luna, probabilmente per evitare che rivelasse dettagli personali di fronte a Lena. "Possiamo parlare nel mio ufficio. Ma ho solo dieci minuti prima del mio primo appuntamento."

"Ehm, devo ancora cancellare gli appuntamenti di Luna?" chiese Lena.

"Sì," rispose Faith, nello stesso istante in cui Luna disse, "No."

Le due donne si fissarono a vicenda.

Luna sospirò. "Non cancellarli. Rispetterò gli impegni già presi. E dopo che avremo parlato, se tu vorrai ancora che io me ne vada, lo farò. Ma prima dammi una possibilità, per favore."

L'incertezza attraversò il viso di Faith e Luna capì che la situazione si poteva ancora salvare. Doveva solo oltrepassare le difese di Faith. "D'accordo." Faith lanciò un'occhiata a Lena. "Luna lavorerà oggi, ma non prendere altri appuntamenti con lei fino a nuovo ordine."

"Capito." Lena attese che Faith le voltasse le spalle per incamminarsi di nuovo verso l'ufficio prima di fare una smorfia di simpatia rivolta all'indirizzo di Luna e mimare con le labbra *Che succede?*

Luna scosse la testa e seguì sua sorella lungo il corridoio.

Non appena la porta di Faith si chiuse, la donna la aggredì verbalmente. "Stai davvero cercando di dirmi che sei finita a Keating Hollow, a lavorare nella *mia spa*, senza sapere che siamo sorelle?"

"Sì," disse Luna senza batter ciglio. "È proprio quello che sto dicendo."

"Scemenze. Eddai, Luna. Coincidenze come questa non esistono. Perché menti?" Il corpo slanciato di Faith vibrava per la rabbia. "Sii onesta con me."

Luna inclinò la testa; poi, con una calma nata dall'esperienza, infilò una mano in tasca e tirò fuori il biglietto che Gia aveva mandato alla spa. Lo porse a Faith. "Ricordi la lettera che ho ricevuto la settimana scorsa, quella senza il mittente?"

"Sì."

Luna le ficcò il biglietto in mano. "È questa. Leggila."

Faith prese il biglietto e vi diede un'occhiata. Qualunque cosa vide la spinse a dare una seconda occhiata, perché sollevò il biglietto e lo lesse, portandosi una mano alla bocca.

"È stata la prima volta in cui ho avuto sue notizie. Prima di allora, della mia madre biologica sapevo soltanto che era della zona di Eureka," disse Luna.

"Eri venuta qui a cercare lei?" chiese Faith mentre si lasciava cadere sul divanetto.

Luna, ancora in piedi al centro della stanza, scosse la testa. "Ero venuta a Eureka per via della collaborazione con la guaritrice Snow. Sono venuta a lavorare qui perché sono una massoterapista professionale e tu avevi bisogno di qualcuno. Non sapevo niente, Faith. Non sono venuta qui sotto false pretese. Lo giuro."

Faith si appoggiò allo schienale del divano ed esalò un lungo respiro. Chiuse gli occhi come se stesse soffrendo. Alla fine, chiese: "Se è così, come faceva Gabby a sapere che ti avrebbe trovata qui?"

Luna fece spallucce. "Avevo contattato il centro per le adozioni, dichiarando di essere disponibile a conoscere i miei genitori biologici. Ho tenuto aggiornate le mie informazioni di contatto. Non deve essere stato difficile per lei trovarmi."

Faith si fissò le mani, il corpo completamente immobile. "Mi dispiace di aver cercato di licenziarti."

Il sollievo scorse nelle vene di Luna mentre digeriva quelle parole. *Cercato di licenziarti.* Ciò significava che aveva ancora un lavoro. Grazie agli dèi. "Ti ringrazio. Non posso proprio permettermi di rimanere disoccupata."

Faith annuì. "Lo immagino." Sollevò lo sguardo e incrociò quello di Luna. "Ma non sono pronta a..." Mosse una mano fra di loro. "Ho bisogno di tempo per abituarmi all'idea. Sono sicura che tu abbia delle domande riguardo alla nostra famiglia, ma–"

"Va tutto bene," disse Luna, mostrando compassione. "Dobbiamo metterci entrambe al lavoro. Potremo pensare più tardi al fatto che siamo parenti. Lo hai detto alle tue sorelle?"

Faith annuì. "Sono anche le tue sorelle, sai."

Come aveva fatto Luna a guadagnare quattro sorelle da un giorno all'altro? E anche le altre stavano dando di matto come Faith? In tal caso, non era esattamente ansiosa di trascorrere del tempo con loro. La persona con cui voleva parlare era Lincoln Townsend. Ma quello avrebbe dovuto aspettare. "Lo so," si limitò a dire. "Ma sono certa che anche loro abbiano bisogno di tempo per riprendersi."

Faith scoppiò a ridere. "Io e Noel, sì. Ma occhio a Abby e Yvette. Tendono a prendere le cose di petto. E mio padre ha già chiesto di conoscerti." Si infilò una mano in tasca e tirò fuori un biglietto da visita. Dopo aver scritto un numero sul retro, lo passò a Luna. "Chiamalo quando sarai pronta."

Luna fissò il biglietto, grata e terrorizzata al tempo stesso. Voleva disperatamente che Lincoln Townsend fosse suo padre. Non riusciva a immaginare che lui la rifiutasse. Ma se non era lui, allora chi era esattamente suo padre? Qualche tossico? Il suo cuore si gelò al pensiero.

Qualcuno bussò alla porta. "Faith?" disse Lena. "È arrivato il tuo appuntamento."

"Giusto." Faith balzò in piedi e si recò alla porta. Un attimo prima di aprirla, si guardò alle spalle e disse: "Le dirò di ricominciare a prendere appuntamenti con te."

Luna si limitò ad annuire. Era passata dal preoccuparsi per

il lavoro allo stressarsi enormemente riguardo a Lincoln Townsend.

Ma qualche minuto dopo, quando Lena fece la sua ricomparsa, era ora di mettersi a lavorare. Luna si infilò il biglietto nella tasca posteriore e mise da parte il suo complicato disastro famigliare in modo da potersi concentrare sui suoi clienti. Non funzionò, non del tutto. Per l'ora di pranzo, aveva immaginato una dozzina di scenari diversi nei quali veniva accettata nella famiglia Townsend e due volte tanti dove tutti la rifiutavano. Nel profondo di sé, sapeva che le sue paure erano irrazionali. I Townsend erano brave persone. Ma Luna non aveva mai avuto una famiglia amorevole. Quella delusione costante faceva qualcosa alle persone. E non era nulla di buono.

CAPITOLO 22

*I*l lungo viale che portava a casa Townsend, al confine del paese, era costeggiato da alberi. La proprietà dei Townsend si allargava lungo la base della collina e sembrava uscita da una fiaba. Fiori accesi di quasi tutti i colori erano sbocciati, i prati naturali erano verdi e, quando lei svoltò l'ultima curva della strada, il sole illuminò la grande casa in stile baita.

Era meraviglioso. Come sarebbe stato crescere laggiù? Luna lo avrebbe apprezzato, se fosse andata così? Scosse la testa. A cosa serviva fare quella domanda? Il suo primo ricordo di una casa era una casupola con due camere da letto della sua madre adottiva. Erano rimaste solo loro, dopo che il padre adottivo di Luna se n'era andato quando lei aveva solo due anni. Luna lo ricordava come un periodo felice. Sua madre era una donna dolce, che trascorreva la maggior parte del tempo nei suoi orti o leggendo a Luna. Non ricordava di aver avuto alcun lusso, in quel periodo, ma era l'unico posto in cui aveva avuto una stanza tutta sua, prima che la rilasciassero dal carcere minorile quando aveva compiuto diciott'anni.

Dopo che sua madre adottiva era morta, quando Luna aveva solo cinque anni, lei aveva dormito su divani, in stanze con tre letti a castello e in appartamenti che avevano spazio a malapena sufficiente per due persone, figurarsi per cinque. Nell'ultima casa, con Pam come madre affidataria, aveva avuto tre fratelli e una sorella. Ciò significava che Luna aveva avuto una compagna di stanza, mentre i ragazzi ne avevano avuti tre. E tutti avevano odiato quel posto. A Pam non importava nulla, tranne che delle pozioni che vendeva e del suo sinistro ragazzo, Leo. I ragazzi erano solo una fonte di guadagno per Pam, o forse una copertura per il suo spaccio. Francamente, a Luna non importava. Non aveva desiderato altro che andarsene.

Ma quella vita? Quella a Keating Hollow? Era tutto ciò che aveva sempre sognato da bambina. La famiglia che aveva sempre desiderato l'avrebbe accolta, oppure lei sarebbe stata sempre l'estranea che Gabrielle Townsend aveva gettato via?

C'era solo un modo per scoprirlo. Luna si fermò di fronte alla bella casa, tirò il freno a mano e trasse un respiro profondo. Poteva farcela. Soprattutto, *voleva* farcela, per quanto devastante per i suoi nervi si sarebbe rivelata quell'esperienza. Con le mani che tremavano leggermente, Luna tirò fuori la chiave dall'accensione e scese dall'auto. Un attimo dopo era in veranda che bussava alla porta.

La porta si spalancò e l'uomo che lei pregava fosse suo padre le sorrise. "Ce l'hai fatta." Lincoln Townsend spalancò la porta. "Entra. Vado a prendere qualcosa da bere."

Luna seguì Lin e osservò l'anziano. Era alto, con i capelli grigi tagliati corti, e aveva gli occhi color dell'acciaio. Aveva messo su un po' di peso dall'ultima volta in cui lei l'aveva visto, il che era un buon segno: voleva dire che si sentiva meglio.

Luna aveva sentito dire che l'uomo aveva lottato contro il cancro, ma che di recente era andato in remissione.

Entrarono in un grande salotto e Luna si soffermò a osservare la stanza. Il divano era leggermente liso, ma comunque invitante. C'era un grosso pentacolo di metallo appeso sopra il caminetto, unica indicazione del fatto che lì vivevano delle streghe. E verso il fondo della stanza c'era una cucina aperta. Lin stava trafficando, tirando fuori gli ingredienti per preparare qualcosa, anche se lei non sapeva esattamente cosa. E si rese conto che non gliene importava, non una volta intravisto il retro della proprietà attraverso la grande porta finestra. L'ampia radura era bellissima, con un patio di pietra con tanto di focolare incorporato. Sembrava il luogo perfetto per un raduno di famiglia. Nel quale lei moriva dalla voglia di essere inclusa.

"Tieni," disse con gentilezza Lin, mettendole una tazza calda in mano. "Vuoi fare un giro della proprietà mentre parliamo?"

"Sì," disse Luna, travolta dal sollievo. Era sempre più facile superare i momenti di difficoltà quando c'era qualcos'altro su cui concentrarsi.

"Da questa parte."

Continuando a stringere la sua tazza, Luna seguì Lin lungo un corridoio e in garage. L'uomo accennò a un'auto da golf a quattro posti. "Vuoi guidare tu?" chiese.

Luna rise. "Magari più tardi. Mi piacerebbe limitarmi a vedere la sua splendida proprietà."

"Certo." Lin si sedette al posto di guida, aspettò che Luna prendesse posto accanto a lui, dopodiché uscì dal garage e manovrò l'auto da golf attorno alla casa, verso il meleto di famiglia. Guardava fisso di fronte a sé quando disse: "Scommetto che hai un sacco di domande."

"Ehm... sì, ma c'è solo una cosa che vorrei tanto sapere." Luna aveva caldo ed era sicura di essere rossa come un peperone.

"Credo che siamo entrambi ansiosi di conoscere la risposta a quella domanda." L'uomo imboccò un sentiero che attraversava il frutteto. "Quanti anni hai, Luna?"

Luna deglutì faticosamente. "Ne compirò ventuno fra qualche mese."

Lincoln si voltò verso di lei, lo sguardo colmo di speranza e rimpianto e qualcos'altro che lei non riuscì a identificare con precisione. "Allora è possibile."

Le parole la colpirono dritto al cuore, scatenando ondate di gioia pura e dolore puro. Lo voleva tanto. Voleva davvero che quell'uomo fosse suo padre. Non importava che lo conoscesse a malapena. Lo conosceva abbastanza da sapere che non l'avrebbe mai respinta. Le tremava la voce quando disse: "Non voglio farmi venire speranze."

Lin tacque e Luna aveva paura a guardarlo. Ma poi l'uomo si allungò, le prese la mano e affermò: "Comunque vada, adesso sei una di famiglia. Che usi il mio cognome o tenga quello con cui sei cresciuta, sei una Townsend. Hai quattro sorelle e un uomo che vorrebbe con tutto il cuore aver saputo di te ed esserti stato vicino quando eri piccola."

Lacrime calde scorsero lungo le guance di Luna. Le parole dell'uomo erano troppo belle per essere vere. Nessuno l'aveva mai accettata senza condizioni, in precedenza.

Beh, nessuno tranne Chad.

"Grazie," disse Luna, tamponandosi le guance. "Ma non deve dirlo per forza. Gia, cioè, Gabrielle, dice di essere quasi certa che lei non sia mio... Beh, è per quello che mi ha dato in adozione."

La mano di Lin strinse la presa attorno a quella di Luna.

"Dolcezza, se Gabby non fosse scappata via, anche se mi avesse detto che tu non eri mia, ti avrei cresciuta come tale. Non ho dubbi al riguardo."

Luna si voltò a fissarlo, la bocca che si muoveva senza funzionare davvero. Alla fine, riuscì a chiedere: "Ma perché?"

L'uomo emise una risatina priva di gioia, ma quando incrociò lo sguardo di Luna, nei suoi occhi c'era solo sincerità. "La amavo. Era la madre delle mie bambine e, prima di diventare dipendente dalle pozioni, era una compagna meravigliosa. Se mi avesse chiesto sostegno, io avrei smosso mari e monti per aiutarla a disintossicarsi. A conti fatti, è stata lei a fare le sue scelte. E noi tutti abbiamo dovuto conviverci. Credo che a te sia toccato il peggio."

Non si poteva negarlo. Se la madre adottiva di Luna non fosse venuta a mancare così giovane, forse lei l'avrebbe pensata diversamente. Era difficile a dirsi. Ma Luna aveva voluto bene alla sua mamma e aveva ricordi colmi di affetto dell'inizio della sua infanzia. Era stato dopo la morte della donna che la situazione era peggiorata. Ma Luna disse solo: "Ho una buona vita, adesso."

"Non hai idea di quanto sia felice di saperlo," disse sorridendo Lin. "Faremo il test del DNA, perché mi sembra giusto. I segreti non servono mai a nulla. Ma a essere onesti, non mi importa del risultato. Tu sei una Townsend. Sei una di noi e, se me lo permetterai, mi piacerebbe essere tuo padre."

Le parole dell'uomo l'avevano completamente sbilanciata. Perché Lincoln Townsend era così gentile con lei? E perché era così pronto ad accettarla come sua prima ancora del test del DNA? Si erano già incontrati qualche volta, al birrificio e in occasione di un paio di eventi pubblici in paese, ma non si conoscevano davvero. O almeno, non si conoscevano abbastanza perché quell'uomo la abbracciasse così in fretta e senza fare domande.

"Luna?" la incoraggiò lui.

"Sì?"

"Per te sarebbe un problema?" L'espressione gentile e speranzosa nello sguardo di Lincoln fece sì che le lacrime di Luna riprendessero a scorrere. Lei riuscì ad annuire, ma non a parlare.

Lin fermò l'auto, saltò giù e corse dal lato di Luna. Dopo averla fatta alzare, la circondò con le braccia. "Mi dispiace tanto, Luna. Non hai idea di quanto mi dispiaccia."

Parlava come se conoscesse il suo passato e lei si chiese chi glielo avesse raccontato. Solo una persona poteva averlo fatto. Il tradimento le fece girare la testa e, mentre la rabbia prendeva il sopravvento, le sue lacrime si asciugarono. Si tirò indietro, liberandosi con cautela dall'abbraccio di Lin. "Che cosa le ha raccontato Chad?"

"Chad?" chiese l'uomo, con aria confusa. "Il figliastro di Barb?"

"Sì. Proprio lui. Cosa le ha detto di me?" Il calore aveva invaso il corpo di Luna e tutto lo stress generato dalla scoperta dei suoi genitori biologici tornò prepotentemente in superficie. "Non aveva diritto di raccontare a lei o chiunque altro com'è stata la mia vita prima che arrivassi a Keating Hollow."

"Luna," mormorò Lin. "Io non ho parlato con Chad. Ho parlato con Faith."

"Non è molto contenta di questo nuovo sviluppo," disse Luna.

Lin trasse un respiro profondo. "Non è contenta di sua madre. Faith ha bisogno di tempo per riprendersi. La conosco;

se ne farà una ragione. E dopo averlo fatto, diventerà la tua fan numero uno. Vedrai."

Luna annuì e si stupì di quanto desiderava che andasse così. Dopo la reazione iniziale di Faith, si era rassegnata all'idea che le sue sorelle avrebbero potuto non accettarla mai completamente. Era qualcosa a cui era pronta. Anzi, era l'unica opzione a cui era pronta. Permettersi il sogno di essere un'unica, grande famiglia felice era un rischio troppo grande. Il suo cuore non avrebbe sopportato il rifiuto se lei si fosse permessa di desiderare l'unica cosa che aveva sempre voluto – una famiglia – solo per vedere il sogno crollare.

Ma Faith aveva detto subito a Lincoln di lei. E non doveva aver parlato poi tanto male di Luna, se Lincoln voleva costruire un rapporto con lei. Si spremette le meningi, pensando a tutto ciò che aveva mai raccontato all'altra donna. Era stata attenta a tenere vaghi i dettagli del suo passato, senza parlare dell'affidamento, della morte prematura della sua madre adottiva e di come se l'era cavata dopo aver compiuto diciott'anni. Erano tutti ricordi dolorosi per lei, dei quali preferiva non parlare.

"Mi ha raccontato che tu avevi detto di non avere famiglia e che speravi che Keating Hollow sarebbe stato un posto dove avresti potuto mettere radici, perché non lo avevi mai fatto prima."

D'accordo, lo aveva detto. E allora? Non era mica una tragedia. Solo un fatto. "Non deve dispiacersi," mormorò Luna.

Lin si ficcò le mani nelle tasche e fissò il frutteto. "Forse no, ma mi dispiace comunque. Se la situazione con Gabby non fosse degenerata tanto, magari sarebbe andato tutto diversamente. Magari, se io fossi stato più aperto riguardo ai suoi problemi, o me ne fossi accorto prima, o avessi insistito perché cercasse aiuto…" L'uomo si accigliò e chinò il capo in un atteggiamento simile alla sconfitta. "Mi dispiace soprattutto che tu non abbia potuto crescere qui con le tue sorelle." Sollevò la testa e incrociò lo sguardo di Luna. "Mi sarebbe piaciuto molto."

Luna non sapeva cosa dire e nemmeno cosa provare. Per cui, invece, disse: "Mi parli del frutteto."

Lin le lanciò un sorriso, girò attorno all'auto da golf e salì a bordo. Dopo che lei ebbe fatto lo stesso, le disse: "Ti faccio vedere la prima sezione che abbiamo piantato."

CAPITOLO 23

*C*had infilò il furgone nel parcheggio di fronte all'Incantation Café e tirò il freno a mano. Si contorse per lanciare un'occhiata a Levi. Il ragazzo indossava jeans strappati, una maglietta vintage degli Stones, e si era messo nei capelli un qualche prodotto che faceva sembrare i suoi riccioli costantemente umidi. Era eyeliner quello? Chad sorrise fra sé. L'adolescente aveva l'ombra di un sorriso sul volto e, per la prima volta da quando si erano conosciuti, sembrava contento.

"Prendi questi." Luna gli porse del denaro.

Levi scosse la testa. "No, Luna. Non posso."

"Sì che puoi." Luna si allungò e gli mise il denaro in mano. "Vedila come una paghetta o qualcosa del genere."

Levi fissò le banconote. "Ma non ho fatto nulla per meritarmela."

Luna si strinse nelle spalle. "Hai preparato la cena e pulito la cucina da quando sei venuto a vivere con me. Se ti fa sentire meglio, potrai occuparti anche del giardinaggio. Tagliare l'erba, strappare le erbacce, rastrellare le foglie, eccetera. Siamo d'accordo?"

"È meglio che accetti, Levi," disse Chad. "Altrimenti, rimarremo qui per tutta la sera e sarà colpa tua se il mio appuntamento salterà." Chad ammiccò al ragazzo. "Fammi un favore e vattene, d'accordo?"

Levi levò gli occhi al cielo, ma si ficcò il denaro in tasca e aprì la portiera. "Grazie, Luna," mormorò.

"Prego," disse lei. "Divertiti. Chiama se hai bisogno di qualcosa. Qualunque cosa. O se hai bisogno di un passaggio per tornare a casa. Va bene?"

"Non preoccupatevi," disse Levi.

"Ma certo che non ci preoccupiamo." Luna annuì. "Comunque sia, se le cose dovessero andare male, basta che ci telefoni. Capito?"

Il ragazzo ridacchiò e i suoi occhi cominciarono a brillare di ilarità. "Capisco. E vi chiamerò se dovessi aver bisogno di qualcosa. Ora andate. Godetevi la serata a Eureka. Ricordatevi del coprifuoco. Mi dicono che è alle undici."

"Undici e mezza," disse Luna.

Levi rise. "Non volete fare troppo presto?"

Il volto di Luna si tinse di una bella sfumatura di rosa.

Chad sorrise, godendosi lo scambio di battute e il leggero imbarazzo di Luna. "Vai," disse. "Fai quello che fate voi ragazzi. Noi abbiamo un impegno."

"Non vi trattengo," disse Levi, scendendo dal furgone sul marciapiedi.

Chad mise la retromarcia mentre Luna salutava.

E proprio mentre loro si allontanavano, Levi gridò: "Ricordatevi i preservativi!"

Luna rimase a bocca aperta.

Chad si limitò a ridere.

"Ma l'hai sentito?" chiese lei.

Chad inarcò un sopracciglio. "La vera domanda è: perché

sei così sconvolta? È un ragazzo che ha visto un sacco di brutte cose, non un bambino viziato."

Luna si appoggiò al sedile e chiuse gli occhi. "Argh. So che hai ragione. Alla sua età, dicevo di quelle cose alla gente..." Lasciò la frase in sospeso e guardò Chad, gli occhi stretti. "È strano che tu mi conoscessi quando avevo la sua età?"

"No," disse lui. "Per niente." Chad imboccò la statale a due corsie che portava a Eureka. "La verità è che allora ti vedevo solo come una ragazzina che aveva bisogno di una mano a rimettersi in piedi. Questo?" Mosse una mano fra di loro. "Quello che sta succedendo ora è completamente nuovo per me. E tu, Luna Scott, non sei certo più una ragazzina."

Il rossore sulle guance di Luna si accentuò. "Ehm, tu mi piacevi già allora."

Qualcosa si gonfiò nel petto di Chad. Lo aveva capito, ma non aveva mai voluto prendere in considerazione quell'opzione per un paio di motivi. In primo luogo, allora non condivideva il sentimento. In secondo luogo, si era reso conto che, se volevano portare avanti il piano di trasferire Luna a casa sua quando lei avrebbe compiuto diciott'anni, avevano bisogno di stabilire confini precisi.

"Tu lo sapevi, vero?" lo accusò lei.

Chad annuì. "Lo avevo immaginato. Ma sebbene tenessi molto a quello che ne sarebbe stato di te una volta diventata maggiorenne, non era quello il motivo. Non volevo mettermi con te. Volevo solo darti la possibilità di farti strada nel mondo una volta che fossi stata per conto tuo."

"E adesso, Chad?" chiese lei, la voce così bassa e calda da essere una carezza ai sensi.

"Adesso?" Chad ridacchiò. "Conosci già la risposta. È inutile negare l'alchimia che continua ad attirarci l'uno verso l'altra." Si allungò e le prese la mano.

Luna gli passò il pollice sul palmo, provocandogli un formicolio che gli strappò un piccolo gemito.

"È proprio bello," disse lui.

Luna sollevò lo sguardo, accigliandosi mentre cominciava a sondargli la mano con le dita. "I tuoi tendini sono di nuovo tesi. La tua mano si contrae sempre così in fretta? Sono trascorsi solo pochi giorni dall'ultimo massaggio."

"No. Può darsi che oggi io abbia esagerato al negozio." Chad strinse la mano per indicare che non andava poi così male e dovette trattenere un sussulto. Porca di quella... Cosa aveva combinato? "Va tutto bene," disse.

"Mi dirai mai come è successo?" chiese Luna. "Quello che è successo davvero, intendo."

Accidenti. Chad aveva avuto l'intenzione di rivelarle quello che era accaduto quella sera di tre mesi prima. La sera che gli aveva rovinato la carriera e lo aveva lanciato lungo una strada completamente diversa. Semplicemente, non voleva farlo subito prima del loro primo appuntamento. Ma forse era meglio così. Se il racconto le fosse stato sgradito, probabilmente si sarebbe sentita tradita. "Avrei voluto dirtelo prima," esordì. "Ma siamo stati interrotti e..." Si strinse nelle spalle. "È stato un periodo un po' frenetico."

"Non hai torto." Il tocco potente di Luna gli pattinò sulla pelle, la sua magia che allentava lentamente ma in modo ineluttabile la tensione nel palmo. "Ma ora siamo qui e io ti ascolto."

"Va bene." Chad si fece forza. La sera in cui aveva detto a Luna di quando aveva chiamato la polizia, cosa che l'aveva fatta finire in prigione, era la sera in cui avrebbe dovuto dirle il resto. Ma poi Levi lo aveva chiamato e le priorità erano cambiate immediatamente. "Ti ricordi di aver detto che Pam ti aveva detto che ti avrebbe restituito i risparmi dopo che tu avessi consegnato le pozioni allo spacciatore?"

"Sì. Ma cosa c'entra la tua mano?"

"Lei non ha mai avuto l'intenzione di restituirti quel denaro," disse Chad. "Lo ha speso—"

"Me lo ha restituito quando sono uscita dal carcere minorile," disse Luna. "Un corriere mi è venuto incontro fuori dai cancelli con una scatola ed era tutto lì. Anzi, c'erano duecento dollari in più. Ho sempre pensato che lei si sentisse in colpa per quello che mi era successo e che quello fosse il suo modo per farsi perdonare." Luna sputò fuori quelle parole in tono amareggiato. "Come se duecento dollari potessero restituirmi mesi di vita. Patetico."

"Luna," disse Chad, liberando la mano da quella di lei mentre svoltava per entrare a Eureka. "Non è stata Pam a mandarti quei soldi o il contratto di affitto a breve termine. Sono stato io." Non riusciva a vederla in viso; era troppo concentrato sulla guida. Ma udì il suo gemito sconcertato. Poi venne il silenzio. Chad le lanciò un'occhiata. Luna lo stava fissando con gli occhi spalancati. "Ehi," mormorò lui. "Di' qualcosa."

"Ma... Che diamine, Chad?" gridò lei. "Sei serio? Hai sputato fuori qualche migliaio di dollari e non me lo hai nemmeno detto? Ho trascorso tutto questo tempo convinta che Pam avesse almeno un briciolo d'anima, ma a quanto pare avevo ragione fin dall'inizio. Alla mia madre affidataria importava solo di se stessa e tu hai deciso di salvarmi, ma me lo hai tenuto nascosto. Perché? Perché non me lo hai detto subito? Perché non mi hai lasciato un biglietto assieme al contratto d'affitto? Ma soprattutto, cosa c'entra tutto questo con la mano?"

Chad sussultò. Sapeva che avrebbe dovuto dirglielo prima,

ma non si era aspettato che lei se la sarebbe presa così tanto. "È stata colpa mia se tu sei andata in prigione," disse. "Erano trascorsi solo pochi mesi, ma il mio senso di colpa era... beh, era inclassificabile. Non ho lasciato un biglietto perché non credevo di meritare alcun riconoscimento. Non capisci, Hope? Ho incolpato me stesso per molto, molto tempo. Ti ho mandato quel denaro perché volevo che tu avessi una possibilità."

"Me lo hai mandato perché ti sentivi in colpa," scattò lei. "Beh, congratulazioni. Ti assolvo. Hai la coscienza pulita."

Il fuoco nello sguardo della donna gli fece capire che in quel momento lui non avrebbe potuto dire nulla per sistemare le cose fra di loro. Luna era troppo arrabbiata e aveva bisogno di tempo per riprendersi. Ma lui non poteva lasciar cadere l'argomento. C'era dell'altro che lei doveva sapere. "Non ho la coscienza pulita. Dubito che l'avrò mai."

Luna emise uno sbuffo infastidito. "Io non sono e non sono mai stata un tuo problema, Chad."

"Lo so." Era vero. Ma Chad non avrebbe mai smesso di cercare di proteggerla. Teneva troppo a lei. E odiava aver preso parte a qualcosa che le aveva fatto del male. "Leo aveva intenzione di riportarti a casa di Pam dopo che tu fossi uscita di prigione."

Luna lo guardò sconvolta. Poi prese fiato e disse: "Cosa?"

Chad entrò nel parcheggio della grande villa vittoriana dove si teneva l'evento della serata. Dopo aver spento il motore, si voltò a guardarla. "Dopo che sei stata arrestata, sono andato a casa tua per capire cosa fosse successo. Leo era furibondo; continuava a ripetere che, una volta uscita, non avresti avuto altra possibilità che lavorare per lui. Abbiamo litigato. È partito qualche pugno e qualcuno ha chiamato la polizia. Lui è scappato prima che arrivassero."

"Come se avessi mai avuto intenzione di tornare in quella casa," sbuffò Luna.

"Sapevo che non lo avresti mai fatto, finché avessi avuto i mezzi per evitarlo," disse annuendo Chad. "Per cui, ho chiamato Pam circa una settimana prima del tuo rilascio. Ho cercato di convincerla a restituirti il denaro che ti aveva rubato, ma naturalmente lei lo aveva speso da tempo. Disse che tu lo avresti riguadagnato in pochissimo tempo una volta tornata da loro. Leo aveva già intenzione di tenerti d'occhio. Pam disse che sapeva che tu non avresti voluto, ma che, quando la situazione si sarebbe fatta abbastanza dura, lui ti avrebbe convinta a tornare indietro."

Luna si premette una mano sul ventre e scosse la testa. "Mai."

Chad avrebbe voluto disperatamente allungarsi e toccarla, ma tenne le mani a posto. Non era il momento. "Se l'orchestra cui ero andato a lavorare non fosse stata in tournée, sarei venuto a prenderti io stesso quando sei uscita. Ma dato che ero in Europa, ho ingaggiato una persona che ti consegnasse il denaro. Fu l'unica cosa che mi venne in mente per assicurarmi che tu avessi ciò di cui avevi bisogno per evitare che Leo ti convincesse a spacciare per lui... o peggio."

Luna strinse gli occhi mentre lo osservava. Il suo rifiuto totale era palpabile mentre chiedeva: "Credi davvero che gli avrei permesso di prendermi fra le sue grinfie?"

"No. Non se tu potevi qualcosa," disse con gentilezza Chad. "Ma avevi diciott'anni, eri appena uscita di prigione e non avevi una famiglia a cui appoggiarti, per cui ho fatto l'unica cosa che potevo per darti una mano."

"Il tutto senza lasciare un messaggio. E nemmeno un numero di telefono. Che diamine, Chad. E se i tuoi soldi non fossero bastati? E se Leo mi avesse ripresa comunque? Cosa avresti fatto?"

Chad arrossì e distolse lo sguardo nell'aggiungere: "Ti ricordi la donna che ti ha portato il denaro?"

"Sì," rispose Luna, praticamente sbraitando.

"Ti ha anche tenuto d'occhio. Era un investigatore privato. Le ho chiesto di controllare periodicamente per assicurarmi che fossi al sicuro."

Il veicolo si colmò nuovamente di silenzio.

Chad tenne lo sguardo fisso di fronte a sé, sapendo di aver oltrepassato dei limiti. Avrebbe dovuto dirglielo. Avrebbe dovuto darle il suo numero di telefono e chiederle di restare in contatto. Avrebbe dovuto farle sapere che era stato lui a mandarle il denaro. Ma si era sentito spaventosamente in colpa e distante mentre era in tour dell'Europa. Se Luna fosse finita nei guai, lui non avrebbe potuto saltare in auto e andare a prendere Leo a calci nel sedere.

"Mi hai fatto spiare." La voce della donna era gelida.

"Non spiare. Diciamo tenere d'occhio," disse lui.

"Chiamalo come ti pare, ma avresti potuto dirmelo. Avresti dovuto dirmelo."

"Hai ragione. Avrei dovuto."

Luna esalò un respiro carico di frustrazione. "Non mi aspettavo che la serata andasse così."

"Lo so." Chad chiuse gli occhi. "Ti porterei a casa, ma devo suonare alcuni brani dopo la cena. Se vuoi, puoi prendere il mio furgone. Io troverò un modo per tornare a Keating Hollow."

Luna esalò il fiato. "No, Chad. Non voglio prendere il tuo furgone. Sono arrabbiata e frustrata, ma non voglio abbandonarti qui. Entriamo e basta."

"Sei sicura?" chiese lui. Luna era inespressiva, ma tutto il suo corpo era teso e l'ultima cosa che lui voleva era darla in pasto alla folla dell'evento. "Tutti ti chiederanno come mai ci conosciamo e vorranno chiacchierare. Sei sicura di farcela?"

Lei gli rivolse un'occhiata d'acciaio. "Nessun problema. Posso sopportare qualche chiacchiera."

"Naturalmente," iniziò a dire lui; ma prima che potesse tirare fuori il resto delle parole, lei era già scesa dal furgone e si era diretta verso la villa.

CAPITOLO 24

*L*una entrò nella sala grande della villa, pronta a sputare fuoco. Chi si credeva di essere Chad Garber?

Nel giro di cinque minuti, era riuscito a trasformare una serata promettente in una che lei avrebbe voluto dimenticare per sempre. L'aveva spiata. Le aveva mentito. E l'aveva trattata… come?

Come se lei fosse indifesa? No. Non aveva fatto così. Se l'avesse creduta indifesa, avrebbe fatto molto più che regalarle un mucchio di soldi. No, l'aveva trattata come se Luna avesse bisogno d'aiuto. Il che era vero.

Luna riusciva ancora a ricordare l'emozione pura e cruda del giorno in cui era uscita di prigione. A diciott'anni, era libera dal carcere e dall'affidamento fiduciario, con qualche centinaio di dollari in tasca e l'indirizzo di una casa-famiglia, nel caso ne avesse avuto bisogno. Era stata sua ferma intenzione andare alla casa-famiglia e rimanervi per il tempo strettamente necessario a trovare un lavoro e una sistemazione migliore. Ma poi, la donna dai lunghi capelli neri con un intero orecchio tempestato di orecchini era apparsa dal nulla, sostenendo di essere un corriere privato con un pacco per lei.

Luna aveva preso il pacco e aveva trovato il denaro. Erano esattamente duecento dollari in più della cifra che Pam le aveva portato via.

Non aveva avuto dubbi sul da farsi. Si era subito diretta verso nord, aveva trovato una stanza da prendere in affitto ed era andata a lavorare in un altro bar. Non aveva mai avuto motivo di guardarsi alle spalle. Leo e Pam erano diventati i personaggi di un passato che, dopo un po', le era parso quasi irreale.

Era stato Chad a farle quel dono? Il denaro che le aveva fatto avere quel giorno le aveva decisamente cambiato la vita. Luna non avrebbe forse dovuto ringraziarlo per essersi preso cura di lei, invece che voltargli le spalle? Dal punto di vista razionale, si rendeva conto che l'uomo le aveva fatto quello che probabilmente era il dono più importante della sua vita. Ma nel cuore? Le sembrava che quello si fosse spezzato perché Chad aveva fatto tutto in silenzio. L'orgoglio di Luna aveva subito un duro colpo e lei si sentiva in imbarazzo perché l'uomo aveva saputo quanto devastata era la sua vita. Perché l'aveva tenuta d'occhio e non l'aveva mai contattata. Come mai?

Chad aveva per caso saputo che lei si era trasferita a Eureka prima che lui tornasse a Keating Hollow? Al pensiero, uno strano miscuglio di entusiasmo e terrore la colmò. Argh! Che le era preso? Perché gongolava al pensiero che Chad si fosse trasferito per lei e al tempo stesso era incazzata perché aveva sorvegliato ogni sua mossa negli ultimi tre anni?

"Buonasera," disse una donna con un lungo abito di velluto nero. "Benvenuta al galà della Lost Coast Youth."

"Buonasera," disse Luna, spostando l'attenzione sulla donna.

"Ha già un tavolo?"

"Luna è con me," disse Chad da dietro di lei. L'uomo si fermò e tese la mano alla donna. "Come va, Fiona? Sembra che ci sia parecchia gente."

"Oh, Chad. Salve." Fiona gli strinse la mano, quindi si rivolse a Luna. "È davvero un piacere conoscerla."

"Anche per me," borbottò Luna, guardando mentre Fiona sorrideva a Chad, gli occhi che brillavano di interesse.

"Tutti muoiono dalla voglia di sentirti suonare, Chad," disse Fiona, manovrando in modo da prenderlo a braccetto. Si strinse all'uomo e gli appoggiò la testa sulla spalla. "Grazie mille per quello che stai facendo. Non hai idea di quanto io lo apprezzi."

"Ne sono felice," disse lui, lanciando un'occhiata a Luna.

Luna avvertiva un forte desiderio di allontanare Chad da quella donna bellissima. Invece, si circondò con le braccia, per evitare di fare scenate.

"Da questa parte, Chad," disse Fiona. "Voglio farti conoscere alcune persone."

Chad serrò la mascella e Luna ebbe la forte sensazione che quella donna non gli piacesse poi tanto. "Un attimo solo." L'uomo tese la mano a Luna.

Lei la fissò per un istante.

Lo sguardo profondo degli occhi azzurri di Chad incrociò il suo e lei vide una quantità di emozioni in esso, non ultima delle quali era il rimorso.

Accidenti. Non voleva che lui si sentisse in quel modo. Luna era abbastanza sveglia da rendersi conto che la maggior parte delle sue emozioni era dovuta alla sua insicurezza e Chad non meritava di essere respinto solo per aver cercato di aiutarla a superare un momento terribile... anche se lo aveva fatto in silenzio. Non era il modo che lei avrebbe preferito e avrebbero dovuto discutere di trasparenza e di fiducia in futuro, ma l'uomo non l'aveva tradita. Anzi, finché lei non aveva conosciuto Lincoln Townsend, Chad era stata l'unica persona ad averle voluto incondizionatamente bene da quando lei aveva perso la sua mamma adottiva, oltre quindici anni prima.

Costringendosi a rilassarsi, Luna prese la mano di Chad. Le dita dell'uomo si strinsero istantaneamente attorno alle sue e questi la avvicinò a sé mentre si districava dalle grinfie di Fiona.

"D'accordo, Fiona, facci strada. Chi vuoi farci conoscere?" chiese Chad.

L'organizzatrice dell'evento si accigliò; sembrava contrariata, ma si controllò quasi subito e si appiccicò un sorriso sul volto. "Da questa parte. I Danton hanno fatto una donazione sostanziosa alla fondazione. Hanno chiesto solo di conoscere l'uomo dalle dita magiche. Lei ammira molto la musica classica. Ti ha sentito suonare parecchie volte."

Chad rivolse alla donna un sorriso cortese, ma strizzò la mano di Luna. Lei non mancò di notare l'ansia che lampeggiava nei suoi occhi. Dita magiche. Si chiese quanto dolore avrebbe dovuto sopportare Chad durante l'esibizione. Conoscendolo, avrebbe dato tutto se stesso e si sarebbe ritrovato di nuovo con un artiglio al posto della mano. Luna ricambiò la stretta e si concentrò sui muscoli del palmo dell'uomo, mandando un pizzico della sua magia lungo la pelle.

Chad emise un piccolo sospiro soddisfatto e mimò con le labbra: *Grazie.*

Luna gli si avvicinò e bisbigliò: "Prego."

Fiona li condusse in giro per la stanza, ansiosa di

presentare Chad a tutti i ricchi invitati venuti a sostenere il centro giovanile. Era affascinante e arguta con tutti gli ospiti, la persona perfetta per convincere la gente ad aprire il portafogli. L'unica cosa che non le usciva bene era ricordare il nome di Luna. Fiona la presentò come "Lana," "Linette" e persino "Nona," a un certo punto. Dopo un po', Luna cominciò a divertirsi, ma la quarta volta che Fiona massacrò il nome di Luna, Chad perse la calma.

"Si chiama Luna," sbuffò, passandole un braccio attorno alle spalle e attirandola a sé. Profumava di sapone, sequoie e pura e semplice luce solare. Luna trasse un respiro profondo e sentì svanire quello che restava del fastidio.

"Oh, scusa. A volte, non mi ricordo propri nomi," disse Fiona con una risata fasulla.

"Tranne quando sono scritti su assegni da migliaia di dollari," borbottò Chad. Ma poi si appiccicò un sorriso sul volto, strinse la mano dell'uomo a cui lui e Luna erano appena stati presentati e disse: "È stato un piacere incontrarla di nuovo, signor Xing. Se vuole scusarci. Devo trovare un posto per Luna e poi scaldarmi per l'esibizione."

"Ma certo. Siamo ansiosi di sentirla suonare di nuovo, signor Garber."

"Da questa parte," disse Chad, conducendo Luna attraverso la folla. Mantenne una presa ferma sulla sua mano, senza lasciarla andare nemmeno quando raggiunsero un piccolo ufficio. Chad si sedette su una poltrona e si mise Luna in grembo di sbieco.

"Non devi suonare fra poco?" chiese lei, ridendo mentre si chinava sul petto di Chad.

"Sì, ma avevo bisogno di un minuto per allontanarmi da Fiona e dai suoi altezzosi amici." Chad inclinò la testa e chiuse gli occhi. "Mi dispiace tanto. Fiona sa essere proprio una snob."

"Non sono sicura che sia lo snobismo il motivo per cui mi ha trattato come una reietta," mormorò Luna, la mano libera che fremeva dalla voglia di toccare la mascella mascolina di Chad. "Le piace il pianista della serata."

Chad spalancò gli occhi. "No, non è così."

"Sì, è così." Luna sapeva che dovevano parlare, sistemare alcune cose, ma non riuscì a trattenersi. Fissò le labbra di Chad, morendo dalla voglia di assaporarle. "Ma purtroppo per lei, tu sei già impegnato."

Lo stupore lampeggiò negli splendidi occhi di Chad mentre osservava il viso di Luna, bevendola come se non riuscisse a credere del tutto a ciò che le aveva appena detto. "Davvero?"

"Sì," mormorò lei, chinandosi. Le labbra di Chad erano morbide e calde sotto le sue mentre una delle mani dell'uomo le afferrava il bacino. Il suo tocco era tutto. Luna avrebbe voluto muovere il corpo, mettersi a cavalcioni di Chad e premere le mani contro le sue guance e baciarlo con grande trasporto. Ma ci sarebbe stato tempo più tardi per quello. In quel momento, c'erano delle cose da dire. Luna si ritrasse, frapponendo un po' di distanza fra loro. "Non voglio dire che sono contenta del modo in cui hai cercato di aiutarmi tre anni fa, ma ti ringrazio. Probabilmente, le tue azioni mi hanno salvato da una vita da cui stavo cercando disperatamente di allontanarmi e non ho idea di come farò a ripagarti, ma lo farò."

"Ripagarmi?" chiese lui, sbalordito. Poi la sua espressione si fece seria nell'aggiungere: "No, Luna. Non c'è motivo per cui tu debba ripagarmi. Quello che stai facendo per Levi è tutto quello che avrei potuto chiedere."

"Vuoi restituire il favore al mondo, eh?" Luna gli passò le dita lungo la mascella, cedendo finalmente alla tentazione.

"Sì. Ed è proprio quello che ho fatto." Chad accentuò

l'abbraccio e la attirò a sé, sfiorandole la guancia con le labbra. "Il motivo per cui mi sono sentito propenso ad aiutarti allora non è un mistero, Luna. La vita con il mio patrigno... non era buona. Mia madre si rifiutava di vederlo e l'unico motivo per cui sono riuscito ad andarmene è che un'insegnante prese le mie parti e mi aiutò a entrare in una scuola che mi portò via da quella situazione."

Lo stomaco di Luna precipitò. "Il tuo patrigno era violento?"

Chad annuì. "Mia madre aveva l'affidamento esclusivo e sebbene io avessi la possibilità di andare a trovare mio padre, la situazione abitativa di lui e Barb non era esattamente stabile, allora. Lui era un musicista e lei un'artista. Erano spesso in viaggio. Vivere con loro non sarebbe stata una soluzione facile, anche se sono certo che, se avessi avuto il coraggio di dire a papà cosa stava succedendo, lui avrebbe smosso mari e monti per portarmi via da là. È solo che..." Chad scosse la testa. "I ragazzini non pensano sempre razionalmente."

"Non è stata colpa tua," disse Luna, la voce carica di sincerità. "Ascolta bene, Chad. Non è mai stata colpa tua."

Lui annuì. "Razionalmente, lo so. Vorrei solo aver saputo allora quello che so ora."

Luna lo circondò con le braccia e lo strinse forte. "Eri un ragazzino."

"Sì." Chad premette il viso contro il suo collo e la baciò delicatamente sotto l'orecchio. "Anche tu lo eri."

Luna sentì le lacrime bruciarle in fondo agli occhi. Avrebbe voluto piangere per Chad, per se stessa, per Levi, per tutti i ragazzini che soffrivano perché gli adulti nelle loro vite erano gente di merda. Invece, si limitò a dire: "Grazie per essermi stato vicino quando avevo bisogno di te, per aver fatto quello che hai fatto, anche se mi ferisce nell'orgoglio, e per aver fatto qualcosa quando nessun altro voleva farlo."

"Farei qualunque cosa per te, Luna," disse lui. "Allora come ora. Sempre."

Un minuscolo singhiozzo le si bloccò nella gola quando lei disse a forza: "Chiamami Hope."

Chad si staccò e la fissò dritto negli occhi. "Sei sicura?"

"Sì."

Chad si sporse a sfiorarle a malapena le labbra con un bacio mentre diceva: "Non hai idea di quanto questo mi renda felice, Hope."

Lei lo baciò teneramente e lo strinse a sé in un altro lungo abbraccio. E poi, quando finalmente si staccarono, gli prese la mano ferita e cominciò a massaggiare, inviando la sua magia ad alleviare i dolori e gli indolenzimenti di Chad.

"Accipicchia, è incredibile," disse Chad, lasciandosi sfuggire un piccolo gemito. "Grazie."

Lei gli sorrise. "Se vuoi convincere tutti quei ricconi ad aprire il portafogli, dovrai essere al massimo della forma."

CAPITOLO 25

*C*had sedette al pianoforte, le mani che scivolavano agilmente sui tasti. Il massaggio che gli aveva fatto Hope, combinato al tocco guaritore di lei, era stato magia pura. La mano lesa era in condizioni quasi pari a prima dell'alterco con Leo. C'era una leggera rigidità, ma nulla che lo ostacolasse mentre suonava i due brani che aveva promesso agli organizzatori. Il primo era un numero veloce e divertente, che spinse gli ospiti a battere i piedi e le mani. Il secondo era struggente e pieno di emozione. La musica lo attraversò, prendendo possesso di lui mentre Chad scivolava in quel luogo dove nient'altro aveva importanza. Solo la musica.

Quando risuonò l'ultima nota, Chad vibrava di gioia pura. Non si era aspettato di sentirsi mai più in quel modo quando suonava, non con la mano ridotta in quello stato. Ma si era dimenticato completamente della lesione, del fatto che non suonava più in un'orchestra o che la sua vita aveva preso una svolta drammatica. La gioia che lui traeva dalla musica era tornata a piena forza e Chad aveva solo una persona da ringraziare: Hope.

Seduto al pianoforte, passò lo sguardo sulla folla, cercando l'unica donna di cui gli importava. Gli invitati si stavano affollando attorno al pianoforte, cominciando già a battere le mani mentre lui raggiungeva il crescendo del brano. Le sue dita martellarono sui tasti, liberando un finale drammatico. La pioggia esplose in fischi e grida di esultanza. Chad si alzò, allungando il collo nel tentativo di intravedere Hope. Che fine aveva fatto?

Fiona avanzò, le braccia protese verso di lui, ma poi il telefono di Chad vibrò nella tasca. Lui fu lesto ad afferrarlo e vide un messaggio di Hope.

Levi è nei guai. Devo andare subito. Chiamerò un taxi. Scusa. Sei stato meraviglioso.

"Chad, sei stato fantastico!" esclamò Fiona, che finalmente lo aveva raggiunto, per poi circondarlo con le braccia.

Chad si affrettò a sfuggire all'abbraccio. "Chiedo scusa." Si voltò e si diresse dritto verso la porta mentre già cominciava a digitare un messaggio.

"Chad! Aspetta!" Fiona gli corse dietro. "Non puoi andartene. Gli invitati vogliono congratularsi per la tua esibizione grandiosa."

Lui la degnò a malapena di uno sguardo mentre diceva: "Scusa, Fiona. Ho avuto un'emergenza in famiglia. Devo andare."

"Ma–"

Chad non aspettò di sentire cosa la donna avesse da dire. Dopo aver inviato il messaggio a Hope, si mise a correre e si diresse subito verso il suo furgone. Trasse un sospiro di sollievo quando trovò Hope già accanto al furgone. L'espressione della donna era serrata e piena di ansia. Chad si affrettò ad attirarla in un abbraccio. "Cos'è successo?"

Le braccia di Hope si strinsero attorno a lui, ma lo lasciarono subito andare. "Te lo dirò lungo la strada. Forza."

Chad sbloccò le portiere con il telecomando e corse al posto di guida. Una volta che furono in strada, le lanciò un'occhiata. "Levi sta bene?"

"Fisicamente, credo di sì." Hope premette un pulsante sul cellulare e si accigliò. "Suo zio è venuto a cercarlo, questa sera."

"A Keating Hollow?" chiese Chad, stringendo il volante.

"Sì. Ha detto che Levi deve andare a lavorare per lui e che se non lo farà, lui denuncerà la sua fuga da casa."

"Quel figlio di puttana," ringhiò Chad.

"Già." Hope si portò una mano tremante alla gola. "L'alterco si è verificato vicino al fiume. Levi dice che Shannon è arrivata e ha usato la sua magia per fare il culo allo zio, dando loro abbastanza tempo per allontanarsi. Sono a casa di Shannon, che ci aspettano."

"Se l'è presa anche con Shannon?" chiese Chad, digrignando i denti.

"A quanto pare. C'era anche Brian Knox, che è venuto alle mani con lo zio di Levi quando lui non ha voluto lasciare in pace Levi. Shannon ha sedato la rissa," disse Hope, digitando un messaggio al telefono. "Levi è stato avaro di dettagli. Non so molto altro."

"Chi è Brian Knox?" chiese Chad, cercando di identificare l'uomo.

"È amico di Jacob Burton, il fidanzato di Yvette."

Chad premette più forte il piede sull'acceleratore, aumentando la velocità. L'idea che qualcuno avesse raggiunto Levi nell'unica serata in cui loro avevano lasciato il paese gli faceva rivoltare lo stomaco. Deglutì faticosamente. "Capito. Per fortuna che c'erano loro a dare una mano."

"Già."

Tacquero per il resto del tragitto di trenta minuti, fino a quando non raggiunsero il paese e Hope gli diede le indicazioni per la casa di Shannon. La donna viveva in un piccolo cottage bianco con un giardino lussureggiante. La luce della luna illuminava le aiuole fiorite, mettendo in mostra un assortimento impressionante di boccioli. Chad percorse il sentiero tortuoso fino alla porta, ma prima che potesse bussare, la porta si spalancò e un uomo alto e dai capelli scuri uscì dalla casa, chiudendosi la porta alle spalle.

"Brian!" disse Hope, oltrepassando Chad per raggiungere l'uomo. "Cos'è successo?"

L'uomo si ficcò le mani in tasca ed esalò il fiato. La luce della veranda si accese all'improvviso e divenne impossibile non notare l'occhio nero di Brian.

"Levi sta benissimo," disse Brian. "È solo un po' pesto, ma niente di serio. I ragazzi che erano con lui sono illesi."

"Un po' pesto?" Hope lanciò un'occhiata alla finestra, palesemente ansiosa di entrare.

Chad si toccò l'occhio. "È stato lo zio di Levi?"

Brian annuì. "Shannon e io eravamo usciti a fare una passeggiata quando abbiamo visto quell'uomo mettere all'angolo Levi." Lanciò un'occhiata a Hope. "Levi dice che era suo zio e che non è esattamente un cittadino modello."

"È così," disse Hope. "Che cosa ha fatto?"

"Quando li abbiamo raggiunti, lo zio aveva inchiodato Levi a un albero con una mano sulla gola. Minacciava di… ehm, fare cose a Candy e Axel se Levi non fosse andato con lui."

Hope impallidì. "Ma tu e Shannon lo avete messo in fuga?"

"Lo abbiamo immobilizzato fino all'arrivo di Drew, ma nonostante Drew lo avesse ammanettato, quel tizio è comunque riuscito a liberarsi ed è svanito in mezzo agli alberi.

Drew ha dato inizio alle ricerche, ma non lo hanno ancora trovato."

"Drew sa?" Hope lanciò a Chad un'occhiata colma di panico e questi capì che era preoccupata per ciò che sarebbe accaduto ora a Levi. Drew avrebbe chiamato i servizi sociali? In tal caso, si poteva solo sperare che Lorna scongiurasse che il ragazzo venisse mandato da qualche parte.

"Devo vedere Levi," disse Hope. "C'è altro che devo sapere?"

Brian scosse la testa e Hope corse in casa.

"Grazie, amico. Sono Chad Garber, il nuovo arrivato che sta aprendo un negozio di musica in paese," disse Chad, attendendo la mano. "Ti siamo grati per l'aiuto."

"Figurati. Piacere di conoscerti. Brian Knox." L'uomo lo soppesò con lo sguardo. "Levi non stava da Luna?"

"Sì, ma lo seguiamo entrambi," confermò Chad.

"Capisco." Brian lanciò un'occhiata alla porta, quindi guardò di nuovo Chad. "Tu e Luna siete… una coppia?"

Chad non sapeva esattamente come rispondere. Non avevano definito nulla, ma nell'istante in cui ammise quel fatto a se stesso, annuì. "Stiamo insieme."

"Beato te." Brian gli diede una pacca sulla schiena, quindi tornò a guardare la casa.

"I ragazzi sono un po' scossi, ma per il resto va tutto bene. Ho già rilasciato una dichiarazione a Drew, ma fammi sapere se avete bisogno di altro, va bene?"

"Stai andando via?" chiese Chad.

Brian aggrottò la fronte e le sue labbra si strinsero in una linea sottile mentre fissava la porta d'ingresso. "Devo tornare a casa. Credo che Shannon, probabilmente, ne abbia abbastanza di me. E poi, domani mattina presto ho un appuntamento con Skye."

"Skye?" chiese Chad. Il nome gli sembrava familiare, ma non riusciva ad associarlo a un volto. "Chi è? Una di Eureka?"

L'uomo ridacchiò. "No. Skye è la figlia del mio amico Jacob. Lui e Yvette hanno dei progetti, per cui io potrò godermi un tè e magari una lezione di batteria."

"Lezione di batteria?" disse Chad, scoppiando a ridere. "Scommetto che Jacob è felicissimo."

Brian ridacchiò. "Potrei aver ricevuto delle minacce, ma sono disposto a correre il rischio. Skye non è ancora grande abbastanza per fare altro che rumore, ma si illumina in viso quando picchia sulla sua batteria in miniatura. E poi, la batteria sta a casa mia, per cui non c'è argomentazione che tenga."

"Sembra roba da emicrania," disse Chad, continuando a sorridere.

"Nah. Suono la batteria da una vita. Non mi dà fastidio." Brian fece un cenno di saluto mentre raggiungeva la strada, dove lo aspettava il suo SUV.

Chad lo guardò allontanarsi, chiedendosi cosa avesse voluto dire quando aveva detto che Shannon, probabilmente, ne aveva abbastanza di lui. Gli era forse sfuggito qualcosa? Scosse la testa ed entrò nella piccola casetta. Trovò Hope seduta a un piccolo tavolo in sala da pranzo, assieme a Levi, Candy e un altro ragazzo più o meno della stessa età.

Levi era rosso in viso e aveva lo sguardo inferocito mentre imprecava contro suo zio e il modo in cui questi aveva minacciato i suoi nuovi amici. "Un conto è che se la prenda con me, ma non deve toccare Candy e Axel. Se Brian e Shannon non fossero arrivati in tempo..." Un piccolo tremito scosse il suo corpo magro.

"Credo che Levi gli avrebbe staccato la testa," disse Candy, fissando il suo nuovo amico con un misto di meraviglia e paura. "Era davvero, davvero incazzato."

"Già," disse il ragazzo che doveva essere Axel. Aveva i capelli biondi e ricci e un'espressione più simile all'orgoglio. "Vorrei avere quel genere di sicurezza quando qualcuno mi bullizza." Axel si allungò e strinse per un attimo la mano di Levi prima di ritrarla.

Chad non mancò di notare il minuscolo sorriso che apparve per un istante sul volto di Levi prima di svanire. Ah, dunque Axel era il ragazzo con cui Candy gli aveva combinato l'appuntamento. Beh, almeno quella parte della serata sembrava andata come previsto.

"State tutti bene?" chiese Chad, posando lo sguardo su Hope.

La donna annuì in maniera quasi impercettibile.

"Tutto a posto," dissero contemporaneamente Candy e Axel.

"Odio quel bastardo!" esclamò Levi, alzandosi in piedi e ficcandosi le mani fra i capelli. "Perché non mi lascia in pace?"

Perché tu possiedi un prezioso dono magico, pensò Chad. Ma non lo disse ad alta voce. "Lo farà," promise. "Andremo da Lorna e le faremo richiedere un'ordinanza restrittiva. Fino ad allora, sarà meglio che tu stia a casa di qualcuno, quando esci, per stare sicuri."

"Un'ordinanza restrittiva non lo terrà lontano," disse faticosamente Levi, la voce rotta. Aveva gli occhi rossi e lucidi di lacrime.

Hope si alzò e gli passò un braccio attorno alle spalle, allontanandolo dagli altri due. Bisbigliarono sottovoce mentre Hope faceva del suo meglio per tranquillizzare il ragazzo.

"Shannon," disse Chad, spostandosi nella cucina, dove la

donna se ne stava appoggiata al piano. "Grazie per quello che avete fatto tu e Brian."

"Non devi ringraziarmi. Quello spreco di ossigeno merita di finire in cella. Spero che Drew lo rintracci e lo faccia soffrire."

Candy e Axel annuirono.

Levi si irrigidì.

Hope gli bisbigliò qualcosa e lui scosse la testa. La donna sospirò e si voltò. "Credo che sia ora di andarcene a letto. Candy, Axel, possiamo darvi un passaggio?"

I due si guardarono, ma prima che potessero dire una parola, Shannon disse: "Io devo tornare in paese. Ci penso io."

"D'accordo." Hope lanciò un'occhiata a Levi. "Sei pronto?"

Il ragazzo annuì e si rivolse ai suoi nuovi amici. "Mi dispiace tanto per questa sera. Non è…" Prese fiato. "Volevo solo stare con voi e conoscervi meglio."

"Lo sappiamo," disse Candy. "Non è colpa tua. Possiamo vederci fra qualche giorno, se vuoi."

"Domenica?" intervenne Axel. "Mia nonna ha la piscina. Potremmo andare da lei."

"Sembra divertente," disse Candy.

Levi lanciò un'occhiata a Hope. "Posso?"

"Certo," rispose lei. "Ora andiamo a casa e vediamo se riesco a fare qualcosa per quei lividi."

Levi si premette una mano sul collo, gli occhi scuri che lampeggiavano di rabbia. "Stronzo."

Chad non poteva che essere d'accordo e sapeva che, se avesse incrociato l'uomo che si definiva lo zio di Levi, probabilmente avrebbe faticato a trattenersi dal rovinarsi l'altra mano contro la faccia dell'uomo.

CAPITOLO 26

*H*ope guardò Levi camminare avanti e indietro nel salotto del suo cottage. Il ragazzo stava dando di matto. Non c'erano altre parole per descrivere la situazione. Erano a casa solo da mezz'ora quando Drew, il vicesceriffo del paese, si era presentato sulla loro soglia. Lo zio di Levi, Frank Kelley, non era stato trovato, anche se un malridotto furgone di un blu sbiadito era stato visto uscire in fretta e furia dal paese, diretto verso le montagne.

"È lui," disse Levi. "Probabilmente, è diretto verso la casa di uno dei suoi soci in mezzo ai boschi. Sparisce sempre in campagna quando la situazione si fa brutta."

Drew prese un appunto. "Conosci alcuni dei suoi amici o sai dove vivono?"

Levi scosse la testa e continuò a camminare avanti e indietro, muovendosi a scatti. "Posso darle l'indirizzo della casa dove stavamo a Eureka, ma non è sua."

Il vicesceriffo scrisse l'indirizzo.

"Drew," disse Chad. "Lorna sta arrivando. Dobbiamo richiedere un'ordinanza restrittiva in modo che non vi siano dubbi riguardo al fatto che quel tale Frank non deve avvicinarsi a Levi."

Drew raddrizzò la schiena sulla sedia e li osservò. "Certo. Si può fare. Ma devo chiedervelo: chi è il tutore legale?"

"Ci stiamo lavorando," disse subito Hope. "Lorna White sta–"

"Non ce l'ho un tutore legale," esclamò Levi. "Mio padre mi ha cacciato di casa sei mesi fa. Sono andato a stare da mio zio, ma loro due non si parlano e mio zio... Beh, lui ha cercato di costringermi a trasportare le sue pozioni illegali. Per cui... eccomi qui. Luna mi ha offerto un posto dove stare e–" La voce gli si ruppe e le lacrime scorsero incontrollate lungo il suo viso.

Il cuore di Hope le si frantumò nel petto. Il dolore si irradiò attraverso di lei e, senza pensarci due volte, andò da Levi e lo circondò con le braccia. Tutto il corpo del ragazzo tremò mentre le affondava il viso contro la spalla.

"D'accordo. Ci siamo." Drew si alzò e lanciò un'occhiata a Chad. "Hai detto che Lorna sta arrivando?"

Ma prima che Chad potesse rispondere, qualcuno bussò energicamente alla porta. Quando lui aprì, Lorna entrò in casa. La donna dai capelli bianchi indossava jeans e maglietta, ma era serissima mentre lanciava la valigetta sul tavolo di Hope e tirava fuori dei documenti già pronti. "Nello Stato della California, qualunque persona abbia dodici anni o più può richiedere un'ordinanza restrittiva. Levi, devi solo firmare qui, poi lasceremo che sia Drew a occuparsi della faccenda, va bene?"

Levi lasciò andare Hope e annuì. Dopo essersi asciugato gli occhi, prese la penna e scrisse la sua firma. "È tutto quello di cui avete bisogno?"

"Per quanto mi riguarda, sì," rispose Lorna.

"Io avrei ancora delle domande," disse Drew.

Levi lanciò un'occhiata implorante a Hope. Lei sapeva che il ragazzo doveva essere terrorizzato, ma sapeva anche che Drew avrebbe fatto tutto ciò che era in suo potere per aiutarli. "Credo che dovresti parlare con Drew. Sta solo cercando di dare una mano."

Il volto di Levi era bianco quando questi annuì con riluttanza.

"Andiamo in salotto," disse Drew, facendo cenno a Levi di precederlo. Levi era palesemente scontento della situazione, ma si trascinò nell'altra stanza, seguito da vicino da Drew.

Hope si rivolse a Lorna. "Che significa? Drew dovrà contattare i servizi sociali?"

"Non necessariamente," replicò la donna matura. "Ho avuto conferma che Mike, il padre di Levi, ha ricevuto la lettera che abbiamo spedito l'altro giorno. Non ha ancora risposto, ma il fatto che sa dove si trova suo figlio e non ha nemmeno fatto una telefonata non farà che contribuire alla nostra causa. Se dovesse rendersi necessario, potremo chiedere a Drew di chiamare il padre di Levi e cercare di ottenere una conferma verbale."

La bocca di Hope si asciugò. "E se dicesse di no?"

"Perché dovrebbe?" chiese Chad. "Ha già messo in chiaro che non vuole avere Levi per casa."

"Sai bene quanto me che la gente può fare delle cattiverie senza motivo, Chad," disse a bassa voce Hope. "Non voglio dare a nessuno la possibilità di fare di nuovo del male a Levi."

"Ma quella telefonata potrebbe essere la soluzione migliore," disse Lorna. "Perché non aspettiamo di vedere che cosa ha da dire Drew?"

Hope si diede da fare in cucina, preparando della cioccolata calda, mentre Chad e Lorna sedevano in silenzio a tavola. Non ci volle molto prima che Levi e Drew rientrassero in sala da pranzo.

Levi corse in cucina e si mise accanto a Hope.

Lei si allungò e gli afferrò la mano. "Tutto bene?"

"Credo di sì. Vuole chiamare mio padre."

Hope chiuse gli occhi e pronunciò una preghiera silenziosa. "Perché?"

"Per assicurarsi che la mia storia quadri, credo. Gli ho dato il numero di casa."

Lorna trascorse i minuti successivi riferendo a Drew della lettera che avevano inviato al padre di Levi.

Drew annuì e si congedò.

"Hai fame?" chiese Hope al ragazzo.

Levi scosse la testa. "Ho mal di testa, però."

"Ecco." Hope si allungò e gli sfiorò la tempia con la sua. La sua magia prese vita e poco dopo, Levi sospirò.

"Grazie." Il ragazzo si appoggiò alla sua spalla e chiuse gli occhi.

Hope lo circondò con le braccia, stringendolo a sé e basta. "Ci sono qui io, Levi. Non preoccuparti di nulla." Un piccolo tremito attraversò il corpo del ragazzo, che si aggrappò a lei come un bambino piccolo. Hope si chiese se qualcuno lo avesse mai abbracciato in quel modo. Quel pensiero le fece venire le lacrime agli occhi quando si rese conto che nemmeno a lei era mai successo.

La porta si aprì scricchiolando e un rumore di passi risuonò sul pavimento del salotto mentre Drew rientrava. "Ho delle notizie."

Levi si irrigidì, quindi cominciò a tremare.

"Va tutto bene. Di qualunque cosa si tratti, la affronteremo," mormorò Hope.

"Ho appena finito di parlare al telefono con il signor Mike

Kelley. Il padre di Levi," disse Drew. "Ha accettato di concedere a Luna l'affidamento temporaneo."

Hope esalò una boccata d'aria. "Grazie agli dèi."

Il corpo di Levi cominciò a tremare mentre lui singhiozzava leggermente. Le lacrime inzupparono la maglietta di Hope, ma a lei non importava. Lo avrebbe abbracciato per tutto il tempo necessario. Non riusciva nemmeno a immaginare come dovesse essere sentir dire che il proprio padre aveva ceduto l'affidamento a una perfetta sconosciuta. Probabilmente, non era peggio che essere cacciati di casa per il solo fatto di essere gay, ma doveva aver strappato via la crosta, scoprendo una ferita aperta.

"Grazie, Drew," disse Hope, continuando ad abbracciare Levi.

"Faccio solo il mio lavoro," disse l'uomo. "Dovrete comunque presentare i documenti in tribunale, ma dato che ho registrato l'accordo verbale e che avete già dato inizio alla procedura, non dovrebbero esserci intoppi. Non esitate a chiamarmi se dovessero verificarsi altri problemi. Nel frattempo, c'è ancora una caccia all'uomo aperta per Frank Kelley. Ci faremo sentire se e quando lo troveremo."

Hope annuì. "Va bene."

"Ottimo." Drew mimò il gesto di toccarsi il berretto, girò sui tacchi e li lasciò ad affrontare le conseguenze della serata.

Lorna si alzò, radunò i documenti e disse: "È un'ottima notizia. Domani mi metterò al lavoro sulla procedura di affidamento permanente." Si fermò vicino a Hope e Levi, l'espressione colma di compassione. "Non preoccuparti, giovanotto. Sei in buone mani con Luna e Chad, ma loro non sono gli unici a preoccuparsi per te. Oserei dire che tutto il paese di Keating Hollow ti guarderà le spalle quando saprà cos'è successo questa sera. E nessuno vuole mettersi contro un villaggio di streghe. A meno di non essere stanco di vivere."

Levi sollevò la testa dalla spalla di Hope e lanciò un'occhiata all'avvocato. "Tutto il paese?"

Le labbra di Lorna si allargarono in un sorriso. "Sei uno di noi, adesso. È ora che ti ci abitui." Gli diede un colpetto sul braccio. "Riposati. Presto ci rivedremo."

Levi annuì e si asciugò gli occhi.

Lorna rivolse un cenno a Hope e mimò con le labbra *Chiamami domani.*

"Sì," mormorò Hope.

Un attimo dopo, si sentì la porta d'ingresso chiudersi, e poi il ruggito del motore dell'auto di Lorna. Ora che l'avvocato se n'era andato, erano di nuovo solo loro tre: Chad, Hope e Levi.

Chad li raggiunse, li circondò entrambi con le braccia e li abbracciò. "È l'ultima volta che una cosa del genere succederà a qualcuno di noi," disse a voce bassa, quasi ringhiante. "Ve lo prometto."

Hope chiuse gli occhi, lasciando che le parole dell'uomo li attraversassero, e pregò che andasse davvero così.

CAPITOLO 27

*F*u un fine settimana tranquillo. Chad, Hope e Levi rimasero a casa di Hope il sabato. Hope cercò di distrarre Levi da suo zio noleggiando dei film d'azione e preparandosi a quella che sarebbe stata perlopiù una giornata da uomini. Chad portò a casa una vecchia Playstation e i due trascorsero alcune ore giocando a un gioco di skateboard vintage con Tony Haw mentre Hope preparava cupcake e trascorreva un po' di tempo a sradicare le erbacce dal piccolo orto che aveva iniziato a coltivare qualche settimana prima. Domenica, Levi andò da Candy e trascorse il pomeriggio a nuotare con lei e Axel, mentre Hope e Chad ordinarono merce per il negozio di musica.

Quando arrivò il lunedì, la vita aveva cominciato a sembrare più o meno normale. La ferita alla testa di Levi era guarita quasi del tutto e nel giro di qualche giorno gli avrebbero tolto i punti. Il ragazzo sembrava tranquillo e cominciò persino a esprimere il desiderio di tornare alle superiori in autunno. Aveva perso un intero semestre dopo essere stato buttato fuori di casa dal padre. Hope si appuntò di parlare con la scuola per capire come Levi avrebbe potuto recuperare le lezioni perdute.

"Potremmo pensare a dei corsi estivi. Non credo che siano già cominciati," disse Hope mentre entravano all'Incantation Café. "Che ne pensi?"

Levi abbassò lo sguardo e si ficcò le mani in tasca.

"Cosa c'è? Non sei ancora pronto?"

"No, ecco–" Il ragazzo si passò una mano fra i riccioli scuri. "È solo che pensavo che avremmo dovuto aspettare che qualcosa venisse finalizzato prima che io potessi…" Levi fece spallucce. "Non lo so. Mi sembra di essere in sospeso."

"Prima di poter riprendere la tua vita?" tirò a indovinare Hope.

"Sì."

Lei si allungò a stringergli la mano. "Capisco. Ci sono passata. È peggio quando cominci ad abituarti e poi ti sfilano la terra da sotto i piedi. Spetta a te decidere cosa vuoi fare. E dico sul serio. Ma non credo davvero che avremo dei problemi e il giudice si convincerà più facilmente se gli facciamo vedere che facciamo sul serio. Iscriverti a scuola è un passo piuttosto concreto."

"Lo pensi davvero?" chiese Levi, i cui occhi brillavano di speranza.

"Sì. Ti piace andare a scuola, vero?" chiese Luna, inclinando la testa.

"Una volta, credevo di no," rispose il ragazzo, questa volta incrociando lo sguardo di Hope. "Ma quando non ho più potuto andarci, mi sono reso conto che è sempre stata la mia via di fuga."

"Dalla casa di tuo padre?" chiese lei.

"Da tutto. Da casa sua. Dal paesino in cui vive. Dalle menti chiuse della gente che ci abita. Non voglio restare bloccato da qualche parte."

"Capisco," disse Hope con un sorriso compiaciuto. "L'istruzione è uno strumento potente. E il mondo è grande fuori da Keating Hollow."

"Non volevo dire questo," disse accigliato Levi. "Non voglio andare via da qui. Non adesso, comunque."

Lei gli appoggiò teneramente una mano sul braccio. "Lo so, Levi. Non preoccuparti. Voglio che tu abbia un'istruzione e delle scelte. È quello che meriti."

Vi fu un momento di silenzio prima che Levi sfoderasse un sorriso. "Grazie."

"Non hai nulla per cui ringraziarmi," gli assicurò lei prima di stringerlo in un abbraccio.

Una volta che ebbero in mano i loro cappuccini e un paio di dolci, Hope e Levi andarono incontro a Chad sul marciapiedi.

"Buongiorno alle mie due persone preferite," disse Chad, incamminandosi verso di loro. Era più bello che mai. I suoi capelli chiari erano leggermente troppo lunghi, una ciocca che ricadeva su un occhio, e i suoi occhi azzurri brillavano di birbanteria.

"Buongiorno a te," disse Hope, sporgendosi per un rapido bacio.

Levi rivolse un cenno del capo a Chad e bevve un sorso del suo cappuccino.

"È una giornata importante," disse Chad. "Levi, ci stai a darmi una mano con l'insegna? È pronta per essere appesa."

"Certo," disse Levi mentre il turbamento svaniva dai suoi occhi. Sembrava che ogni qualvolta Chad avesse un'attività fisica in cui impegnare entrambi, Levi fosse in grado di scrollarsi di dosso le proprie ansie almeno per un po'.

"Fantastico. Vieni con me. Lasciamo che Hope vada a

lavorare." Chad si rivolse a lei. "Siamo ancora d'accordo per cena?"

"Alle sette. In punto," disse lei. Le ultime due volte che aveva invitato Chad, l'uomo era arrivato spaventosamente in ritardo dopo aver perso traccia del tempo mentre lavorava ai preparativi per l'apertura del suo negozio. "Non farmi aspettare, questa volta."

Chad aveva dignità sufficiente da far sì che quell'affermazione diffondesse il senso di colpa sul suo volto. Annuì con imbarazzo. "Sì. Va bene. Ho capito."

Hope sollevò il bicchierone di cappuccino e rise. "Vedremo."

"Puoi contarci," promise Chad mentre avvolgeva un braccio attorno alla spalla di Levi e conduceva il ragazzo fino al negozio di musica.

Hope fissò i due uomini della sua vita. Appena qualche settimana prima, tutti i suoi rapporti personali erano stati piuttosto distaccati. Ora aveva un adolescente di cui si era già innamorata e l'unico uomo che avesse mai desiderato. La situazione era un po' stressante, per via del fatto che l'affidamento di Levi era ancora in sospeso, ma Hope non avrebbe cambiato nulla per nessun motivo. Il suo cuore era pieno e, per la prima volta in vita sua, aveva delle persone su cui riversare l'amore che sgorgava dal profondo di lei. Era bello. Più che bello. Era assolutamente perfetto.

Sorridendo fra sé, Hope camminò lungo la strada mentre già pensava al menu della serata. Come la maggior parte dei ragazzi adolescenti, Levi si era rivelato un pozzo senza fondo. E andava benissimo così. Ciò le dava una scusa per preparare tutti i suoi piatti di pasta preferiti. Quella sera, decise, avrebbe preparato i manicotti. Le venne l'acquolina in bocca al solo pensiero. Stava per allungare la mano verso la porta della spa quando un uomo alle sue spalle disse: "Ma guarda un po'. Hope Scott."

Hope si immobilizzò mentre un brivido le correva lungo la spina dorsale. Quella voce. L'avrebbe riconosciuta ovunque. Cosa ci faceva Leo a Keating Hollow? Si voltò e fulminò con lo sguardo il ragazzo della sua vecchia madre affidataria. Una familiare fitta di dolore alle viscere le fece venire il voltastomaco mentre lei fissava i capelli fibrosi e i cerchi scuri attorno agli occhi dell'uomo.

"Questo paese è un po' troppo elegante per gente come te, no?" la sfotté Leo.

La rabbia che Hope aveva tenuto a malapena sotto controllo durante tutti gli anni in cui aveva vissuto a casa di Pam salì bollendo in superficie, ma lei riuscì a trattenersi dall'atterrare quel poco di buono. "Cosa vuoi, Leo?"

"Levi. Non spetta a te dare a quel ragazzino un posto dove vivere. Deve stare con suo zio, con uno di famiglia," disse l'uomo. "Non con una ragazzina spocchiosa che non sa nemmeno restare fuori di prigione."

Nonostante la saetta di pura indignazione che la colpì al cervello, Hope non reagì a quelle provocazioni mirate a disarmarla. Invece, si concentrò sulla cosa più importante: Levi. "Come fai a conoscere Levi e suo zio?"

Leo schioccò la lingua. "Non che siano affari tuoi, stregaccia ingrata, ma Frank è mio socio. E vuole che suo nipote torni a casa. Consegnamelo e me ne andrò senza dire un'altra parola."

"Oppure?" chiese lei, stringendo ulteriormente gli occhi. Era difficile pensare che l'uomo non avesse già qualche piano per renderle la vita un inferno. Era solo questione di scoprire di cosa si trattasse.

Il viso di Leo assunse una cupa sfumatura di rosso mentre

avanzava verso di lei. "Non guardarmi in quel modo, Hope. Come se non fossi nemmeno degno di sporcarti la suola degli stivali. Conosco il tuo passato. Ricordatelo. So tutto. Cosa credi che direbbe il tuo capo se scoprisse che sei un'ex-galeotta?"

"Il suo capo dice di levarti dalla sua proprietà," disse Faith, apparendo dal nulla alle spalle di Leo.

Il panico esplose nel petto di Hope quando si chiese quanto avesse sentito Faith. Aveva sentito Leo dire che lei era stata nel carcere minorile?

Faith incrociò le braccia e nei suoi occhi verdi lampeggiò qualcosa di minaccioso. "Non so chi tu sia, ma non mi piacciono i vecchiacci che minacciano mia sorella. Ti suggerisco di allontanarti prima che nostra sorella Yvette decida di accenderti il fuoco sotto il culo."

Hope lanciò un'occhiata dietro le spalle di Faith e vide sua sorella maggiore, Yvette. La donna aveva le mani sollevate e le fiamme danzavano sui suoi palmi.

"Via di qui, cretino," ordinò Yvette, buttandosi i lunghi capelli castani dietro una spalla. "Sarà meglio per te che tu lo faccia prima che arrivi Noel. Non sa trattenersi quanto me e Faith. È probabile che ti metterà a terra e ti ci terrà fino a quando suo marito, il vicesceriffo, non verrà a trascinarti in cella."

L'uomo sbuffò. "Per cosa, esattamente? Per aver conversato con mia figlia?"

"Figlia?" ringhiò Hope. Le parole di Leo l'avevano riscossa dallo shock di vedere due delle sue sorelle accorrere in sua difesa. "Hai perso la testa? Non sono e non sono mai stata tua figlia. Tu eri solo quello che andava a letto con mia madre affidataria. Non sei nulla per me. Nulla, se non un brutto ricordo."

"Vattene. Subito," disse Yvette, lanciando una sfera di fuoco vicino ai piedi dell'uomo.

Leo sobbalzò, la guardò storto e quindi si rivolse a Hope. "Se non rimandi Levi da suo zio entro due giorni, ci saranno delle conseguenze. Fidati."

"Non credere di potermi minacciare, Leo," disse Hope a denti stretti. "Non manderò mai Levi dove non vuole andare. Per cui, fai pure qualunque cosa tu minacci di fare. Onestamente, non me ne importa nulla."

"Spavalda," disse sottovoce l'uomo. "Vedremo che cosa ha da dire a proposito il tuo nuovo ragazzo."

Chad? Hope si mise a ridere. Non importava cosa quello sfigato dicesse a Chad. Lui conosceva già tutti i suoi segreti. Nulla di ciò che Leo potesse dirgli aveva la minima importanza.

Leo era già a nove metri buoni di distanza quando si guardò alle spalle e disse: "Ridi, ridi. Non ti divertirai quando lui finirà in galera. Ma immagino che non sia un problema per te, visto che sai bene com'è; vero, Hope?"

Lei serrò i pugni, vibrando di frustrazione e di rabbia. Non dubitava che Leo avrebbe creato loro dei problemi. Era proprio quel genere di persona. Se non aveva nulla di concreto in mano, non si sarebbe fatto problemi a inventarsi qualcosa. Hope ne era sicura. Ma Chad sapeva prendersi cura di sé e non c'era nulla al mondo, se non un'ordinanza del tribunale, che potesse convincerla a rimandare Levi da suo zio. "Vattene, Leo. Non mi lascerò più intimidire da te."

Yvette lanciò un'altra palla di fuoco, che questa volta si avvicinò pericolosamente a strinare i malridotti jeans di Leo.

L'uomo la guardò storto. "Manderò anche te dietro le sbarre."

Yvette rise. "Mi piacerebbe vederti provare."

Leo mostrò loro il medio e corse lungo la strada fino a un furgone azzurro. Lo zio di Levi non guidava un furgone azzurro? Hope tirò fuori il cellulare e chiamò Drew. Scattò subito la segreteria. "Accidenti," borbottò lei mentre aspettava il segnale acustico. Dopo aver lasciato un messaggio, si rivolse alle sue sorelle. "Grazie."

"Di nulla. Quel tizio è un grandissimo pezzo di sterco," disse Yvette, spostandosi accanto a Hope. Circondò con un braccio le sue spalle e la strinse in un abbraccio laterale. "È fortunato che non gli abbia bruciato il pacco."

Faith ridacchiò mentre apriva la porta della spa. "Quello sì che sarebbe stato interessante. Palle infuocate in centro a Keating Hollow."

"Di sicuro avrebbe dato alla gente qualcosa di cui parlare." Yvette sorrise a Hope. "Senza contare la forte soddisfazione che avrebbe provocato sapere che quel cretino non sarebbe stato più in grado di procreare."

Hope sapeva che le sue sorelle maggiori stavano cercando di alleggerire l'atmosfera, ma non riusciva a distogliere il pensiero dal fatto che gli abitanti di Keating Hollow avrebbero davvero avuto qualcosa di cui parlare, ora. Era impossibile che il piccolo alterco con Leo fosse passato inosservato. E poi, Faith e Yvette ne avrebbero certamente parlato al resto della famiglia e ai loro compagni. Entro breve, Hope sarebbe stata sulla bocca di tutti. Era ciò che aveva sperato di evitare, ma avrebbe dovuto sapere meglio di tutti che non poteva sfuggire al passato.

"Ascoltate," disse. "Quando lui ha detto che sono stata in prigione–"

"Parliamo nel mio ufficio," disse Faith, interrompendola. Tenne la porta aperta e fece cenno alle altre due donne di entrare.

"Beh, buongiorno," disse Noel. "Mi chiedevo quando vi sareste date una mossa. Abby e Noel sono già nel tuo ufficio."

"Grazie, Lena," disse Faith, che già si era incamminata lungo il corridoio. Aprì la porta e guardò Hope. "Dopo di te."

Lo sguardo di Hope ondeggiò fra Yvette e Faith. Cosa stava succedendo? Era una sorta di intervento? Le sue quattro sorelle avevano unito le forze per cercare di convincerla a stare lontano dal loro padre? Oppure a lasciare il paese, in modo che lei non interferisse con le loro vite perfette? Ebbe un tuffo al cuore mentre immaginava il peggio. Ma Yvette non aveva appena minacciato di mutilare Leo per conto suo? E sebbene Faith non avesse fatto minacce di natura fisica, l'aveva difesa contro l'uomo. Forse, Hope stava balzando a conclusioni affrettate. Ascoltare ciò che avevano da dire le sue sorelle non avrebbe fatto male, anche se lei avrebbe preferito avere un preavviso prima di incontrarle tutte e quattro. Se non altro, avrebbe potuto prepararsi a una quantità di scenari. Invece, era ancora scossa dopo il confronto con Leo e si sentiva colta alla sprovvista da quell'incontro.

"Luna?" chiese Yvette. "Va tutto bene?"

Hope trasse un respiro profondo per farsi forza. "Sì. Scusate. Sto solo cercando di riprendermi dallo shock di Leo che si presenta qui dopo tanti anni." Oltrepassò le sue due sorelle e si diresse direttamente verso l'ufficio di Faith.

"Eccovi," disse Noel, lanciando un'occhiata a Faith e Yvette. Sebbene fosse accigliata, brillava e si reggeva con noncuranza il pancione impressionante. Voci di corridoio avevano riferito a Hope che la donna era incinta di quasi sette mesi. "Cominciavo a credere che Abby e io avessimo sbagliato orario."

Abby levò gli occhi al cielo. "Per favore, Noel. Sono in

ritardo di soli cinque minuti. Non esagerare." Rivolse un cenno a Hope. "Buongiorno, sorellina."

"Ehm, buongiorno," disse Hope, colta alla sprovvista dalla noncuranza con cui Abby l'aveva chiamata *sorellina*.

"D'accordo, prima di cominciare dobbiamo riferirvi di un alterco che abbiamo appena avuto fuori dalla spa," disse Yvette. "Un tizio ha minacciato Luna per cercare di convincerla a dar via Levi. Ma io l'ho spaventato."

"Già, ha minacciato di bruciargli le palle," disse Faith, prendendo posto sul divano. Si rivolse poi a Hope. "Ma non ho capito bene cosa sta succedendo. Luna, ti dispiace illuminarci?"

Hope camminò avanti e indietro per la stanza, le viscere che ribollivano dall'ansia. Non voleva parlarne, ma non aveva scelta. Quelle donne avevano preso le sue parti e meritavano di sapere in cosa si erano ficcate. "Leo è il ragazzo della mia vecchia madre affidataria. Preparano e vendono pozioni, o almeno lo facevano quando ero affidata a Pam."

"No," disse Abby, portandosi una mano alla bocca. "È orribile."

"Sì, lo era," confermò Hope, che non riuscì a ignorare il modo in cui Faith strinse leggermente gli occhi. "Comunque, non vedo nessuno dei due da più di tre anni. Non avevo idea che lui fosse a Keating Hollow, e nemmeno nella contea di Humboldt, fino a dieci minuti fa. Noi vivevamo a Berkeley. Comunque, si è presentato esigendo che io consegnassi Levi a suo zio, Frank Kelley, il che mi spinge a credere che quei due siano in società, dato che anche lui si occupa di pozioni illegali."

"È una bella coincidenza," disse Faith. "Che Leo lavori con lo zio di Levi, intendo."

"Eddai, Faith," disse Abby, guardando accigliata la sorella. "Sai che il commercio delle pozioni illegali è un ambiente

piuttosto piccolo. Mi stupirei se quei due non si conoscessero."
Scosse leggermente la testa e si rivolse a Hope. "Di qualunque
cosa tu abbia bisogno, fammelo sapere. Ti sostengo al cento
per cento, sorellina."

Il cuore di Hope si gonfiò di fronte all'accettazione assoluta
di Abby, ma sapeva di avere dell'altro da spiegare. Se doveva
creare un rapporto con qualcuna di quelle donne, voleva che
tutti i suoi segreti fossero a loro noti. "Grazie. Ma c'è dell'altro
che dovreste sapere."

Tutte e quattro le sorelle tacquero mentre aspettavano che
lei continuasse. Erano un perfetto esempio di contrasti, e
tuttavia, ciascuna di loro aveva delle caratteristiche familiari
che gridavano "sorelle." I capelli biondi di Noel erano tagliati
corti ancora una volta, mentre la chioma castana di Yvette
brillava di colpi di sole. Abby e Faith erano entrambe bionde,
Faith era vestita con un'elegante gonna a fiori e una maglietta
aderente, ed Abby indossava dei pinocchietti beige molto
sporchi e una maglietta macchiata. Era palese che veniva dalla
sua bottega, dove preparava pozioni energetiche e saponi e
lozioni di alto livello infusi di magia.

Hope distolse lo sguardo e la sua voce si incrinò nel dire:
"Ho trascorso quasi tre mesi nel carcere minorile per aver
venduto pozioni illegali tre anni fa."

"Quando avevi diciassette anni?" chiese Noel. C'era
qualcosa di crudo nella sua voce che attirò la piena attenzione
di Hope. L'espressione di Noel, fino a quel momento, era stata
neutra, ma ora era tempestosa, lo sguardo degli occhi azzurri
fisso su Hope. "Tua madre affidataria lo sapeva?"

"È stata lei a costringermi a farlo," disse Hope. "Aveva,
ecco… rubato il denaro che avevo messo da parte per il college
e aveva detto che me lo avrebbe restituito solo se avessi fatto
quella consegna per lei e riscosso il pagamento."

Tutte e quattro le sue sorelle lanciarono grida di protesta di fronte a quell'ingiustizia. Serrarono le fila attorno a lei, abbracciandola mentre Faith malediceva Gabby per aver messo Luna in quella situazione. Hope trascorse la mezz'ora successiva a raccontare loro la sua storia, cominciando dalla sua mamma adottiva e dalla morte di lei, per poi parlare brevemente delle case affidatarie in cui era stata. Quando giunse Chad, Abby piangeva sommessamente e Noel aveva l'aria di voler commettere un omicidio. Yvette continuava a consolarla accarezzandole la schiena. Ma Faith si era allontanata e ora camminava avanti e indietro per l'ufficio.

"Faith?" chiese Yvette. "Si può sapere cosa ti passa per la testa?"

Hope era sconvolta dal sostegno incondizionato che tre delle sue sorelle le avevano dato. Non aveva ancora decifrato completamente Faith, ma si rendeva conto che, delle quattro, lei era la più prudente.

Faith smise di camminare. "Ho qualche domanda. Una, più che altro."

"Va bene," disse Hope, cercando di placare il nervosismo nello stomaco. Non sapeva esattamente perché fosse nervosa. Aveva già rivelato tutti i suoi segreti. Ora voleva solo un posto in quella famiglia che non si era mai sognata di meritare.

"Perché Leo ti ha chiamata Hope?" chiese Faith.

"Oh. È il nome che mi ha dato nostra madre. Dopo il carcere... l'ho cambiato in Luna. Per ricominciare, sai. Per distanziarmi da quella vita. Ma negli ultimi tempi, mi sono resa conto che non posso continuare a fuggire da quella che ero allora e ho deciso di tornare a farmi chiamare Hope. So che è complicato, ma potete chiamarmi con l'uno o con l'altro nome."

"Nostra madre ti ha chiamata Hope?" chiese Abby, gli occhi spalancati.

"Già," rispose lei con una risatina priva di divertimento. "Ironico, eh?"

"Per me è perfetto." Abby circondò Hope con le braccia e la strinse forte. "Ti si addice."

Yvette si unì all'abbraccio, mentre Noel andò da Faith e le afferrò la mano. "Credo che abbiamo avuto risposta a tutte le nostre domande, Faith," mormorò Noel.

Ma Faith scosse la testa. "No. Io ne ho ancora una."

"Va bene." Hope uscì dall'abbraccio di Abby e Yvette. "Spara."

Faith chiuse gli occhi per un momento. Quando li riaprì, inviò a Hope un piccolo sorriso. "Vuoi venire a cena a casa di papà domani sera? Credo che sia giunto il momento di accoglierti ufficialmente in famiglia. Puoi portare anche Levi e Chad, se vuoi."

Qualcosa di caldo e poco familiare invase l'animo di Hope. Le vennero le lacrime agli occhi mentre annuiva. "Mi piacerebbe moltissimo."

CAPITOLO 28

*C*had era seduto di fronte a Hope da Woodlines e osservava il suo volto sorridente. Gli occhi della donna brillavano di una felicità che lui non aveva mai visto in lei quando era ragazza e lui si ritrovò desideroso di trascorrere il resto della sua vita ad assicurarsi che quell'espressione non svanisse mai.

"Cosa stai fissando?" chiese Hope mentre posava il menu sul tavolo.

"La donna più bella che io abbia mai visto."

Il viso di Hope assunse una dolce sfumatura di rosa, sebbene lei avesse levato gli occhi al cielo. "È piacevole, ma non molto originale. Puoi fare di meglio."

Chad rise. "Nah. Sono troppo abbagliato da quella scintilla nei tuoi occhi per pensare a qualcosa che non sia scontato."

Lei ridacchiò. "D'accordo, signor adulatore. Ma la prossima volta, mi aspetto un po' più di impegno."

Chad si allungò sul tavolo e le prese la mano, accarezzandole delicatamente il palmo con il pollice. "Sembri proprio contenta. Ti si addice."

"Sono contenta," confermò lei. Lentamente, un sorriso si allargò sulle sue labbra. "In gran parte grazie a te."

E anche grazie al fatto che la famiglia Townsend l'aveva accolta e che un giudice le aveva ufficialmente concesso l'affidamento temporaneo di Levi. Leo, per fortuna, non si era più ripresentato e lo shock della sua comparsa aveva cominciato a sbiadire dopo qualche settimana. La vita di Hope, finalmente, aveva preso la strada giusta. E Chad era felice di farne parte. Anzi, sperava un giorno di farne parte in maniera permanente. Ma era ancora troppo presto per porre quella domanda importante, per cui chiese invece: "Che ne pensi di rendere esclusiva questa relazione?"

Hope inclinò la testa e lo osservò, le labbra che guizzavano per il divertimento. "Credi che stessi cercando un po' di varietà sui siti di incontri?"

Chad rise. Non riusciva nemmeno a immaginare una cosa del genere. I siti di incontri non erano cosa da Hope. "No. Volevo solo renderlo ufficiale. Farti capire che ho intenzioni serie."

L'espressione di Hope si addolcì e la sua mano si strinse attorno a quella di Chad mentre la gioia si irradiava dai suoi splendidi occhi verdi. "In tal caso, l'idea di renderla esclusiva suona benissimo. Perciò posso dire che sei il mio ragazzo?"

"Ci conto," disse lui, la voce arrochita dall'emozione. Quindi, si allungò sul tavolo e sfiorò le labbra di Hope con le sue. Il suo cuore accelerò il battito e il calore lo riempì fino alle dita dei piedi. Per la prima volta in vita sua, volle dare un nome all'emozione che lo stava travolgendo... Amore. Era innamorato della donna seduta di fronte a lui. Non sapeva quando fosse successo. Non a Berkeley. Allora, lui non aveva mai pensato a Hope in quel modo. Forse si era innamorato di lei quel primo giorno in cui l'aveva vista seduta al birrificio

Townsend, con quell'aspetto così bello da mandargli in pappetta le viscere. O forse era successo quando l'aveva aiutata a traslocare e lei era stata pronta e disposta a fare qualunque cosa per aiutare Levi. Non lo sapeva. Ma gli era più che chiaro che il suo cuore apparteneva a lei, ora, e che voleva darle tutto ciò che aveva.

Una lunga ombra cadde sul loro tavolo e Chad sollevò lo sguardo per vedere il vicesceriffo che li guardava con aria sofferente.

"Drew. Che succede?" chiese Hope.

"Mi dispiace tanto interrompere la vostra cena, ma sono qui per motivi ufficiali." Drew porse un foglietto a Chad. "È un mandato d'arresto per aggressione nei confronti di Leonardo Mahoney."

Hope sussultò, mentre Chad gemette.

"Quel figlio di..." sputò Hope. "È ridicolo. Chad non lo ha mai aggredito. Non puoi–"

"Hope," disse Chad, zittendola sollevando la mano ferita.

Hope serrò le labbra e fissò due dita ora leggermente storte. Chad capì che aveva capito.

Chad porse a Hope le chiavi del furgone e lanciò qualche banconota sul tavolo mentre si alzava. "Drew sta solo facendo il suo lavoro." Si rivolse al vicesceriffo. "Devi ammanettarmi? Sono disposto a venire in centrale con te per sistemare le cose."

"Non vedo la necessità, se tu non opponi resistenza," disse Drew, sciogliendo le spalle mentre il suo volto si rilassava.

"Non ne oppongo," disse Chad con un sospiro rassegnato. Non c'erano stati testimoni la sera dell'alterco con Leo. Chad era stato disposto a lasciar perdere, ma ora era palese che si era comportato in maniera stupida.

Anche Hope si alzò. "Chiamo Lorna."

"Grazie," disse Chad, per poi seguire Drew fuori dal ristorante.

~

"Vuoi dirmi cosa è successo quella sera?" chiese Drew a Chad.

Erano seduti a un tavolo di metallo nella piccola centrale di polizia del paese. Lorna era sulla destra di Chad e stava già prendendo appunti. Era arrivata subito dopo la telefonata di Hope e lei e Chad avevano parlato per circa dieci minuti prima di raggiungere Drew.

Chad lanciò un'occhiata a Lorna.

L'avvocato annuì. "Limitati ai fatti, Chad. Non c'è bisogno di fare precisazioni."

"D'accordo." Chad fletté la mano; muscoli e tendini dolevano al solo ricordo. "Ero appena sceso dall'uber e stavo andando all'Airbnb dopo un concerto a San Francisco la sera dell'incidente, quando Leo è apparso dal nulla e mi ha sferrato un pugno. Mi ha colpito alla tempia e io sono caduto e mi sono distorto il ginocchio. Poi, lui mi è saltato addosso e si è messo a sferrare i pugni. Ma io sono riuscito a rotolare e a ribaltare la situazione, e quando ho visto chi era il mio aggressore, ho perso la testa. Prima di rendermene conto, ho iniziato a percuoterlo con la mano destra. Sfortunatamente, lui si è mosso e l'ultimo pugno ha colpito il cemento, spezzando diverse ossa e chiudendo la mia carriera di pianista professionista."

Drew mise per iscritto la storia di Chad, le labbra contratte dalla concentrazione.

Chad si appoggiò allo schienale della sedia, cercando di calmare i nervi. Aveva creduto di non avere nulla di cui preoccuparsi. Era stato Leo a sferrare il primo colpo. Inoltre, l'uomo non era il tipo che coinvolgeva la polizia nelle sue faccende, per cui Chad non aveva mai immaginato che lo avrebbe denunciato. Se lo avesse saputo, avrebbe sporto a sua volta denuncia. Invece, era semplicemente andato in ospedale, si era fatto medicare la mano e poi aveva affrontato le ramificazioni del suo tentativo di frantumare il cranio dell'uomo. Non era orgoglioso di aver perso il controllo, ma nemmeno si vergognava, non esattamente. Leo era una carogna di prima categoria.

"Dunque è stato Leo ad aggredirti?" chiese Drew.

"Sì," disse Chad.

"Hai sporto denuncia?"

"No." Chad abbassò lo sguardo sulla sua mano. Avrebbe dovuto sporgere denuncia, eccome. Se non altro, ci sarebbe stato un documento ufficiale.

"Perché?" chiese Drew.

Chad fece spallucce. "Onestamente, non pensavo che sarebbe servito a qualcosa. Non potevo far causa a quel bastardo per avermi distrutto la carriera. Lui non possiede nulla. E a San Francisco, la polizia ha ben altro a cui pensare che a una semplice rissa. Volevo solo trovare un modo per rimettere assieme la mia vita. Denunciare sembrava fatica sprecata."

Drew schioccò la lingua, ma non fece commenti. Pose una serie di ulteriori domande a Chad, chiedendogli quale potesse essere il movente di Leo e perché l'uomo lo avesse preso di mira. Chad rispose al meglio delle sue possibilità, ma lui stesso ignorava le risposte. Leo aveva detto soltanto che sapeva quello che aveva fatto Chad e che gliel'avrebbe fatta pagare. Chad aveva dato per scontato che si riferisse al denaro che aveva dato a Hope per permetterle di allontanarsi da lui e Pam, ma non poteva averne la certezza.

"Beh, d'accordo, devo metterti dentro," disse Drew. "Non ho scelta. Ma se hai a disposizione il denaro, puoi pagare la cauzione e uscire subito." Disse una cifra.

Chad annuì. "Posso permettermelo. Non è un problema."

"Ottimo. Non vorrei mai vederti dietro le sbarre, nemmeno se fossi stato tu a sferrare il primo colpo. Quel tizio ha una fedina penale lunga chilometri." Drew sorrise a Lorna. "Si dimentichi quello che ho detto."

"Non ho sentito nulla," disse l'avvocato.

Venti minuti dopo, Chad uscì dall'ufficio dello sceriffo e si diresse direttamente verso la casa di Hope.

CAPITOLO 29

*H*ope era così furiosa che avrebbe strappato volentieri gli occhi a Leo a mani nude. Dopo aver pagato il conto da Woodlines, prese le chiavi di Chad con l'intento di andare in centrale ad aspettarlo. Invece, mentre apriva la portiera del conducente, una mano apparve dal nulla e la chiuse sbattendola.

"Che diavolo?" chiese mentre si voltava, l'adrenalina che le scorreva nelle vene. Il suo sguardo sconcertato si posò sugli occhi porcini di Leo. "Tu," lo accusò. "Come osi presentarti dopo aver denunciato Chad?"

"Quell'infame. Avrei dovuto ucciderlo quando potevo," disse Leo, biascicando. La costrinse a indietreggiare contro il furgone, intrappolandola fra se stesso e la portiera. "Pensavo che quel pugno a tradimento sarebbe bastato a tenerlo fermo mentre gli spiegavo esattamente perché meritava che gli facessi il culo. Lo stronzetto era più combattivo di quanto pensassi."

Dunque era stato *lui* a sferrare il primo colpo. Hope lo aveva immaginato. Chad non era il tipo che andava in giro a fare a botte, se non era costretto. "Vattene, Leo. Non sei il benvenuto qui."

L'uomo buttò indietro la testa e rise. "Non credo proprio. Prima devi darmi il ragazzino."

"Perché? A che ti serve? Lavori per suo zio?" chiese Hope, tanto per farlo continuare a parlare. Se lo avesse distratto, magari avrebbe avuto la possibilità di salire a bordo del furgone.

"Ho un debito con Frank. Lui è disposto a condonarlo se gli riporto suo nipote. Per cui, fai il tuo dovere nei confronti di quello che ti ha cresciuta e portami da lui. Altrimenti, scoprirai cosa succede a ribellarsi all'uomo di casa." Agitò il bacino con fare lascivo, facendole rivoltare lo stomaco.

Hope scelse di ignorare la provocazione secondo cui Leo l'avrebbe cresciuta e sarebbe stato l'uomo di casa. Nessuna delle due affermazioni era vera. Ma d'altra parte, l'uomo sembrava strafatto al punto che, molto probabilmente, la maggior parte di quello che stava dicendo non era reale. "Levi ha ottenuto un'ordinanza restrittiva nei confronti di Frank. Anche se volessi accettare le tue assurde richieste, non cambierà nulla. Frank non può avvicinarsi a meno di cento metri da lui."

"Pfft." Leo mosse la mano in un gesto di impazienza. "A nessuno importa di quella stupida ordinanza restrittiva. Non sarà un problema, dove Frank vuole portarlo."

Hope avrebbe voluto vomitare a quelle parole. Leo era un individuo talmente orribile che lei dubitava che avesse mai avuto qualche lato positivo. E anche se ne aveva, lei non li aveva mai visti. Non che gliene importasse. Non desiderava altro che allontanarsi il più possibile da lui e assicurarsi che Levi fosse sano e salvo. Il ragazzo era andato a casa di Candy, quella sera, e sarebbe dovuto tornare a breve. Il pensiero che rimanesse da solo le provocò una fitta di paura. E se Frank lo stava aspettando e avesse cercato di rapirlo di nuovo? Hope premette entrambi i palmi sul petto di Leo e spinse con tutta la sua forza.

L'uomo indietreggiò barcollando e Hope si affrettò a riaprire la portiera del furgone. Ma prima che potesse salire a bordo, l'uomo le afferrò il braccio e lo torse, costringendola in ginocchio. "Non mettermi mai più le mani addosso, ragazzina," ringhiò Leo. "Provaci ancora e ti spezzo tutte le dita. Capito?"

"Lasciala andare!" gridò un ragazzo nella notte scura.

Hope smise completamente di respirare nel riconoscere la voce di Levi. *No. No! Vai a casa, Levi!* Le parole le riecheggiarono nella mente mentre le lacrime le ricadevano lungo le guance, provocate dal dolore che si irradiava lungo il braccio.

"Ahh, giusto giusto il ragazzo che stavo cercando," disse Leo. "Frank ha trovato un brav'uomo che si prenderà cura di tutte le tue necessità, Levi. Non è bello? Solo perché al tuo papà non piacevano le tue inclinazioni non significa che Frank si faccia problemi. Anzi, sono sicuro che il paparino che ti ha trovato farà in modo che tu abbia tutto quello di cui hai bisogno, purché ti comporti bene e faccia quello che ti diciamo noi."

Levi sbiancò nella pallida luce della luna.

Hope era sicura che avrebbe vomitato. "Porco schifoso," disse a denti stretti. "Levi non verrà mai con te. Hai capito? Non se io ho voce in capitolo."

"Ah no?" Leo le strattonò il braccio così forte che un grido le fu strappato dalla gola. Ma non era nulla rispetto al calcio che le colpì le costole.

"Basta! Basta!" gridò Levi, ora disperato. "Vengo con te. Smettila di farle del male."

"Almeno uno di voi due ha un po' di buonsenso," disse Leo. Accennò con il capo a Levi e poi al furgone blu a qualche posto di distanza. "Sali sul furgone."

"Prima lasciala andare," domandò Levi.

"Vuoi che le rompa un'altra costola?" chiese Leo.

Levi spalancò la bocca e scosse la testa.

"Ottimo. Sali sul furgone."

"Non così in fretta," esclamò un'altra voce. Una voce acuta e piena di rabbia. "Ti avevo detto che ti avrei bruciato il pacco se ti fossi avvicinato ancora a lei."

Yvette. Sollievo allo stato puro invase Hope. Sua sorella non avrebbe mai permesso che Levi andasse con Leo. Qualunque cosa sarebbe accaduta, il ragazzo sarebbe stato al sicuro.

Leo si irrigidì, quindi strattonò Hope per farla alzare, le passò un braccio attorno al collo e strinse, bloccandole il flusso d'aria. "Indietro, strega. Fallo o la uccido."

"Mi piacerebbe vederti provare," disse Noel, emergendo dalle ombre, il vento che vorticava attorno a lei e le sollevava i capelli. Faith, Abby e Hanna completarono il gruppo. Le cinque donne formarono un semicerchio attorno a Hope e Leo, attingendo ciascuna alla propria magia in maniera terrificante. Faith e Hanna, le due streghe dell'acqua, avevano entrambe generato grossi ghiaccioli appuntiti che puntavano contro il cranio di Leo. Abby aveva la mano diretta verso una delle fioriere sul marciapiedi, dalla quale un rampicante stava crescendo rapidamente e avvicinandosi a Leo.

"Lasciala andare o per te si farà brutto molto in fretta," ordinò Yvette.

Leo strattonò Hope verso destra, cercando di frapporla lungo la traiettoria dei ghiaccioli, ma non appena ciò accadde si spostarono, mirando questa volta verso il suo inguine. Leo strattonò Hope verso sinistra, cercando di farsi scudo con lei, ma il rampicante di Abby lo raggiunse alla caviglia e si avvolse rapidamente attorno alla sua gamba. Abby schioccò le dita e il rampicante tirò all'istante, facendo cadere Leo a terra. L'uomo non mollò la presa su Hope, che cadde con lui. Ma la sua stretta era compromessa e lei riuscì rapidamente a liberarsi.

Dopodiché, si scatenò l'inferno. Tutte e cinque le streghe liberarono la loro magia, tempestando Leo. Il vento di Noel lo immobilizzò mentre il fuoco di Yvette prendeva vita tutto attorno a lui, senza lasciargli una via di fuga che non fosse attraverso le fiamme. I rampicanti di Abby lo legarono rapidamente come un salame. Il fuoco sciolse i ghiaccioli di Faith e Hanna, ma ciò non aveva importanza. Leo era immobilizzato e non sarebbe andato da nessuna parte.

Levi corse fra le braccia di Hope, tuffando il viso contro il suo collo. "Mi dispiace tanto," mormorò più volte. "È colpa mia. Mi dispiace. Mi dispiace tanto."

"Shh," gli bisbigliò nell'orecchio lei. "Non è colpa tua. Non pensarlo mai. È colpa di Leo e di Frank. E di tuo padre per la sua chiusura mentale. Ma non è colpa tua. Non sei tu la causa di tutto questo, d'accordo?"

Levi scosse la testa, incapace di accettare che era lui la vittima.

"Per favore, Levi. Guardami." Hope si staccò quanto bastava da fissare negli occhi scuri del ragazzo. "Dillo. Non è colpa mia."

Levi scosse la testa. "Se quella sera non avessi chiamato Chad. Se avessi solo…" Le lacrime gli scivolarono fuori dagli occhi e lui singhiozzò.

"Sono felice che tu abbia chiamato Chad. Hai fatto la cosa giusta. Se non lo avessi fatto, non ci saremmo trovati. E non so tu, ragazzo mio, ma non passa giorno in cui io non sia contenta che tu sia entrato nella mia vita. Non vorrei mai che le cose stessero diversamente. Hai capito?"

Quando Levi non rispose, lei lo baciò sulla fronte e bisbigliò: "Tu meriti di essere amato, Levi. Io ti voglio bene. Chad ti vuole bene. E a occhio e croce, sembra proprio che anche le mie sorelle te ne vogliano." Hope guardò oltre le spalle del ragazzo, verso le cinque donne che sorvegliavano lei, Levi e l'uomo legato sul cemento.

"Ho sempre desiderato un fratello," mormorò Faith.

"Anche noi," concordarono le altre tre sorelle Townsend.

Gli occhi di Hope si colmarono di lacrime quando l'emozione la attraversò. Ecco cosa significava essere una famiglia. Lasciò che le lacrime le scorressero libere lungo la guancia mentre diceva con la gola stretta: "Sembra proprio che non riuscirai a liberarti di noi, Levi."

Le lacrime del ragazzo giunsero rapide e abbondanti quando lui nascose nuovamente il volto contro il collo di Luna. E questa volta, mentre lei lo abbracciava, le sorelle Townsend avvolsero le braccia attorno ai due mentre Hanna teneva d'occhio Leo.

CAPITOLO 30

"*H*ai bisogno di mangiare qualcosa?" chiese Hope a Levi mentre metteva un vassoio di formaggi, affettati e cracker sul tavolino. Il ragazzo era seduto sul divano, immerso nello studio di un capitolo del libro di algebra. Era troppo tardi per iscriversi ai corsi estivi, ma Hope aveva deciso di cominciare a dargli lezioni in casa ed erano partiti in quarta. C'era parecchio materiale da digerire prima che Levi cominciasse ad andare a scuola in autunno.

"Grazie," disse l'adolescente senza sollevare lo sguardo.

Chad aggiunse un grosso bicchiere di *root beer* sul tavolino, poi attirò Hope di nuovo in cucina. Non appena furono soli, la premette contro la parete e le coprì le labbra con le proprie. Lei si sciolse contro di lui.

Era trascorsa una settimana da quando Leo era stato trascinato in prigione. Una settimana da quando le sorelle avevano salvato tanto lei quanto Levi dalla collera di Leo. Una settimana da quando tutte le accuse contro Chad erano cadute. Dato che Levi aveva sentito Leo ammettere di aver aggredito Chad, la sua testimonianza era stata sufficiente a spingere il giudice a dichiarare infondata la denuncia di Leo. Il fatto che Leo aveva una fedina penale lunga chilometri, mentre quella di Chad era immacolata, aveva contribuito.

"Vuoi provare a uscire di nuovo questa sera?" chiese Chad fra un bacio e l'altro. "L'ultima volta non è andata proprio come mi aspettavo."

Hope ridacchiò. "E come doveva andare? Con la sottoscritta nel tuo letto?"

Gli occhi dell'uomo lampeggiarono di calore. "No, ma solo perché io vivo in un appartamento sopra il garage della mia matrigna e al momento mi accontento di un divano letto mentre cerco di capire dove voglio vivere. Pensavo di farlo dopo aver finito di riversare denaro nel negozio di musica. Ma se vuoi invitarmi da te..." Chad sorrise. "Non dirò di no."

Dèi. Hope era stata vicinissima a invitarlo a trascorrere la notte da lei un paio di volte nel corso dell'ultima settimana, ma poi aveva pensato a Levi. E sebbene sapesse che il ragazzo non si sarebbe fatto problemi, aveva esitato comunque. La vita stava finalmente prendendo la strada giusta e lei non voleva fare nulla che potesse rovinare le cose. Lanciò un'occhiata nella direzione del salotto.

Il sorriso di Chad vacillò e lui annuì solennemente. "Ho capito. Non c'è bisogno di aggiungere altro."

"Mi dispiace. È che mi sento ancora un po' stranita."

Chad si allungò e le scostò dagli occhi una ciocca dei lunghi capelli biondi. "Non c'è bisogno che ti scusi. Davvero. Ma se in settimana dovessi aver voglia di fare una lunga pausa pranzo..."

Una scossa di desiderio la attraversò. Levi aveva in programma di vedere i suoi amici Axel e Candy, giovedì. E lei aveva la mattinata libera prima di dover andare a Eureka a lavorare con la guaritrice Snow. "Che ne dici di giovedì

mattina? Alle dieci? Potrei prepararti la colazione e poi..."
Hope si schiarì la voce. "Sono libera fino all'una."

Il calore tornò nello sguardo di Chad e la sua voce era
davvero roca quando disse: "È un appuntamento."

Sentì le farfalle svolazzarle nello stomaco mentre pensava
di spogliare Chad e far scorrere le mani sul suo splendido
corpo. Le labbra dell'uomo calarono di nuovo sulle sue e
questa volta, il bacio fu lento e sensuale, dandole un assaggio di
ciò che sarebbe accaduto nel giro di pochi giorni. Argh, come
avrebbe fatto ad aspettare? Lo aveva desiderato per anni.
Magari, il divano letto non era un'opzione terribile. Stava
ancora meditando di seguirlo a casa quella sera quando suonò
il campanello.

Sentì Levi che andava ad aprire e invitava qualcuno a
entrare.

"È in cucina con Chad," disse Levi.

"Grazie," disse una pacata voce maschile.

Chad fece un passo indietro, frapponendo distanza fra sé e
Hope. Lei si spostò accanto al nuovo tavolo della cucina che
aveva comprato qualche giorno prima proprio mentre Lincoln
Townsend entrava nella stanza.

"Lin. Salve," disse lei, sorridendogli. "Cosa la porta qui,
oggi?"

L'uomo lanciò un'occhiata a Chad, quindi tornò a guardare
Hope. Dopo essersi schiarito la voce, mostrò una busta. "Sono
arrivati i risultati del test di paternità."

A giudicare dall'espressione di Lin, non erano buone
notizie. Hope si lasciò ricadere su una delle sedie. "Lei non è
mio padre." La sua voce era piatta e attorno al cuore le si era
già formato un velo di sofferenza.

"Mi dispiace, tesoro, ma no. Anche se avrei voluto esserlo

con tutto il cuore," disse l'uomo, sedendosi di fronte a lei e afferrandole entrambe le mani.

Chad si spostò alle spalle di Hope e le appoggiò le mani sulle spalle.

"Lo avrei voluto anch'io," disse lei, trattenendo a stento le lacrime. "Non mi viene in mente una persona migliore per ricoprire quel ruolo."

"Io sono ancora interessato," disse Lincoln, lo sguardo serio negli occhi grigio-azzurri. "Come ho già detto, questo non cambia nulla per me. Tu sei una di famiglia. Le mie ragazze sono tue sorelle e sei comunque figlia di Gabby. Se lei fosse rimasta con me, ti avrei cresciuta come se fossi figlia mia. Non vedo motivo di dire diversamente, ora."

Hope lo aveva sentito la prima volta, alla fattoria Townsend. Sapeva che era sincero. Era solo che lei lo aveva voluto tanto. Quella notizia era un colpo devastante.

"C'è dell'altro," disse Lin, estraendo un altro foglio di carta. Lo fece scivolare sul tavolo. "Questo è il tuo certificato di nascita originale. Un altro uomo è indicato come tuo padre."

Hope fissò il foglio come se fosse un serpente e potesse morderla. "Dove... ehm, dove lo ha preso?"

"Me lo ha dato Gabby." Lin le rivolse un sorriso colmo di solidarietà. "Dopo aver ricevuto i risultati del test, l'ho chiamata per saperne di più. Lei era... Beh, era dispiaciuta e ha detto di aver sperato che tu fossi mia, ma di essere stata quasi sempre certa che Michael Kelley sia il tuo padre biologico."

Quel nome suonava fin troppo familiare a Hope, che si accigliò, cercando di capire perché.

"Come ha detto?" chiese Levi dall'apertura fra il salotto e la cucina.

Una lampadina si accese sopra la testa di Hope, che sussultò quando si rese conto di dove aveva sentito quel nome.

"Michael Kelley. Perché? Lo conosci?" chiese Lin.

Lo sguardo di Levi corse a Hope e il suo pomo d'Adamo fece su e giù mentre deglutiva faticosamente. "Com'è possibile?"

Lo shock aveva ammutolito Hope, ma nel guardare Levi, l'unica emozione che lei provò era pura gioia. Se avevano lo stesso padre, Levi era il suo fratellastro. Hope aveva quasi paura a credere che ciò fosse possibile. Se era parente di Levi, ottenere l'affidamento permanente sarebbe stato molto più facile. Per non parlare del fatto che aveva appena scoperto che il ragazzo a cui già voleva bene era suo fratello. "Non lo so, Levi, ma se è vero..." Le si spezzò la voce e gli occhi le si riempirono di lacrime. "Non potrei essere più felice."

Gli occhi di Levi si arrossarono mentre scuoteva la testa. "È troppo bello per essere vero." Si premette una mano sul cuore e chiuse gli occhi. "Ho quasi paura a crederci."

"Il nome del padre di Levi è Michael Kelley," bisbigliò Chad a Lin, a mo' di spiegazione.

"Oh. Capisco," mormorò Lin. Si frugò in tasca e tirò fuori un foglio di carta. "Ecco tutte le informazioni che Gabby mi ha dato su di lui. Magari serviranno a qualcosa."

Hope tirò fuori la sedia accanto a sé e fece cenno a Levi di prendervi posto. Una volta che il ragazzo fu appollaiato accanto a lei, gli afferrò la mano e prese il foglio di carta da Lin con l'altra. C'erano un indirizzo, delle date e un paio di parenti che Gabby ricordava di aver conosciuto durante il breve periodo in cui lei e Michael erano stati insieme.

"Mindy Kelley," disse Levi con voce strozzata. "Era mia nonna."

Lin annuì. "Gabby ha detto che pensava che Mindy fosse la madre o la zia di Michael. Non era sicura."

Le lacrime scivolarono dagli occhi di Levi. "Tutte e due.

Aveva adottato il figlio della sorella dopo che lei era morta in un incidente d'auto."

Hope lasciò andare il foglio che le aveva dato Lincoln mentre si voltava verso Levi, osservandolo. Perché aveva avvertito un'affinità così rapida nei suoi confronti? Aveva sempre creduto che ciò fosse dovuto alla somiglianza del loro passato, ma poteva trattarsi di un legame di sangue? Era possibile. A ogni modo, il suo cuore era colmo di gioia. Non perché sapeva chi era il suo padre biologico. Stando a tutte le fonti, sembrava proprio che Michael fosse un pessimo soggetto e lei non aveva il minimo desiderio di conoscerlo dopo ciò che aveva fatto a Levi. No, tutta la sua gioia era riservata per il ragazzo magnifico seduto accanto a lei.

Alzandosi, Hope attirò Levi in piedi e lo circondò con le braccia. "Benvenuto a casa, fratellino."

HOPE SEDEVA ACCANTO a Levi nel tribunale della contea mentre la giudice si aggiustava gli occhiali. Lorna aveva detto loro che era solo una formalità, ma Hope aveva comunque il cuore in gola mentre aspettava di udire la decisione della giudice riguardo all'affidamento permanente di Levi. Per eccesso di zelo, il giorno in cui Hope aveva portato Levi all'incontro con la dottoressa Snow per parlarle dei suoi poteri, aveva chiesto alla sua mentore se fosse possibile effettuare un test genetico per dimostrare che erano fratello e sorella. Hope aveva chiesto di ottenere i risultati più in fretta rispetto all'esame a cui si erano sottoposti lei e Lin. La dottoressa Snow non aveva esitato. L'esame aveva indicato una probabilità del novantanove per cento che i due fossero fratello e sorella. Lorna non aveva perso tempo a inviare quell'informazione aggiuntiva alla giudice e ora era il momento della verità.

"Questo caso è stato interessante fin dal principio," disse la giudice, posando lo sguardo su Hope e Levi. "Questi due individui ne hanno passate tante, nelle loro vite relativamente brevi. È edificante che siano riusciti a trovarsi e a creare un legame di affetto che è palese a chiunque parli con loro. Immagino non ci sia nulla di cui stupirsi, ora che sappiamo che sono parenti." Fece una pausa per sorridere ai due. "Ero propensa a concedere l'affidamento permanente alla signorina Hope Scott prima ancora che questa informazione venisse alla luce. Per cui, congratulazioni, Levi. Hope Scott è ufficialmente il tuo tutore legale. Buona fortuna a entrambi."

Il martelletto risuonò e dalle loro spalle giunse un grido di esultanza. Hope si alzò di scatto e prese Levi fra le braccia. "Ce l'abbiamo fatta. Sei pronto a tornare a casa?"

"A casa," le fece eco Levi con un sospiro di felicità. "Non ne hai idea."

Ma lei ne aveva eccome. Quando aveva la sua età, non si era trovata esattamente nei suoi panni, ma quasi. "Vieni." Prese Levi sottobraccio e lo indirizzò verso il gruppo di persone che li aspettava. "Quella vecchia vita non esiste più. Ora siamo io e te. Capito?"

Levi annuì, accentuando la stretta della mano attorno a quella di Hope.

"E io," aggiunse Chad, infilando il braccio attorno alle spalle di Hope. "E tutto il clan Townsend."

Levi rise mentre Abby gli buttava le braccia attorno. "Questo è il tuo abbraccio ufficiale di benvenuto in famiglia," gli disse nell'orecchio. "Spero ti piaccia che tutti si facciano i fatti tuoi, perché avere cinque sorelle non è uno scherzo."

"Puoi dirlo forte," aggiunse Yvette non appena Abby lo ebbe

lasciato andare. "Vieni a lavorare per me, Levi. Almeno io ti lascerò sparire fra gli scaffali della libreria mentre guadagni la paga più facile della zona."

"Già. Facile fino a quando metà dello Stato non cala sul negozio per uno dei tuoi firmacopie straordinari." Noel levò gli occhi al cielo. "Sono certa che preferirebbe dare una mano alla locanda durante quei fine settimana affollati. Dopo la nascita del bambino, avrò proprio bisogno di un paio di braccia in più. E poi, le mance sono eccezionali."

"Oppure," aggiunse Abby, "può aiutarmi a impacchettare i miei prodotti nella mia bottega e non dover avere a che fare con la gente."

Tutti si voltarono verso Faith, in attesa di vedere che tipo di lavoro avrebbe offerto a Levi. Lei rise e sollevò le braccia. "Non credo di poter competere." Sorridendo, allontanò il ragazzo da Yvette e disse: "Che ne dici di venire a trovarmi quando ti sarai stancato di quelle tre approfittatrici? Ce ne staremo accanto al fuoco e ti insegnerò a giocare a biliardo o a freccette, e tutto quello che fanno le zie fighe."

Levi si appoggiò a lei. "Credo che tu sia già la mia preferita." Ma mentre pronunciava quelle parole, il suo sguardo si posò su Hope e l'amore che lei vide in quegli occhi la fece sciogliere seduta stante. Aveva il cuore colmo mentre guardava le sue sorelle accompagnare Levi fuori dal tribunale e progettare una festa.

"Sembra che tu abbia ufficialmente un adolescente," disse Chad, facendo scivolare la mano in fondo alla sua schiena.

Hope gli lanciò un'occhiata, incapace di trattenersi dal sorridere come una deficiente. "Sembra proprio di sì." Poi il suo sorriso svanì mentre dava voce a quella paura sottile che le rodeva da tempo la mente. "Che ne pensi? È troppo pesante frequentare una ragazza che ha un adolescente?"

Le sopracciglia di Chad spiccarono un balzo. "Davvero ti sei preoccupata per quello?"

Hope fece spallucce. Nonostante l'appuntamento che si erano dati la settimana prima per quel giovedì mattina, non avevano ancora trovato del tempo per restare da soli e lei cominciava a chiedersi se Chad non si sarebbe sentito frustrato. "La mia vita non è esattamente semplice."

"Certo che è semplice, Hope. È piena di amore e di affetto," disse lui, accompagnandola fuori dall'edificio e fino a un angolo dove avrebbero potuto avere un po' di intimità. "Cosa c'è che non ti piace?"

Lei gli premette una mano contro la guancia. "Come fai a essere tanto meraviglioso? Sai sempre cosa dire."

"Non sempre," disse lui, il volto che si contraeva mentre abbassava lo sguardo.

Hope si accigliò. "Per esempio?"

Lui le rivolse un piccolo sorriso, la vulnerabilità che brillava nei suoi magnifici occhi azzurri. "Per esempio, in questo momento non vorrei fare altro che chiederti una cosa, ma sono sicurissimo che è troppo presto."

Hope smise di respirare mentre lo fissava. Non voleva dire quello che lei pensava volesse dire, vero? Costringendosi a prendere fiato, esclamò: "Credo che dovresti chiedermelo e basta."

Lo sguardo degli occhi azzurri di Chad scrutò negli occhi verdi di Hope e quello che vide parve dargli sicurezza, perché un sorriso rilassato prese possesso delle sue labbra mentre tirava fuori qualcosa dalla tasca. Tenendo la mano sinistra, disse: "Porto con me questo anello da quando abbiamo deciso di essere esclusivi."

Lo sguardo di Hope si fissò sull'antico anello di diamante che Chad teneva sospeso vicino alla punta del suo anulare.

Stava succedendo davvero? Era il caso che lei lo lasciasse succedere? Uscivano insieme solo da poco più di un mese, ma lei era innamorata di lui da più di tre anni. Per lei, non c'era dubbio riguardo a ciò che voleva. Voleva solo Chad.

"Sapevo per certo che era troppo presto per parlare di matrimonio. Per la maggior parte delle persone, lo sarebbe anche adesso. Ma il fatto, Hope, è che ti voglio bene da moltissimo tempo. Ti porto nel cuore dall'ultima volta in cui ti ho vista a Berkeley e dal momento in cui ti ho incrociata qui a Keating Hollow, il mio cuore appartiene a te. Sono certo che ti amo e, se possibile, sono ancora più certo che voglio che siamo una famiglia. Tu, io e Levi. Non voglio andarmene da casa tua tutte le sere. Voglio esserci la mattina quando ti svegli. Voglio baciarti quando mi viene voglia di farlo e fare l'amore con te fino a notte fonda. Ma soprattutto, voglio solo vivere la mia vita accanto a te, invecchiare con te e non separarmi mai più da te."

Lacrime felici di gioia, le scorsero lungo il viso. Le parole di Chad, *Voglio che siamo una famiglia,* le riecheggiarono nella mente. Una famiglia era ciò che lei aveva sempre desiderato da ragazzina. E ora ne aveva in abbondanza. Ma l'idea che Chad facesse parte di quella famiglia… Fino a quel momento, lei non si era concessa di pensarci. Ma ora che lui aveva sollevato il discorso, la mente di Hope vi si era aggrappata e non voleva mollare la presa.

"Sì," disse entusiasta. "Assolutamente sì, se vuoi che tu, io e Levi siamo una famiglia. Il prima possibile."

Il sollievo colmò gli occhi azzurri dell'uomo, che esalò il respiro che aveva trattenuto mentre le infilava l'anello al dito. "Hope Scott, vuoi sposarmi?"

"Un milione di volte sì, Chad Garber. Sì."

Il sorriso di Chad gli illuminò il viso mentre la circondava con le braccia e la faceva volteggiare fra le grida di esultanza da parte delle Townsend e di Levi, che batté forte le mani e fischiò quando le labbra di Chad si abbatterono su quelle di Hope.

"Mi sa che il segreto è già stato rivelato," bisbigliò lui quando si staccarono.

"Mi sa che questo significa che puoi restare da me, questa notte," ribatté lei, attirandolo in un altro bacio ardente.

CAPITOLO 31

Shannon Ansell trafficava con l'espositore del cioccolato nell'angolo remoto del negozio di musica, cercando di ignorare il fatto che Brian Knox era appena entrato. Era il giorno dell'apertura di Magical Notes, il nuovo negozio di Chad Garber sulla Main Street, e le era stato chiesto di occuparsi dei dolci. Shannon era stata più che lieta di portare del cioccolato da A Spoonful of Magic… fino a quando non si era resa conto che era prevista un'esibizione di Brian Knox.

Perché doveva esserci anche lui, più bello che mai con i jeans a vita bassa e la maglietta nera aderentissima? Tutto ciò a cui lei riusciva a pensare quando lo guardava era quella serata disastrosa in cui aveva accettato di uscire con lui, che era finita con lei nel suo letto e lui che ne usciva precipitosamente. Avvampò al solo pensarci. Se fosse stato possibile morire dall'imbarazzo, lei avrebbe già tirato le cuoia. Ma no. Era vivissima e lo era anche Brian. E ora sarebbero cominciate le note dolenti, per così dire. O magari, Shannon sarebbe riuscita a svicolare dal retro senza che nessuno se ne accorgesse.

"Shannon!" esclamò Hope Scott mentre raggiungeva il fondo del negozio. I suoi capelli biondi erano raccolti sopra la testa in uno chignon sofisticato e indossava un tailleur aderente che metteva in mostra tutte le sue curve. Da quando quella donna si era fidanzata con Chad, non faceva che irradiare felicità. Se Shannon non avesse saputo che quella donna meritava fino all'ultima gioia dopo tutto ciò che aveva passato, l'avrebbe quasi odiata. Invece, vedere Hope così felice le riempiva il cuore con una leggerezza che le era al tempo stesso estranea e benvenuta. "Questi quadrotti al caramello ricoperti di cioccolato sono meravigliosi. Sono una ricetta nuova?"

Shannon le sorrise. "Sì. Li ho fatti apposta per questo evento. Chad mi ha detto che sei una grande appassionata dei gusti particolari, per cui ho pensato a qualcosa di un po' diverso dal solito."

Hope diede un altro morso. "Zenzero e...?"

"Cardamomo. Credo che aggiunga qualcosa," disse Shannon.

"Assolutamente." Hope prese un altro paio di dolci e andò a raggiungere Chad, che era impegnato a mostrare un pianoforte a coda a uno degli abitanti stagionali di Keating Hollow.

"Salve, bellezza," disse una voce calda e seducente da dietro le spalle di Shannon.

Lei si immobilizzò. Brian. *Accidenti.* Fuggire era impossibile, ora. Shannon deglutì il disagio e si voltò, facendogli un sorrisetto. "Brian. È un piacere che tu ti sia fatto vedere."

"Mi stavo forse nascondendo?" chiese lui, inarcando le sopracciglia.

"Non lo so. È così? Non ti vedo da settimane. E il mio telefono non è squillato per quel secondo appuntamento che mi avevi chiesto." Le parole le erano uscite di bocca prima che lei potesse fermarle. Perché lo aveva detto? Non si era forse ripromessa che avrebbe fatto finta di nulla? Che lui non l'avesse portata fuori, non le avesse dato il bacio migliore della sua vita, non le avesse promesso di portarla fuori di nuovo la settimana dopo e che non l'avesse rifiutata completamente quando lei gli si era praticamente buttata addosso due ore più tardi? La sua voce interiore sbuffò. "Praticamente" era fuori luogo. Shannon gli era saltata addosso senza il minimo ritegno e ne era uscita con l'ego talmente ferito che aveva deciso di rinunciare per sempre agli uomini.

La bocca di Brian si mosse, ma non ne uscirono parole.

Ah, pensò lei. Il sofisticato uomo di Los Angeles non sapeva come rispondere quando lei gli chiedeva di rendere conto delle sue azioni. Beh, ottimo. Lei non aveva comunque tempo per i giochi. "Come non detto." Mosse la mano in un gesto colmo di indifferenza. "Tanto, è tutta acqua passata. È stato bello rivederti, Brian." Shannon fece per allontanarsi, ma fu costretto a fermarsi quando lui le afferrò delicatamente il braccio.

"Aspetta un attimo," disse l'uomo, avvicinandosi cosicché il suo petto le sfiorasse la schiena. "Riguardo a quella sera–"

Shannon si ritrasse. "Non c'è bisogno di spiegazioni, Brian. Ho recepito il messaggio forte e chiaro. Fai come se non avessi detto nulla." Si costrinse a sorridere e si recò nella stanza sul retro, fingendo di aver bisogno di fare rifornimento. Invece, si appoggiò agli scaffali e trasse un respiro profondo. Brian Knox era tutto ciò che lei aveva sempre desiderato. Alto, scuro e attraente non bastavano nemmeno lontanamente a descriverlo. Era anche intelligente, simpatico, civettuolo e molto sicuro di sé. Aveva tutto e lo sapeva. Era proprio il tipo di persona che le faceva arricciare le dita dei piedi e sciogliere il cuore, solo per andarsene tre mesi più tardi quando una persona più dolce e innocente entrava nella sua vita.

Shannon era il genere di ragazza che gli uomini volevano frequentare, non sposare. E Shannon stava cercando qualcuno con cui creare una famiglia. Un amico di letto non era in programma, nonostante il suo comportamento avesse contraddetto quel fatto.

Un rumore di passi risuonò sul cemento.

Shannon si spinse via dagli scaffali e raddrizzò le spalle, una scusa per il fatto che era nella stanza sul retro già pronta sulla lingua. Ma non furono Chad, Hope o Levi a venire a controllare come stava. Fu Brian. Shannon trattenne un cipiglio.

"Cosa ci fai qui?" chiese.

"Ti stavo cercando." Brian le si mise di fronte, intrappolandola fra il proprio corpo muscoloso e gli scaffali.

Shannon sollevò lo sguardo, notò la cicatrice che gli attraversava un sopracciglio e quasi si leccò le labbra. Accipicchia. Perché quell'uomo premeva tutti i pulsanti con il solo fatto di esistere? "Beh, mi hai trovato. Cosa vuoi?"

"Quel secondo appuntamento," rispose l'uomo senza esitazione.

"Perché?" chiese sospirando lei, che all'improvviso si sentiva molto stanca.

"Perché?" chiese ridacchiando Brian. "Stai scherzando, vero?" Passò lo sguardo sul suo corpo, soffermandosi sulla scollatura e passando poi alle gambe prima di posarlo infine sulle labbra. "Sei la creatura più bella del paese. Non credi che mi prenda a calci da solo tutte le volte che penso a quella sera? Voglio avere un'altra possibilità con te, Shannon. Lascia che mi faccia perdonare. Permettimi di portati fuori venerdì sera."

Shannon avrebbe dovuto sentirsi lusingata, ma così non

era. Sapeva di avere un corpo che faceva la sua porca figura in un abito da cocktail. Non era cieca alle attenzioni che aveva ricevuto nel corso degli anni. La sua terza abbondante di reggiseno, combinata con la sua silhouette a clessidra, le era valsa parecchie avances nel corso degli anni. Soprattutto perché gli uomini in questione vedevano il suo corpo e nient'altro.

Sfortunatamente lei sospettava che Brian fosse caduto vittima dello stesso incantesimo. Si era pentito di averla respinta e non era riuscito a smettere di pensare a quello che sarebbe potuto succedere. Per cui, eccolo venuto a riscuotere. Solo che l'offerta era scaduta da tempo. "Mi dispiace, Brian. Chiedimelo di nuovo quando ti interesserà qualcosa di più del mio corpo."

"Non è per quello che ti ho chiesto di uscire," disse fermamente l'uomo.

Shannon inarcò un sopracciglio. "Sul serio? Mi hai appena guardata come se volessi mangiarmi prima di fissarmi la bocca. A me sembra proprio di sì."

Brian arrossì fino alla punta delle orecchie e lei capì di aver toccato un tasto dolente. Molto delicatamente, premette il palmo della mano contro il petto dell'uomo e lo respinse. Lui non oppose resistenza e lei scivolò via da lui, incamminandosi verso la porta senza dire una altra parola.

"Shannon?" chiese Brian.

Lei si soffermò sulla soglia e gli lanciò un'occhiata. "Sì?"

"Ti dimostrerò che hai torto."

Shannon ridacchiò. "Oh? Vuoi scommetterci?"

Lo sguardo dell'uomo si fece determinato mentre faceva qualche passo avanti. "Detta tu le condizioni."

Faceva sul serio? Shannon era ancora convinta che non

volesse fare che quattro salti, ma non sapeva resistere a una bella scommessa. Per cui inclinò la testa e disse: "D'accordo. Sei appuntamenti in sei settimane. Dovrai progettarli sulla base di quello che piace a me. Spetta a te capire di cosa si tratta. Se uno qualunque degli appuntamenti dovesse andare male, sarà tutto finito e dovrai pulirmi la piscina fino alla fine di ottobre, quando la prepareremo per l'inverno, e la tua uniforme sarà un tanga."

L'idea fece brillare gli occhi di Brian. "I tanga sono molto scomodi, Shannon. E non è un po' tardi per preparare la piscina per l'inverno, da queste parti?"

"La piscina è stata incantata per resistere a temperature molto basse. Non devi preoccuparti. Anche se potresti aver freddo, a girare perlopiù nudo," disse ridacchiando lei. "E so benissimo che i tanga sono scomodissimi. Ma ora mi chiedo quando e perché tu ne abbia indossato uno."

L'uomo ammiccò. "Te lo dirò quando vincerò la scommessa. A proposito, se vinco io, dovrai venire con me al matrimonio di mia sorella nelle vesti di mia fidanzata e farmi un massaggio di due ore. Saremo entrambi completamente nudi."

Shannon rimase di stucco. "Non dirai sul serio. Perché vuoi che io finga di essere la tua fidanzata?"

"Chi ha parlato di fingere?" disse sorridendo lui. "Che ne dici?"

La testa le urlava di dire di no. Era una scommessa assurda, che in un modo o nell'altro le avrebbe devastato il cuore. Shannon aveva voltato le spalle agli uomini come Brian, che dicevano cose che non pensavano e la manipolavano. Ma non era mai stata il tipo che sceglieva la strada più facile. E tutto, dentro di lei, desiderava Brian Knox. Non riusciva a dire di no.

La bocca glielo impediva. E poi, era impossibile che l'uomo rimanesse interessato dopo sei settimane. Non sarebbe mai successo. Sapendo che era un errore e non curandosene minimamente, lei tese la mano e disse: "Accetto la scommessa."

L'AUTRICE

Autrice di bestseller per il *New York Times* e *USA Today*, Deanna Chase è una californiana di nascita, trapiantata nel più tranquillo stile di vita della Louisiana del sudest. Quando non scrive, se la spassa con suo marito a New Orleans o gioca con i suoi due shih tzu. Per ulteriori informazioni e aggiornamenti sulle ultime uscite, visitate il suo sito: deannachase.com

www.ingramcontent.com/pod-product-compliance
Lightning Source LLC
Chambersburg PA
CBHW020054180626
46812CB00006B/2329